紫乃さんは笑って、私の目をじっと覗き込んでくる。
「どうする？　試してみて、やっぱりやめるってのでもいいよ」
「たたたた試すって、試すって何を、その、」
「夫婦になれるかどうか？」

Contents

身に覚えのない溺愛ですが

そこまで愛されたら仕方ない

忘却の乙女は神様に永遠に愛されるようです

第一章

四トントラックと神様

目を覚ますと、すごい美形が私を覗《のぞ》き込んでいた。

私を見てほっと目元を緩ませる。

「生きていたか、楓《かえで》」

長い睫《まつげ》に縁取られた瞳は、夕日のような黄金色。肌も染み一つなく透き通っている。

現実味がない。けれど吐息が顔にかかったから紛れもない現実だ。

そんな美貌のお兄さんは、サラサラの稲穂色の髪を耳にかきあげ、力強く私を抱き起こす。

見知らぬ和室の天井。なんか血生臭い。

「ここはどこ、私は誰、お兄さんはどなたですか……？　って、ぎゃー！」

見回して私は悲鳴をあげた。和室一面に、大勢の人が血まみれで倒れていたからだ。

「あが、あがが、あが、」

「自分がやったんじゃないか、忘れたか？」

「わ、私殺人者なんですか!?」

「違う違う。えーっと……記憶、どこまである？」

「ナニモアリマセン」

「……そうか。じゃあ取り急ぎ、三つだけ説明する」

お兄さんは困ったふうに顔を顰《しか》めると、私の目の前に三本指を立てて見せた。

「一つ、あなたの名は『璃院楓《りいんかえで》』。二つ、これらは呪術で生み出された肉塊なので、何をしても現行法では無罪だから安心しなさい。三つ、ここはもうすぐ爆発炎上する」

「な、なんで!?」

「俺たちで灯油撒《ま》いたんだよ、歌いながら」

「治安悪すぎません!?」

「ほら抱き上げるぞ、よいしょ」

「うわー！」

お兄さんは見た目以上の剛腕で、私を抱えてひょいひょいと古い日本家屋を脱出する。障子《しょうじ》を蹴破り窓を蹴破り、邪魔な人間もとい肉塊さんを爪先立ちで避け、血まみれの枯山水《かれさんすい》を飛び越えて、へしゃげた四トントラックの運転席に乗り込んだ。

シフトレバーを操作する姿を見て、私はようやく彼が細身のスーツを着ていることと、自分が千早《ちはや》を着重ねた巫女装束であることに気づく。

二人とも血まみれだ。怪我はない、これは絶対、返り血ってやつだ。

手にはＩＣカードと神楽鈴《かぐらすず》を握りしめていた。

「え、なんでＩＣカードと鈴なの」

「そりゃ楓の武器だから」

「武器!?」

「シートベルトをしなさい、出すぞ」

「公道に出るつもりですか!?　これで!?」

「問題ない、ポータブル天満宮なら敷地の外に置いといたから」

「ポータブル天満宮って何!?」

「行くぞ！」

思いっ切りアクセルを踏み込み、お兄さんは四トントラックを急発進させる。

「うわー！」

門を抜ける直前、横から和装の男の人が飛び出した！

あっ危ない！　なんて思ったときには思いっ切り撥ねていた。

ごろごろ転がる和装の男性。

私は悲鳴にならない声をあげる。お兄さんは舌打ちをした。

「生きてたのか」

「生きてたのかって⁉　あの、さっきただの肉塊って言ってましたよね⁉　待って⁉」

「……気にするな♡」

ウインクをして（それがまた綺麗なんだな、これが）お兄さんはトラックを華麗に操り、サイドミラーを見ながらもう一度確実に、その男を撥ねる。

嫌な感じが助手席にも伝わってくる。もうだめだ。私は頭を抱えた。

「よし帰ろう、これなら仕留めたはずだ」

「言っちゃった！　仕留めただろって言っちゃったこの人！」

トラックはそのまま門を抜け、突っ切った先で白い光に包まれる。

梅の匂いがする。懐かしい、『帰ってきた』と思わせる、遠い記憶に刻み込まれたものだった。

トラックが到着したのは、大きな門構えをした日本家屋の前だった。私はお兄さんに導かれるままに屋敷に入り、お風呂で身を清めた。屋敷のどこを見ても、何も思い出せない。けれど私用のシャンプーもヘアブラシも部屋着もあって奇妙な心地だ。

現実感のないふわふわした心地のまま、私は和室に敷かれた布団に案内されていた。

しんとして人の気配がない和室で、一人ぼんやりと辺りを見回す。お兄さんが用意してくれたのか、布団の脇にはお盆に置かれた急須と、湯気を立てた淹れ立てのお茶があった。

「どうだ、調子は」

私と同じく湯上がりっぽいお兄さんが、気さくな感じに部屋に入ってくる。

返り血まみれのスーツを脱ぎ、彼は襟ぐりの深い部屋着のカットソーに着替えていた。

「……あの……私は、何者なんですか？　あなたは？　ここは多分……家、ですよね？」

「そうか、まだ記憶は戻らないか」

彼は私の前に正座する。自然と私も正座をした。

「改めて説明するよ。あなたは璃院楓。卑弥呼《ひみこ》より奴国《なこく》よりずっと前から転生してきた巫女の生まれ変わりだよ」

「う、生まれ変わり？」

「リインカーネーションで、璃院ってな」

「駄洒落《だじゃれ》ですか」

「古来この地には神に近い巫女が数多くいた。命婦《みょうぶ》や市子《いちこ》、内侍《ないし》、問い出しにとりでとも言ったか。明治維新でほぼほぼ消滅したが……楓はそういう巫女たちの始祖とも言える存在の生まれ変わりだ」

「冗談みたいな名字ですが、冗談じゃなさそうですね」

「冗談で千早姿でファイトしないだろう。そして俺は璃院紫乃《りいんしの》、この土地の神だ」

「この土地って？」

彼は指で下を指差す。

「筑紫《ちくし》……時代によるけど、今は大体福岡あたりかな、小倉も世話しているし」

「土地神様なのに妙に所在が曖昧ですね」

「人間は神の都合を考えて境界を引き、名付けるわけじゃないからな。九州全体を筑紫島《つくしのしま》と呼ぶ時代もあれば、筑紫国《つくしのくに》と言えば今の福岡の一部だ。筑紫野《ちくしの》と言えば市町村だし」

「なるほど……確かに卑弥呼より奴国より前からいる神様なら、今の地名との突合は難しいですよね。読み方も『ちくし』と『つくし』両方ありますし」

「理解が早くて助かるよ」

「神様が灯油を撒いて火をつけたりトラックで撥ね散らかしたりしていいんですか」

「大丈夫大丈夫」

「ほんとに？」

「神様なんだから信じなさい」

紫乃と名乗った神様は微笑む。綺麗だけど、笑顔で有耶無耶《うやむや》にしている気がする。

「理解が追いつかないですけど、一応受け止めます」

「うん。敬語もいらないし、紫乃って気軽に呼んでくれていいから」

「神様相手にいきなり呼び捨てタメ口って無理ですよ」

言いながら、私は根本的なことを聞いていないと気付く。

「で、私とあなた様との関係は……？」

「家族だよ。楓は輪廻のたびに天涯孤独に生まれる運命だから、今回も生まれてすぐに引き取って、戸籍を作って家族になった」

「そんなことできるんですか、この現代社会で」

「いろいろと付き合いはあるし、やり方はあるってこと。授業参観も俺が行ってたよ」

「つまり……育てのお父さんということですね？」

お父さんと言うにはあまりにも若くて綺麗だけど。

彼は天井を仰ぎ見て少し思案し、そして顎を撫でつつ言葉を選びながら続けた。

「……少し違うかな。戸籍上は娘で育てたのは俺だけど、俺と楓は夫婦の運命だから、一応」

「夫婦!?　運命!?」

「巫女と神様だからそりゃまあ」

「さも当然のように言われましても」

「もちろん、今世はまだ関係をどうするかはっきりしないままだったから、現状、父親代わりってのが一番関係性としては近いかもしれないけど」

「あ、あわわ……」

私は困惑した。関係がわかったようで、わからない。

「ええとでは……私どんな距離感で紫乃さんと向き合えば」

「今の楓の楽な関係にしてくれればいいよ」

「大雑把だなあ」

「娘にしろ妻にしろ楓は大切な楓に変わりないし、俺にとっては問題ないからなあ」

「私には結構な大問題ですよぉ」

私は困った。紫乃さんは綺麗な男の人だ。恋愛対象になるかならないかでいえば、多分なる。でも育ての親代わりのような人だと言われると、なんだか背徳的な気もしなくもない。

「まあ、今はゆっくり眠りなさい。俺も傍《そば》にいるから」

紫乃さんは私を再び横たえると、布団を肩までかけてぽんぽんと叩く。混乱していたのに急に眠気が襲ってきた。この人と一緒にいると落ち着くのだと、体が覚えているのかもしれない。

「……紫乃さん」

「ん?」

「……本当に、昨日のこと、捕まりませんか? 犯罪じゃない?」

「大丈夫大丈夫」

「私、記憶を失う前は紫乃さんにどんなふうに接してたんですか?」

「前のことは気にしなくていいよ。今の楓は今の楓なんだから。まずは寝なさい」

穏やかに額を撫でながら言われた。疲れているのだろう、私は再びまどろみに落ちていく。

まあいいや。難しいことは後で考えればいいのだから。

璃院楓、十八歳。記憶喪失ほやほや。

わかっているのは自分が神様の巫女《つま》で戸籍上の娘であること、それだけだ。

◇◇◇

すっと意識が浮上する。目を開くと、部屋は夕日で染まっていた。なんだか寝てばかりだなと思って横を見ると、隣で寝そべる紫乃さんと目が合った。

「うわっ」

「おはよう」

思わず声が出た私に動じず、紫乃さんはにこりと笑う。同衾はせず畳に身を横たえ、布団の上から私を叩いてくれている。添い寝をしてくれていたらしい。

「おはようございます。ええと、今何時ですか?」

「まだ夕方。もうすぐ六時半かな」

「ずっとこうしてくれていたんですか?」

「ああ。触れているほうが霊力の回復も早いから」

「ありがとうございます。びっくりしちゃって失礼しました」

私はお礼を言って身を起こした。

「具合はどうだ?」

「お腹が空《す》きました……」

「そっか。じゃあ何か……」

紫乃さんは立ち上がろうとして、思い出したように座り直す。

「いや、台所使ったらまずいな。食材が過度におおはしゃぎする」

「どういう意味ですか」

「土地神が料理しようとすると喧嘩するんだ。やれ自分が調理される、自分が食われたいって」

「難儀《なんぎ》ですねえ」

「いつもなら料理人がいるんだけど、今日はな。……外食と出前、どっちがいい？」

「うーん……じゃあ、外に出たいです。記憶が戻るきっかけになるかもしれないので」

「わかった。隣が楓の部屋だから、着替えておいで。俺も用意して待ってる。でも無理するなよ」

紫乃さんは私の頭をひと撫でてすると、隣の部屋を指し示して去っていく。

襖《ふすま》の向こうはフローリングの和モダンな部屋になっていて、壁一面のハンガーラックや収納がおしゃれに置いてあった。しっかり見てみたくもあるものの、待たせるのも忍びない。

私は一番手前のハンガーを手に取る。服はコーディネイトされて吊るされている。便利だ。

カットソーに腕を通してストレートのデニムパンツを穿《は》き、私は姿見を覗く。

改めてじっくり見ても、紫乃さんと似ても似つかない。どちらかというとタヌキ顔。丸っこい栗色の目に栗色のセミロングで、あまり色素は濃くないタイプだ。

「ええと、髪はいつもくくってたよね……？」

姿見に引っかけられたゴムで、簡単に髪をくくる。

身支度をしていると、私は普段の自分がどんな服が好きだったのか思い出してきた。

けれど誰と買い物に行ったかとか、普段どんな生活をしていたかとなると、さっぱりだった。

数分後。私は車庫にあったミニバンの助手席に座っていた。走行メーターを見るとずいぶん走り込んでるようだったけれど、車内は綺麗で紫乃さんの几帳面さを感じる。

「どうした？　そわそわして」

「あー……ボコボコの四トントラックじゃなくてよかったなあ、と思いまして」

「ははは、あれは乗り捨てたよ」

「乗り捨てた？」

紫乃さんは話をスルーして、発車させる。

「正門には天満宮を設置してるからどこにでも行けるけど、とりあえず牧のうどんでいい？」

「さっき聞きそびれたんですけど、天満宮ってなんなんですか？　ワープゲートみたいに使ってる気がするんですが……」

「ワープゲートだよ。ここの屋敷は俺が造った神域にあって、現世……普通の世界の福岡からは離れている。で、毎回二つの領域を繋ぐのも結構手間だから菅原道真《かれ》と提携して全国各地の天満宮の鳥居《とりい》をワープゲートにさせて貰ってるんだ。九州の天満宮なら連絡なしに飛べるよ」

「便利ですねえ」

車が門を出る。また光に飛び込み、気がつけば普通の車道を走っている。山に面した道だ。

後ろを振り返ると夕暮れの天満宮が見えている。加布里《かふり》天満宮だ、覚えがある。

「202号線を東に行くと牧のうどんだけど、覚えてる？」

「あー……誰かに連れていってもらったような……」

「俺俺」

「……そのあたりが全く記憶ないですね〜……」

「あやかしや神霊にまつわる部分の記憶だけが、ごっそり欠けてるみたいだな。じゃあ天満宮で遊んでもらった記憶もないかー」

「誰にですか？」

「菅原道真《すがわらのみちざね》。通称先生」

「ご祭神じきじきに!?」

夕暮れの202号線は福岡市内からこちらへと向かう車が多い。反対車線の混み具合を眺めながら、私はふと気になったことを尋《たず》ねた。

「紫乃さん、どこに祀《まつ》られている神様なんですか？」

「俺そのものを祀ってるところはないかな、別名義だったり、俺から分かれて人々に祀られるようになった神は残っているけれど。そうそう、璃院紫乃は楓の保護者としての名前で、本来の名前は紫乃。昔の楓が『筑紫の紫のほうの神様』ってことで名付けてくれたんだ」

まるでもう一人神様がいるような口ぶりだ。

「筑紫の筑はどこに行ったんですか」

「喧嘩別れしてそれっきりだな」

「いるんだ。そして喧嘩別れしたんだ……」

反対車線、中心部方面から糸島《いとしま》に向かう道は相変わらず混んでいる。最近宅地化が進んだわりには道路の敷設《ふせつ》が追いついていないので、混みやすいのだ。

「……今回の件も、あんな雑魚《ざこ》が力をつけていたのも、あいつのせいのような気がするが……少し調べてみないと……」

「雑魚ってあの、紫乃さんが念入りにトラックで何度か踏んでたあの男の人ですか？」

「ああ。あれは贄山隠《にえやまかくる》。関東某所在住の二十七歳、最近お家騒動起こした呪詛師《じゅそし》だ」

信号待ちの間に紫乃さんがスマートフォンでホームページを開いてくれた。

そこには呪い屋としての経歴や株式会社としての説明、社歴、実績などが書かれている。

『安心してください！　念願成就《じょうじゅ》絶対保証！』

闇の呪詛師らしき人々がガッツポーズをし、前のめりの笑顔で集合写真を撮っている。

確かに真ん中で笑顔を見せている男性は、四トントラックで念入りに撥ねた覚えがある。

「闇の呪詛師がこんなノリでいいの」

「そんなもんだって、嘘はついてないんだし」

「で、これに私たちは……対処した、んですね？」

紫乃さんは頷《うなず》く。

「人あらざる、まつろわざる連中――今ならあやかしって言い方が一番妥当かな。付き合いがあるあやかしから依頼があったんだ、自分のところの土地神や、祀られなくなって愛情に飢えた無縁仏たちが奴らに利用されているとな。俺の管轄外だが、福岡から移住した稲荷《いなり》神や武士の御魂《みたま》もいるし、縁がある連中から泣きつかれたら黙ってるわけにもいかなくてな」

「それで、関東まで……」

私は呟いたのちにはっとする。

「もしかして、だから燃やしたんですか？　彼らの魂が蹂躙《じゅうりん》された場所を、炎で清めるために」

「そうそう。歌いながら灯油撒いたって言っただろ？」

「説明が悪すぎる！」

ははと笑って、紫乃さんはハンドルを左に切る。牧のうどんの看板が見えてきた。

「楓も巫女として、千切っては投げ千切っては投げの大乱闘……もといお祓いをしていたんだ。みんな笑顔で成仏していったよ」

「……それなら、よかったです」

私はようやく安堵できた。さすがに記憶喪失からの大量殺人鬼スタートなんて嫌だ。

「楓と俺は普段、土地神と巫女として福岡を中心に北部九州あたりのあやかしの祓いをしている。行政の依頼でやることもあるし、旧知から相談を受けて動くこともある。福岡を離れていく人から移住してくるあやかしに土地の仲介をしたり、あやかしの就職先の斡旋《あっせん》なんかもするから、建前としていろいろ事業はやってるよ」

紫乃さんはこちらを見て、ちょっと微笑む。

「楓が社会で生きるには人間としての居場所が必要だから。それに政教分離の都合もあるし、明治維新のときに正式な神職として認められなかったから民間ってことにするしかないんだ」

「いきなり地に足がついた話ですね」

「博多《はかた》湾にビームで吹っ飛ばしたり、鈴で思いっ切り殴ったり」

「そっちの意味の『沈める』!?」

「普通の巫女なら歌や踊りで鎮めるんだけど、楓は霊力がわんぱくだからなあ」

「わんぱくで片づけていいの」

そうこうしているうちに牧のうどんに到着した。着くだけで急に空腹感が増してくるのだから、不思議なものだ。

「ラッキー、駐車場空いてた」

「紫乃さん」

「ん？」

「じゃあ最後にこれでもかと轢《ひ》いていたあの男の人……贄山さん？　も、轢いてオッケーな死霊とかだったんですね？」

「よし行こうか、今はちょうど席空いてるみたいだ」

「待って、私の質問」

「ほらほら、急ぎなさい。席埋まるぞ」

紫乃さんが微笑んで手招きする。私はとりあえず、食欲に従うことにした。

席は奥のほうが空いていて、私たちはそこに座ることになった。

周《まわ》りは親子連れから地元のなじみのお年寄り、髪の毛を上に思いっ切り立てたやんちゃそうな人々までたくさん溢《あふ》れている。

超美形の紫乃さんがいても、誰もこちらに特別な注目を向けることはない。注文してすぐに配膳されたゆるゆるのおうどんを食べながら、私はしみじみと紫乃さんに言った。

「紫乃さん、神様なのにうどん食べるんですか？」

「土地の恵みだから土地神にとっては神力になるんだ。ほら、うどんも喜んでる」

「うわあびちびちしてる」

びちびちと活きがいいうどんを啜《すす》る姿も絵になるのだから、綺麗な人というのはすごい。

私も目の保養ばかりに気を取られないように、うどんをするすると食べた。美味しい。髪の毛を一つにくくっててよかったと思う。

「あーおだしがしとしとで美味しぃー」

「儂《わし》はしこしこの讃岐うどんが好きだがな」

「楓、ねぎが顔に飛んでる」

「あ、ありがとうございます」

紫乃さんが頬についたネギを取ってくれる。一寸遅れて気づく。

「今おじさんの声が聞こえませんでした？」

「ああ、そこに先生がいるから」

「えっ」

紫乃さんの視線の先を見ると、長テーブルのそばに花をつけた梅の枝が一枝、転がっていた。

今は春だから梅の季節だ。

「あわわ、どこかで引っかけて折っちゃったのかな」

「違う、触るでない。湯飲みに入れるな迷惑になる」

梅の枝から声がする。スマートフォンやイヤフォンから声が聞こえるのに似ていた。

「あの……菅原道真公で、いらっしゃるのですか？」

「先生と呼べ。人間のときの名は呼ばれたくない」

紫乃さんがスピーカーモードのスマホに話しかけるような調子で尋ねる。

「先生。贄山の動きはどうだ」

「壊滅した。あちらの天満宮によると、贄山の事務所が壊滅したのを皮切りにしばらくは呪詛合戦が起こるようだ。こちらに次の話が来ることはないだろう。あちらの土地神が詫びていた、楓の回復の

ためならなんでも協力するとな。また情報が入ったら伝えよう」

「感謝する」

会話の外野になっていた私に、紫乃さんが補足説明をしてくれる。

「先生は今も全国で信仰される神で、神通力は日本全国からハワイまで及ぶ。贄山の件があった関東の神霊関係の情報を見て貰っているんだ」

「ありがとうございます」

「なに、楓には生前世話になっとるからな。人間は好かぬが楓なら仕方ない。体を大事になさい」

「はい」

梅の花は枝ごとふわっと散っていく。梅の香りだけがうどん屋のだしの匂いに溶けていく。

紫乃さんが肩をすくめた。

「記憶が自然に戻るか、取り返さなければならないかも今はわからないな」

「いやー、こんなにラフに菅原道真公が話しかけてくるなんて……」

「梅の花がその辺にあったら、だいたい先生だよ」

「壁に耳あり障子に目あり、梅に先生あり……」

近くの席で大笑いする誰かの声が聞こえる。梅の木に話しかける珍妙な私たちだけど、誰もこちらを気にしている様子はなかった。

「梅の木がしゃべっても、みんな気にしないんですね」

「結構その辺にあやかしいるからなあ。無意識に見慣れてる人が多いんだよ。あとは、客にもそれなりにあやかしがいるからかな」

「えっ」

「そっか。今の楓には見えないか。……少し目、閉じて？」

紫乃さんに言われるままに目を閉じる。いい匂いがして瞼に何かが触れた気がした。

「いいよ」

言われるままに目を開くと、見える景色が変わっていた。

お客さんの四分の一くらいが、人間じゃない感じに見える。

「うわあ、人魚もいる。カワウソさんもいる……ほんとに結構多いんですね」

唇を舐めながら、紫乃さんが答える。

「天神《てんじん》に行くともっといるよ。外様《とざま》大名の黒田《くろだ》、配流《はいる》で訪れた菅原道真、海からやってきた外国商人たちやら、いろいろな新しい住人が多かったこの土地は、今でも気軽なノリであやかしが集まる場所だから」

紫乃さんは簡単に、私に福岡とあやかしについての説明をしてくれた。

福岡、特に福岡市天神近辺はあやかしが多く住む土地らしい。九州圏内はもちろん、廻船の運輸がメインだった時代から繋がりのある日本海側、そして海外。厳しく統制された首都圏や関西のあやかし事情に比べて、こちらはずっと混沌としておおらかなところがあるという。

「宗像《むなかた》大社や筥崎宮《はこざきぐう》のある東区や山笠《やまかさ》の加護が強い博多近辺は、全然空気が違うし俺はノータッチだけどな。元々海に向かって開かれた糸島と先生の神通力が強い天神大牟田線《てんじんおおむたせん》沿線は、結構移住者が多いよ。ああ、東区と言っても照葉《てりは》は多いかな？」

「へー……地名はわかるのにそれ以外の知識が全て消えてます」

「うーん重症だな」

そんな話を聞いているうちに、うどんも食べ終わって店を出た。

回転率がよくて、どんどん人々がうどん屋に吸い込まれていって出ていく。

うどんは美味しい。

「食べ終わっても結局思い出さなかったな」

帰り道、紫乃さんは行きとは別の道を提案した。

「せっかく糸島に来たから二見ヶ浦に行かないか」

それから紫乃さんは初川沿いの旧道に入り、葉桜になりかけた桜並木の道に車を走らせ、そこから糸島半島を縦に突っ切る道を進んだ。

交通量の多い道から外れると、夕日が沈んで暗くなった田園地帯は静かだった。

ハンドルを握る紫乃さんは無言だった。私は窓の外を見ながら覚えている景色があるか確かめていた。卵屋さんが左手に見え始めた頃、紫乃さんがぽつりと呟いた。

「……すまない」

「……紫乃さん？」

「俺が守れていたら、楓が記憶を失うこともなかったのに」

予想外に真剣な横顔に驚く。私は暢気に卵おいしそーなんて思っていたのに。

私はぶんぶんと手を横に振る。

「いいですよ！　だって記憶以外、体も元気でうどんも美味しいし、悩んでも仕方ないですよ」

これは本心だ。記憶が欠落したからなんだというのだろう。ご飯は美味しいし衣食住にも困っていない。親代わりか未来の結婚相手かよくわからないけれど、優しい紫乃さんが元気で傍にいるのだし、まあなんとかなるはずだ。

「なんとかなります。なんとかしてみせますよ、神様の巫女ですし！」

腕にぐっと力こぶを作ってにっこり笑ってみせると、紫乃さんはこちらを見て笑う。

「……楓は本当に変わらないよ、ずっと」

その眼差《まなざ》しは、なんだか私を見ているようで、私本人を見ていない気がした。

私は何度も輪廻を繰り返してきた。紫乃さんは今まで何人の私と出会ってきたのだろう。

――そのたびに、紫乃さんはゼロになる私と向き合ってきたってことなのかな？

その時ぱっと視界が開ける。淡く紫に色づいた、夕日が落ちたばかりの海だ。

サンセットロードと呼ばれる海辺の道を左に折れ、しばらく行くと桜井二見ヶ浦の真っ白な海中大鳥居と、大注連縄《しめなわ》で結ばれた夫婦岩のシルエットが見えてきた。

日本の渚百選に選ばれた、美しい景色だった。

「ここの駐車場、前は無料だったのにな」

「人気スポットだからやむなしですね」

紫乃さんは駐車場に車を止め、私を連れて海岸まで降りる。意外なほどに人はいなかった。

紫がかっていた空は、あっという間に宵闇の紺が広がっていく。緩やかな弧を描いた穏やかな浜辺には波の音が響き、遠くにはちらちらと漁船の明かりがきらめいている。

「綺麗……ですね」

「ああ」

私に答えながら、紫乃さんは着衣のまま躊躇《ためら》いなく海に入っていく。

「し、紫乃さん!?　溺れますよ」

「溺れないよ。ここまで来たからせっかくだし、少し祓いをしようかと思ってね」

「祓い……?」

「おいで、楓」

誘われるまま、私も勢いで海に入る。春の海はひやりとして冷たい。けれどなぜか、波の抵抗や不快感はない。紫乃さんに手をつながれ海にどんどん入っていく。なぜか、溺れない。

「楓。周りをよく見てごらん」

言われて視線を巡らせる。あっと、声が出た。

紫乃さんの周りに星が降りていた――違う。蛍《ほたる》より淡く穏やかな輝きが、紫乃さんの周りを舞っている。空から集まったもの、水底から浮かび上がってくるもの。

それらはきらきらと、私の周りにも集まってきた。

私は両手で海水ごと掬い上げる。きらきらと、私の目の前で瞬いた。

「……魂《たましい》、ですか?」

「ああ。あやかしだったもの、忘れられた土地神だったもの、そして――供養されることのない人間の魂」

紫乃さんは光を手に乗せ、そっと唇を寄せる。

「おかえり。また還《かえ》っておいで」

紫乃さんの言葉で、光はすっと消えていく。光は次々と紫乃さんに触れて消えていった。淡い光が次々と、紫乃さんの稲穂色の髪を、金色の瞳を、色の薄い首筋を淡く浮かび上がらせる。

言葉で説明されなくとも理解した。

――これが、土地神の役目。

「……筑紫《ここ》は、いろんな土地から人がやってきた場所だ。海路の起点であり、大陸や半島に近く、産業化の中心地というのはそういう意味を持つ。この土地で生まれ見送られた者だけではない。この土地に帰りたくても帰れなかった者、帰りたかった場所を思いながら朽《く》ちた者もいる。信仰されて捨てられた神も数多い……みんな、海や山で迎えを待っているんだ」

「紫乃さんは、……みんなを見送っているんですね」

私の言葉に、紫乃さんは綺麗な顔で微笑む。

「誰かが自分を看取《みと》ってくれると思うだけで、救われることもあるだろう？」

その姿は神々しかった。人々に忘れられた、今はもう誰も祀っていない神様でも、紫乃さんは土地に縁のある魂にとっての寄《よ》る辺《べ》であり続けている。

「璃院楓《わたし》は、そんな紫乃さんを祀るための巫女なんですね」

「そうだよ。俺は楓がいてくれるから、こうしていられる」

人間社会では天涯孤独に生まれる楓《わたし》と、私だけに覚えられて生き長らえる紫乃《かみさま》さん。

「私たち……確かに一言じゃ言い表せない関係ですね」

紫乃さんは微笑む。

「安心したよ。記憶を失ったって、楓は楓だ」

なんだか胸の奥がどきっとした。私が全てを失っても心細くないように、この人も私がいることで、心細くなかったらいいなあと思う。

「よーし、私もみんなを送ろうかな」

私も魂を掬い取る。嬉しそうに手のひらで震える魂に、私はキスをしようとして……やっぱり恥ずかしいので、撫でるように手で触れる。

——次の瞬間。

海全体がぶわっと輝き、魂が全てふわっと浮かんで散っていった。

「……!?」

茫然《ぼうぜん》とする私。

海から、幻想的な魂の光が全て消えていた。紫乃さんも目を丸くしている。

「……あの、私、なんかやっちゃいました?」

「記憶を失ったせいで、霊力のさじ加減が……ばかになってるな……」

「な、なんと」

「巫女としての修行、一からやり直しだな。このままじゃ仕事復帰はちょっと厳しい」

紫乃さんが茫然と立ったまま言う。私は両手を見つめた。

「なんということでしょう……」

記憶と一緒に仕事も失いそうになるなんて。

「………あの。修行って大変でした、よね?」

「生まれたときからちょっとずつ、十八年間積み重ねて磨いてきた能力だからなあ」

紫乃さんの表情が絶望を物語っている。

「イヤー！」

私は叫んだ。紫乃さんがぽつりと呟いた。

「もしかして、これが狙いだったのか？　あいつは……」

◇◇◇

「なんてことだ、全てが灰燼《かいじん》に帰《き》してしまったではないか」

関東山奥某所、とある廃村跡地にて。贄山隠はひとり頭をかきむしっていた。

廃村になったその村は、メガソーラーの海に囲まれた山中に位置している。

山ごと贄山の所有で、山の位置する自治体の担当議員は贄山と懇意だった。担当議員は突然の不祥事発覚や事故が相次ぎ、現在記者会見の準備に追われている。

忌々《いまいま》しい田舎娘と野良土地神のせいで、贄山が施していた呪詛が全て壊されたのだ。

贄山のスマートフォンは次々と連絡がポップアップして光り続ける。

「どうすればいい。どうすれば……」

本来なら今日は都内某所ホテルにて、人気芸能人ばかりを集めたパーティでお楽しみの予定だった。

それが明かり一つない山奥で、茫然としなければならないなんて。

最初におかしいと思えばよかったのだ。

だがなぜか、あの女の眼差しには逆らえなかった。たかが一介の無名のあやかしに、三百年の伝統を誇る呪詛師一族の当主たる自分が惑わされるなど、あり得ない話なのに。

「このままではまずい。あの女め、早く捕まえて新たな呪詛の構築に利用せねば……」

「あら、あの女って私のこと？」

「ヒッ」

男の後ろから、裸の白い手が伸びる。

少女の細い手だ。

「あ、……あのー……いえ……」

「ふふ。全てを失ったあなたに尽くして、よみがえらせてあげたのは私よ？　その言い方はないのではなくて？」

「ほほほ本当にこのたびは申し訳ございません。せっかく尽紫《つくし》様が力を貸してくださったのに」

「うん。本当よ。もっと紫乃ちゃんを虐《いじ》めてめちゃくちゃにして欲しかったのに」

贄山の耳を後ろから甘く食《は》む少女。

贄山は若いアイドルが好きだ。黒髪で清楚系のアイドルがパーティに来ることを楽しみにしていた。

だからある意味、裸の黒髪美少女と二人っきりなのはご褒美なのだ。

彼女の長い黒髪がゆらゆらと蠢《うごめ》き、贄山の手足を拘束しているのでなければ。

「本当に申し訳ございません」

「素直な人は大好きよ。ふふ、地元じゃあ、可愛げない男ばかりなんだもの」

笑いながら少女は正面に回り、贄山の顔を両手で包み込む。

月明かりにさえざえと輝く、少女の白い裸体は官能的だった。

美しいのに、恐ろしい。贄山は震えが止まらなかった。漏らしてない自分を褒めたいくらいだ。

「命《いのち》尽くしの坂ってご存じ？」

「……し、知りません」

彼女の眼差しに、一瞬失望がよぎる。しかし再び、赤い唇でふふ、と笑って続ける。

「九州のとある交通の要所にね、通る人間の半分を殺して食らう、恐ろしい神様がいたの。だから命尽くしの神様がいる土地と呼ばれていたのよ。懐かしいわ」

「……そ、……そうなんですね～……」

彼女の瞳が藍色に輝く。

「ふふ、あくまで一説よ。本当のことなんて、人間は覚えていない。中央ではなかった土地の記録なんて、その土地の人間の言葉では残されない。でしょう？　だって邪馬台国《やまたいこく》もあんなに栄えていたのに、だぁれも場所さえ覚えていないんだもの……さみしいものね？　栄枯盛衰《えいこせいすい》って」

少女は贄山の首筋を撫でる。

そして彼の和装をはだけさせ、裸の胸に手を這わせる。

「あなたも私を、知らなかったものね？」

「ひっ、いや、いいいや、そんな、ええと」

「いいのよ。えいっ」

つぷり。

嫌な感覚とともに、彼の胸に指が差し込まれた。

血は出ない。ただ、手が中に入っていくのだ。

「あ、ああああの、一体、あの」

「あら呪詛師ならわかるのではなくて？　魂を弄《いじ》っているのよ。中指がお好き？」

「あっ、ああああっ」

指先が体の中を蠢き、贄山は首をいやいやと横に振る。

その反応に少女は恍惚《こうこつ》とした表情を見せた。

「あらまあ、お腹の中は真っ黒。あなたひどいことをする人ねえ。お腹の中にたぁくさん、神の恨みが篭《こも》っているわ。ひどいことをしてきたのね？」

「ひ、ひいいい」

「そうよね、朽ちた廃村の墓から、旧《ふる》き恨みのある土地から霊魂を吸い取って、加工して呪いとして人に植え付けるお仕事なんて、怖い物知らずをしてきたのだもの。そんなことをしたら大地も腐れるし、人の魂もあなたの魂も、ぜえんぶ壊れるのに……そんなこと、昔は誰でも知っていたのよ？」

「ああ、ああ、あああ」

魂を弄り尽くされる未知の感覚に贄山は叫ぶ。

「まあそんな愚か者だから、簡単に私の誘いに乗ってくれたのよね。……さあ、あなたが晩餐のメニューとなる番よ、神様たちがあなたをご所望よ」

彼女が手を広げる。そこにはたくさんのあやかしたちがいた。

「皆さん、この土地の旧い土地神なの。九州《シマ》から出てお世話になったお礼に、あなたをごちそうしようと思うの。大丈夫、食べるのは魂だけ。意識を保っていられたら、案外気持ちいいわよ？　頑張ってね」

「ぎゃあああああ」

腹を食らい尽くされる贄山。

岩の上に座り、少女はうっとりと眺める。

「うーん、高慢で美しい愚かな男が恐怖と快楽に壊れていく姿は、令和の世でも美味しい肴《さかな》だわあ」

彼女は酒を飲む。贄山から捧げられていた神酒《みき》だった。

「ふふ、今の時代はいいわねえ、米も甘くて、お酒も美味しくて……ふふ、口噛み酒も乙《おつ》なものだったけれどね？」

お酒と月。男の悲鳴と、裸の少女。

「あひっ、あひ、あああ、あああ」

「あら？　あなたも気持ちよくなってきたみたいね、もう一回、再生《イ》けそう？」

「ひひいひっひ」

「ふふ、いいお返事ね。あの子も、これくらい従順ならいいのに」

少女はひとり、妖艶に笑う。

第二章

サードプレイス

記憶を失って一週間。

紫乃さんと一緒に母校に行ってみたり、昔なじみの場所にあちこち行ってみたり、最終的には「転んで頭を強く打ちました」と普通のお医者さんの診察まで受けたりした。

けれど、相変わらず全く何も思い出せなかった。

私は紫乃さんの屋敷の別棟にある修行場にいた。場所に合わせてだろう、紫乃さんは細身のジャージの上下を纏っている。淡いグレージュカラーがよく似合う。

「こういうときって和装じゃないんですか」

「和装が似合う顔と体型なら、普段から着てるよ」

見ればわかるだろう、と言いたげに、中に重ねたTシャツを引っ張ってみせる。顔が小さくて細身のすらりとした体型は、確かに和装が引っかかる場所がない。

「そういえば紫乃さん、どうして絶妙に日本人離れしたビジュアルなんですか？」

「さあ。具現化した当時の俺にとっては、これが一番しっくりきたからかな？」

「うーん、古代の不思議」

紫乃さんは私を見て尋ねる。

「楓、巫女装束は出せ……ないよな」

「しまっ《なおし》てる場所も知らないです」

「ああ……そういう意味じゃないんだ。楓は霊力コントロールで巫女装束をいつでも身に纏うことができる。ほら、日曜の朝に楓が見てたアニメみたいに」

「魔法少女の変身みたいに、ってことですか？」

「そうそう」

紫乃さんは頷いた。

「楓は生まれたときからずっと修行をしていたから、なんでもできたんだ。でも今の楓は記憶を失う前の楓が持っていた技能はまっさらだ。歌で祓うのも、神楽鈴を用いるのも今の楓には難しいだろうし、霊力のコントロールも一から覚えなければいけない」

「悲しいなあ」

「昔から使っていた道具の中には、今もそのまま使えるものがある。それがこちら」

紫乃さんは言いながら、おもむろにＩＣカードを取り出す。

明朝体のひらがなで『はやかけん』と大胆に描かれ、マスコットキャラクターのちかまるくんの正面向きの笑顔がこちらを見つめる、見慣れた福岡市営地下鉄のものだ。ＩＣカードでよく使われる『〇〇カ』の名称ルールにも則《のっと》っていないフリースタイルなデザインのそれを、私はまじまじと見る。

「ええと……はやかけん……ですね？」

「ああ、はやかけんだ。右上のところに『アジアのリーダー都市へ』が追加された第二世代修正後版のものだな」

紫乃さんは右上のＦＵＫＵＯＫＡ　ＮＥＸＴのロゴ部分を示したのち、続ける。

「幼い頃からずっと身につけてきた持ち物には呪力を籠《こ》めやすい。ＩＣカード自体も情報を書き込まれるのに慣れているし、個人情報がしっかり納められている。学生時代はずっと定期として使ってたから、本名と生年月日も印字されてるし、呪符として完璧なんだ。ほらここ」

「ほんとだ、リインカエデって書いてある」

淡い紫のケースに収められていて、ストラップは使い込まれているのがわかる。

「楓は常にこれを携帯し、己の霊力の調節に使っていた。溢れそうなときに……もういいか、説明より使ったほうが早いな」

紫乃さんは説明を打ち切ると、道場の向かいの壁を示した。壁には的《まと》がいくつか描いてある。

「ビームが出るから、アレに頑張って当ててみるんだ」

「突然雑になりましたね⁉」

「言葉で説明は難しくてな。ほら、神《おれ》にとって当たり前のことを一から噛み砕くのは。これまでも習うより慣れろの教育方針で来たし」

「そもそも巫女がビーム出していいんですか。しかもはやかけんから。もっとこう……巫女っぽい何かは……」

「一応、正式な場所では『地祇巫女《ちぎのみこ》の光条』やら『命婦《みょうぶ》の慈光《じこう》』やらそれっぽい名称をつけていたけど、はやかけんビームは、はやかけんビームだし」

「はやかけんビーム……」

私はなんとも言えない気持ちではやかけんを見つめた。はやかけんからビームが出る姿が想像できないけれど、元の力を回復するには必要なことだ。

「……まあ、確かに実践あるのみですよね、やってみます！」

「いけいけー」

紫乃さんがぱちぱちと拍手する。私は仁王立ちになり、はやかけんを構える。

まずはとにかく、ビームが出るように念じた！

「……出ませんね」

「言葉にするのはどうだ？　砲丸投げも声を出したほうが飛距離が伸びるって言うし」

「それと一緒にしていいんだ……よ、よーし！『ビーム！』」

「……出ないな」

「はやかけんビーム！」

「おっ、ちょっと光った。必殺技を口に出すと強いな。頑張れ頑張れ！　できるできる！」

「うおおおお！　はやかけんビーム!!」

「あ、また出なくなった」

「えーん！　ちかまるくん助けて！　はやかけんビーム!!」

——そんなこんなでしばらくの間修行をしたけれど、結局はやかけんからビームが出ることはなかった。

「ごめんなさい、ふがいないです」

「いや、頑張ってるから大丈夫。コツさえ思い出したらすぐできるようになるよ。ちかまるくんも応援してるさ」

「してくれてるかなあ。頑張ろ」

紫乃さんはねぎらうように私の髪を撫でる。優しいからこそ悔しくなる。

「うう、早く社会復帰しなければ……！」

私は拳《こぶし》を握り誓った。早くビームを出そう！

そして記憶を失って八日目の夜。

結局今夜の修行でもビームは出なかった。

「まあまあ、すぐに上手くいかなくてもしょうがないさ」

「前の私はどれくらいでできたんですか？」

「……未就学児のうちかな」

「……」

「だから四、五年は修行が必要なんだ。まだほら、八日じゃないか。大丈夫だって」

「はーい……」

しょんぼりしながら道場から出ようとしたとき、紫乃さんに呼び止められる。

「悪いが明日はちょっと所用で家を空けるんだ。だから昼の修行に付き合えない」

私の修行に付き合わせていたけれど、紫乃さんだって忙しいのだ。

私が巫女として働けなくなったせいで、紫乃さんの負担も増えていることだろう。

理由を言わない紫乃さんに申し訳なくなりつつ、私はぶんぶんと首を横に振る。

「謝らないでくださいよ。私だって記憶を取り戻せないばかりか、巫女としてポンコツになっちゃってご迷惑おかけしてるんですし」

「……守れなくて、ほんとごめんな」

この件になると、紫乃さんは見るからに申し訳なさそうにする。いたたまれなくて私は慌ててフォローする。

「ああ、それ以上しょげないでいいですってばあ」

そして言葉通り、翌朝紫乃さんの姿はなかった。

いつもは布団を上げて身支度を済ませた頃に、様子を見に来てくれていたのだ。

「今日は一人で修行かな。頑張ろっと」

今日はフーディにショートパンツ、明るい色合いのソックスのコーディネイトセットを選んだ。カジュアルなスタイルで服装だけでも元気になろうという算段だ。

ちなみに服は全部紫乃さんの趣味らしい。先日クローゼットの奥にしまわれた煮染め色のペイズリー柄のワンピースに気づいたとき、紫乃さんが「それは前の楓が……買った服だ……」と気まずそうな表情で明かしてくれた。着てみると案外似合うかもしれないと着てみたけれど、肩幅が広く、足が短く、お腹が出て見える最悪の似合わなさだった。

それに引き換え紫乃さんが合わせてくれたセットは、どれを着ても可愛い。

「きっと、紫乃さんと一緒に服を買いにいったりしてたんだろうなあ」

鏡の中の自分を見ながら、消えてしまった過去を想像する。周りから私たちはどんな関係に見えていたのだろう。少し考えてみたけれど、お腹が空いたので部屋を出た。

紫乃さんの屋敷はいわゆるリノベーションした古民家という感じのもので、私は一階の奥、中庭から日の光が入る明るい部屋に布団を敷き、寝室として使っていた。

紫乃さんの神通力で構築された空間なので、敷地のサイズはいくらでも変わるし、空間はいろいろと変えられるらしい。

隣の衣装部屋は明らかにモダンな造りになっているし、その奥にある私の自室も、なぜか窓から太陽の光が入る明るい部屋だ。構造がおかしいが、そういうものらしい。

ともあれ私は中庭に面した広縁に出て、ぐるりと回りながらダイニングルームへと向かう。いつもそこで紫乃さんと食事をしていた。

「そういえば、台所はいろいろ曰《いわ》く付きなんだっけ……今日の朝ご飯どうしよう」

紫乃さんに聞くのを忘れていた。

そう思いながら台所に行くと、知らない男の人の背中があった。

「楓ちゃんおはよ」

奥二重の切れ長な目元に、しっかりとした唇。パーマをあててワックスをつけた黒髪は前髪が長めですごくおしゃれ。細身の黒シャツに黒いパンツ、エプロンがとてもよく似合う。ピアスの穴がいくつもあいていて、腕まくりして覗いた肘やら首やらが筋張ってごつくて、女子だけでなく男子も釘付けになりそうなタイプの美男子だった。

「おはようございます」

「だはは、楓ちゃんがかしこまってら」

私の態度に笑う彼、後ろからふわっと、炊きたてのご飯の匂いとお味噌汁の匂いが香る。匂いに思わずお腹がぐうと鳴った。屈託なく彼は笑顔を見せる。

「ほらほら、朝ご飯できとるよ、持ってって」

彼は私にお盆を渡し、ひょいひょいと朝ご飯をのせていく。炊きたてのきらきらご飯に高菜漬け、卵焼きに焼き海苔と、お味噌汁。生野菜を添えたポテトサラダだ。

「あ、このポテトサラダ、昨日の朝ご飯で見たような。白身魚が美味しいやつ」

「そうそう、焼き魚にするのもいいけど、これならパンにも挟めるやろ？ 卵は朝採れたてのだし、高菜漬けは少し古くなっとったけん今朝炒めた。ごま油でささっとやるだけで全然匂い変わるとよ」

「説明だけでも美味しそう……」

私の反応が嬉しいのか、お兄さんは自慢げな顔をする。

「昨日までの朝ご飯も俺が作っとったとよ。知っとった?」

「知りませんでした」

「ふふん。作り置きしとったとよ。最近は紫乃に頼まれて、ちょっと情報集めたりして家出とったけんね」

私はテーブルについて、早速朝ご飯をいただく。

「いただきます!」

これまでも作り置きの朝食はいただいていたから、美味しいのは知っていた。けれど作りたてのほかほかは、今までにないほど絶品だった。

卵焼きはしっかりとした黄色が眩《まぶ》しいふわふわで、合わせ味噌で薄味に調《ととの》えたお味噌汁には、端っこの残りを上手に使った野菜がたくさん入っていて、上に散らされたネギとしゃくしゃくの南関《なんかん》あげが美味しい。

「南関あげ入ってるってことは、福岡のものだけじゃないんですね」

「うん、こないだあの辺の子に貰ったけんね。美味しかもんは、なんだって美味しかやろ?」

ご飯はもちろん真っ白でつやつやで何杯でも食べられる甘さで、美味しさに意識が覚醒《かくせい》してきた頃に、高菜漬け炒めが刺激的に美味しい。

ポテトサラダは焼き魚の風味が利《き》いていて、他の和食と仲良く味わいが調っている。途中で淹《い》れてもらったお茶も苦みが美味しくて、気がつけば美味しい美味しいと歓声をあげながらおかわりまで所望してしまっていた。

「うう、朝からおかわりして食べてしまう……！」

「よかよか、体力たくさん使ったんやけん、山ほど食ってよかやろ」

「ううーお米美味しい」

「ほんっと幸せそうに食うねえ」

目の前に座った彼は頬杖をつき、ニコニコと私の食べる様子を見ている。

「ねえねえ、俺も名乗ったほうがよかやろ？」

「そうですね、名乗って貰えるとありがたいです」

「あはは、敬語じゃなくてよかってばりうける。俺は羽犬《はいぬ》。元々筑後の土地神だったやつね。筑後はわかる？　福岡の南のほう、フルーツが有名なところ」

「はい、それはわかります」

「ほんと半端に記憶欠落しとっとやなあ。で、俺はそのあたりの塚に祀られとったんやけど、いろいろあって零落《れいらく》して今はただのあやかしなんよ。楓ちゃんが赤ん坊のときから料理関係は俺が担当しとってね。紫乃とは長い付き合いで、楓ちゃんがおらんときもちょくちょくつるんどったったい」

「零落であやかしって……結構重たい話なんじゃないですか、それ」

「あーいやいや、俺としても落ちるのは上等なんよ。料理とか茶の湯とか、そういうのやるには一介のあやかしのほうが便利とよ」

「へー……そんなもんなんですね」

「だははは、おかしか、ほんっとなんも覚えとらんし。うける」

笑い上戸《じょうご》なのか、彼はけらけらと笑いながら膝《ひざ》を叩く。その態度が全く失礼に見えず、むしろすごく人なつっこく見えるのは、彼の雰囲気のなせる業《わざ》だろうか。

「羽犬さんって呼べばいいですか？」

「はーくんって呼んでもよかよ」

「はーくん……よ、呼びにくいからしばらくは羽犬さんでいいですか」

「よかよぉ。あっねえねえ、紫乃のことはどう呼びよると？」

「紫乃さん、と」

「だははは、新鮮すぎ」

再び膝をバシバシ叩きながら笑う彼。

とりあえず私はおかわりぶんを食べることにした。無限に入りそうなくらい美味しい。

夢中になって食べていると、彼は嬉しそうに言った。

「楓ちゃんは変わらんな～。嬉しい食べ方してくれるよねえ、ほら食材も喜んどらすよ見らんね」

彼が親指を向ける先を見ると、台所から野菜が小躍りしながら出てきている。ひとしきり踊ったあと、また台所に戻っていった。活きがいいのはよくわかった。

「うちの食材ね、県内や時々県境くらいまでの土地神がさ、食え食えって自動的に貯蔵庫に押しつけてきてくれるヤツとけどさ、明日からもっと食材届くとやろなあ」

「そ、それは何より……？」

「あはは、野菜大量消費ならカレーかな？　野菜コロッケも美味《うま》いかもしれんね。ノンフライヤー買ったけん、揚げ物めっちゃ作りたかっちゃんねー」

彼は楽しそうだ。

「もしよかったら、私もお手伝いさせてもらっていいですか?」

「俺は歓迎だけどさ、楓ちゃん今霊力の調整できんのやろ?」

「う」

「あはは、それなら危なかばい。食材爆散しちまうかも」

「む、無力だ……」

「霊力調整の練習、調子は?」

「全然ですね。だから今日も道場で練習する予定でした」

「毎日同じやり方で上手くいかんとやったら、一旦休憩するのもありなんじゃなか? 焦《あせ》っても仕方なかし、楓ちゃんはもっと休んだほうがよかと。やけん今日はごろごろしとかんね」

「うーんでも……紫乃さんは忙しいみたいだし」

「真面目かねえ〜前からそうやったけど」

羽犬さんはそうだ! と手を叩く。

「どうせ暇しとるとやったら、今日は喫茶のほうに来てよ」

「喫茶?」

「この空間間借りして、俺がしとる喫茶店よ。結構有名人も来てくれるとよ?」

「私が行っていいなら是非!」

「歓迎歓迎。みんな楓ちゃんにも会いたがっとったし」

彼は嬉しそうに人なつっこく笑った。

◇◇◇

羽犬さんに連れていかれたのは、私がいつも暮らしている離れの逆側だ。

板張りの廊下を渡った先、庭に一度降りて踏み石を渡って建物の裏手に行く。

「蔵……ですか？」

「そうそう。改装したんよ。しのは『神域だから最初から好きに造りゃいいのに』なんて言いよったけど、リノベだからこそ出るニュアンス、あいつわかってなかとよなあ～」

間接的に光が差し込んで明るい店内が広がった。

緑が基調の、和の雰囲気を大切にしたキッチンとカウンター。さらに奥へと目を向けると、いくつか掘りごたつの席が用意されている。柄違いで並べられた花ござの座布団も鮮《あざ》やかだ。外に池があるのだろう、池の光が空間全体に、乱反射してゆらゆらと揺れている。私は目の前の光景に見とれた。

「雰囲気ありますねえ」

「やろ？　緑茶なら八女茶《やめちゃ》に和紅茶があるし、コーヒーなら焙煎《ばいせん》から俺がしよるよ。ほらあれ焙煎機」

「すごい！　おっきい！」

「うーん、嬉しい反応」

棚には硝子瓶に入った金平糖やお菓子がきちんと並べられ、壁には等間隔の正方形の薄い棚がしつらえられている。中には一つ一つ宝物のように器やティーカップが納められていて、どれもが綺麗に磨き上げられ、自然と全部、淡く輝いているように見えた。食器全てが、どこか誇らしげだ。

「綺麗……」

「やろ？　みんなほら、楓ちゃんが見よるけん気合い入れてー」

「食器に話しかけるんですか」

「そりゃ、みんなアンティークで付喪神《つくもがみ》ついとるけんね。持ち主がおらんくなった食器のうち、やる気がある子だけ引き取ってきよっとよ。やけんみんな、勝手に出てきて勝手にシンクに下げられて、勝手に洗って戸棚に入ってってくれるたい」

「便利な全自動だ……」

そのとき、カランカランと表の扉が鳴った。

「はーくんおはよー！　奥の掘りごたつ空いてるー？」

若い元気な女性の声。

見ると、長いワンレングスの黒髪を靡《なび》かせた、手足の長い女性たちが六人やってきた。いきなり団体客だ。長袖でもヘソ出しだったり、ホットパンツだったりで、化粧もばっちり。まるでアイドルみたいだと思う。

私を見て、女性陣はきゃーっと黄色い声をあげて駆け寄ってきた。

「なになに！　楓っち、もう出てきて大丈夫なの!?」

「ちょっとー心配したんだからねー！」

彼女たちは私の頭をかわるがわるに撫でさする。

「わ、わわわ」

「ちょっとねーさんたち、紫乃から聞いとったやろ？　楓ちゃん今記憶全然なくて困っとっとやけん。そうごねごね撫で回してびっくりさせんでやって」

「聞いてたけど、それと撫でたいのは別じゃない」

お姉さんの一人が、私の肩にぎゅっと腕を回す。お化粧からなのか、パウダリーないい匂いがする。

「あー楓ちゃん可愛い。霊力美味しい。いっぱい分けて分けて」

「れ、霊力って分けられるんですか？」

「楓ちゃんくらい強い子なら、毛穴からどんどん放出してるのよ」

「毛穴からかはわからないけど、とにかく漏れてるもんね」

「今日うちら大事な日だから、しっかり浴びさせて」

「私も私も」

かわるがわるお姉さんたちにもみくちゃにされる私を、羽犬さんが引っ張り出す。

「だああ、もう、楓ちゃん混乱しとるやろ。今は彼女なんも知らんとやけん」

「ちっ」

「舌打ちせんでよねーさん……で、注文は？」

「もちろんいつものやつ！　モーニングね！」

そう言い残し、ぞろぞろと席に着くお姉さん方。ロングヘアをなびかせて颯爽と座ると、嵐が過ぎ去ったようだ。

「さて、モーニング準備急がんと」

「あ、よかったら私手伝いますよ」

腕まくりする羽犬さんに言うと、彼はぱっと顔を明るくする。

「よか？　助かるよ！　ちゃんとバイト代出すけんね」

「えーいいんですか？」

「よかてよかて、こげんかとはちゃんとせんと」

予備のエプロンを受け取ると、私は羽犬さんと一緒にキッチンに入ってモーニングの準備をする。

手を動かしながら、羽犬さんは私に彼女たちの説明をした。

「あの人らはね、人魚の皆さん。二丈《にじょう》の海の浜女とか、長崎のほうの磯女とか出自はいろいろで……

あっ、川が狩り場の川姫の人もおらすね。みんな友達でちょいちょいここに集まってくれるんよ」

「荷物が多いみたいだけど、ご旅行にでも行かれるんですか？」

私の言葉を耳ざとく聞きつけ、お姉さんたちが一斉に笑顔で私を見る。

両手には魔法少女のようなペンライトが装着されていた。

「ジェリッシュの日本公演！」

「場所は百道《ももち》、任意の名前ドーム！」

「会場十七時！　グッズ販売は十六時から！」

「だから日本海側の人魚、みんなで集まったの！」

すごい熱気だ。だけど私は片手をあげて質問する。

「ええと……その任意の名前ドームって、今の名前はたしか、み……」

「あー！　言わんで！」

人魚さんたちは一斉に私の言葉を遮る。

「私たちにとっては名前覚え切れないから、『任意の名前ドーム』って呼んでるのよ！」

「そ、そうですか」

「短命の子たちなら覚えられるだろうけど、うちら一番若くても八十代だからね」

「そうそう。まだうっかりすると平和台《へいわだい》って言っちゃう」

「球団名も間違えるよね～」

「アイドルは忘れないのにね」

彼女たちはきゃっきゃと盛り上がる。

「今回は福岡がスタートなのよ、ライブツアー。楓ちゃんも毎年行ってるのよ、初夏は唐津の波戸岬の音楽フェスでしょ、夏は糸島の芥屋のサンセットフェスでしょ……あっ今年も行くよね！」

「記憶喪失でも行っていいなら是非」

「当然じゃーん！　んじゃ決定ねーっ！」

彼女たちはキラキラして綺麗で、プロのアイドルにひけを取らない美しさだ。

すらっとして髪が長くて綺麗な彼女たちは、きっと現場《ライブ会場》でも迫力あるのだろう。

話している間にスピーディにモーニングは完成し、私と羽犬さんで一緒に両手に抱えて席に運んだ。

厚切りパンにバターがじゅわっと塗られたトーストと、ゆで卵。大粒の果肉が残った苺《いちご》ジャムに、ホイップまでついている。それにそれぞれコーヒーだったりカフェモカだったりのドリンクオーダー。さらにポテサラがついてくる――羽犬さんが今朝朝食に出していたのと同じものだ。

モーニングセットを見て、お姉さんたちの瞳がぱっと輝いた。

「相変わらず腕だけは最高！　はーくん！」

「顔もいいやろ、顔も」

にやっと笑って決め顔をする羽犬さんに、人魚さんたちは楽しげに笑う。

「これからアイドル観に行くうちらにそれ言う？」

「審美眼《しんびがん》は信じとるし？」

人魚さんが私にも笑顔を向ける。

「楓ちゃんもありがとうね、巫女の霊力ばっちり入ってる〜！」

「そ、そうですか？」

「うんうん。うちら絶対ファンサ貰えるわこれ」

彼女たちの隣にはいつのまにか手足が生えた鯉《こい》が一緒に座っている。庭の池から出てきたらしい。

人魚の前ではやっぱり礼儀として席に着くものなのだろうか。羽犬さんはちゃんと彼（？）にも可愛い小皿で麩《ふ》を配膳する。可愛いな、なんか。

「いただきまーす！」

彼女たちは手を合わせ、美味しそうに平らげていく。鯉も行儀よく背筋を伸ばして麩を食べている。

よく見たらみんな色違いのおそろいのバングルをはめていて、スマートフォンのストラップも大荷物の鞄《かばん》にも、どれにもカラフルなグッズがついている。

「私全然記憶ないんで教えて欲しいんですが、ライブよく行くんですか？」

「当然！　人魚《うちら》は歌と音楽といい男が好きだからね！」

「全国ツアー行くために人間の振りして生きてるってもんよ。世界ツアーはセイレーンやバンシーもよく見るよ」

「へー……」

羽犬さんが話を補足する。

「ねーさんたち、普段は人間として生きとらすとよ。特に福岡は人間だけやなくて、あやかしの擬態生活も支援しとって身分証明が取りやすいから」

「へーそんなことできるんですね」

「人口は多いに超したことはなかやろ？　あやかしは一度居着くと人間より長生きだし税収はよかけんね」

「そ、そんな視点が……」

人魚さんたちはうんうんと頷き合っている。

「推《お》し活にはお金かかるし、普段は人間の真似して生きてるんだけどねー」

「やっぱり足伸ばして過ごしたいじゃん？　そんなときここに来ると気楽なんだよね」

「へえ……」

ふとその話を聞いて足下に目を向けてぎょっとする。

いつの間にか、掘りごたつの中が水槽のように水で満たされている。彼女たちのすらっとした下半身が全部魚のそれになっていた。なるほど、ミニスカートだと座ったときに下半身を元に戻しやすいのかと思う。

「そうそう楓ちゃん！　アクスタに霊力籠めて！　グッズがランダムなのよ〜！」

「こ、効果あるんですか!?」

「物欲センサーない巫女の霊力とか、最高じゃん？」

「ああ、ねーさん、やめとったほうがよかよ。今の楓ちゃん霊力の調節できんけんアクスタが爆散するかも」

盛り上がった会話は続き、彼女たちは元気にモーニングを平らげ、お会計を済ませて出ていった。

「じゃーねー楓ちゃん！　今度は一緒に行こうねー！」

「記憶戻っても戻らなくても、まあ元気出して！」

手を振って去っていく彼女たちを見送り、私は店内へと戻る。

嵐が過ぎ去った店内は、再び羽犬さんと鯉だけの静かなお店になった。食器を片づけながら羽犬さんが笑顔を向けてくる。

「見送りありがとうね、楓ちゃん」

「現金払いなんですね」

「人魚の肉でも貰うと思った？」

「そのジョーク怖いんでやめてください」

「あはは。そりゃお金は貰うよ、商売だからね」

「でもずいぶんと豪華なモーニングでしたね」

記憶が欠けている私でも、あれが普通なら採算が取れないレベルの豪華な食事だと理解できる。

コーヒー一杯の金額にしては破格すぎた。

両手が塞がった羽犬さんが、顎《あご》でキッチンの冷蔵庫を示す。

「ああ、あれは土地神がくれたやつで作ったけん、ほぼ材料費ゼロ」

「ゼロ!?」

「今日のモーニングも、あの苺は言うまでもなくあまおうで、筑後の土地神が送ってきたやつ。パンも土地神《あちらさん》が地元の小麦で焼いたパンで、当然めちゃくちゃ美味い。そして生クリームは熊本との県境にある大牟田ので、洋菓子界では結構有名な品質のやつで、バターも。そしてもちろんサラダも。正直採算で言うと、ひひひ」

「……笑い方でいろいろわかりました」

「まーその分設備投資しっかりできてるからな、いい物できとると思うよ」

羽犬さんは笑う。

「お好きなんですね、カフェのお仕事」

「うん。俺、例の太閤秀吉《たいこうひでよし》の茶室にめっちゃ感動したタイプでさあ。アレと同じことやりたかなって思ったところから始めて、今はこうしとるとよ」

「そうなんですね……」

カランカランと、またドアベルが鳴る。次に入ってきたのは人の姿をしていない、ただの光の玉だ。紫乃さんと一緒に見送った、あの魂と同じタイプのお客さんだとすぐにわかった。

羽犬さんは当たり前のように、挨拶《あいさつ》をする。

「いらっしゃい。どこでも空いてるよ」

ふわふわと魂はカウンターに寄っていく。何を注文されたのかわかるのか、羽犬さんは丁寧にコーヒーを淹れ始めた。その横顔と手つきがなんだか、神々しかった。

それから次から次へと、忙しすぎず暇すぎずといった頻度で客が来た。

人魚さんたちのような人間の姿をしている人もいれば、ただの光の玉だったり、動物だったり、いろんな姿をしていた。過ごし方も違っていた。

ただ静かにひとりで座る人もいれば、複数人でやってきて楽しそうに過ごして帰る人もいる。

「紫乃様にご相談が……」

と、羽犬さんに顔繋ぎをお願いする人もいた。

どうやら紫乃さんは本来、そう気軽に会える相手ではないらしい。

みんな、私を見てあれこれとそれぞれ反応を示した。

璃院楓《わたし》はずいぶん、顔の広い存在だったらしい。

彼らに励まされたり、逆に何も言われずに普通に接してくれたり、そうこうしているうちに店じまいの時間になった。

午後からは羽犬さんが夕飯の支度を始めるからだ。

「今日は楓ちゃんが戻ってきたけんお客さん多かったね。疲れたやろ?」

「いえ、すっごく楽しかったです」

「そげん言ってくれるとありがたかな〜」

羽犬さんが食器をシンクに置いてあげると、食器たちはそのまま自主的に体を洗って棚へと戻っていく。

「……みんなさ、自分を忘れんようにここに来とらすとよ」

それを愛おしそうな目で眺めながら、羽犬さんがぽつりと呟いた。

「人魚なんを隠して人間の中になじんどる子とかさ、祀られることがなくなって、自分が何者か忘れそうになっとらす土地神さんとかね。でもここに来ると思い出せるって場所、作りたくってね。俺は」

「羽犬さん……」

「政治の場としての茶の湯とか、レストランのパティシエとかさ。俺もいろいろ人間社会で興味持ってやってきたけど、俺が今興味あるのはサードプレイスってわけ。あやかしにとってのね。あやかしも神霊も、好きな姿でのんびりできるところ、あったほうが健全やろ」

「それが羽犬さんの、土地神としてのありかたなんですね」

「神様じゃなかなか。俺はただのあやかし。紫乃みたいに神様らしく超然とするつもりはねえし、信仰を失って久しい俺じゃあ目をかけられる相手も限られてる。……でも、これなら土地神の枠を越えて、いろんな人らに美味しいもんがある、居場所があるって思って貰えるけんな」

「……かっこいいですねえ、羽犬さん……」

「あーやめやめ、こういうしんみりしたのは俺似合わんとぞ。ところで楓ちゃん、お腹空いてる？甘い物入る？」

「入ります。結構入ります」

「よし、ばりでかいの作ってよか？」

「えっなんですか」

「それはお楽しみ。しばらくそこで待っとって」

そういうと、羽犬さんは私に背を向けて、カウンターで手際よく準備を始める。せっかくお楽しみなので見ないでおこうと、私は庭の鯉を眺めて待っていることにした。

鯉は普通の鯉のように、池の中で気持ちよさそうに泳いでいる。

「あんまそげん見らんで〜、おいちゃん恥ずかしか〜」

「あ、しゃべれるんだ」

「内緒よ」

「おじさん、元の私のこと知ってる？」

「知ってるもなんも、子どもの頃からよう一緒に遊びよったよ。楓ちゃんに何度ばちゃばちゃされたか」

「あああごめんなさい」

「よかよか。おいちゃん子どもの世話大好きやけん。元々神社の堀におったんよ」

「へー！」

「でも神社は誰も管理する人がおらんくなってねえ。近くの小学校も廃校になったっちゃん。神様《かんさん》も街の神社に合祀《ごうし》されたばってん、本質が変わらしたっちゃろね、もう気配もなかのよ」

「それは……」

「おいちゃん思うとよ。ここにおるとね、あの神様《かんさん》もいつかここにひょっこり顔出してくれらっさんかなーって、ね」

「……わ、私外でその神様のこと見つけたら、伝言するね！　鯉のおいちゃんが会いたがってたって」

「記憶なくす前の楓ちゃんも、同じこつ言ってくれたよねえ。ありがとね」

「おいちゃん……！」

そんなおいちゃんとしゃべっていると、「おまたせ」と声をかけられる。

「なんか盛り上がっとったやん。鯉口《こいぐち》さんと何話しよったと」

「神様についてです」

「なるほどねえ～。ま、俺の誠意を受け取ってよ楓ちゃん」

「うわ……！」

カウンターに置かれたパフェを見て、私は思わず口元を覆った。

そこにあったのは、三十センチほどの高さがありそうな大きな苺のパフェ。

パフェグラスを彩《いろど》るのはカットされた苺の断面。それにとろとろの生クリーム。何層にも丁寧に重ねられた層の上、金魚鉢のように波打ったグラスの口からは、溢れんばかりの苺とアイス。刺さったクッキーに、てっぺんにはひときわ大きな苺が一つ。そしてミントときらきらのゼリーが添えられている。

「すっっごく……綺麗……！」

「綺麗なだけじゃないとよ？　楓ちゃんに食べて欲しそうな食材選んだんやけん、みんな気合い入っとるよ」

食材にも気合いがあるらしい。長いスプーンを差し出され、私は手を合わせて遠慮なくいただくことにした。

「では遠慮なく、いただきまーす！」

苺がとにかく冷たくて、甘い。素材の味そのままなのに、信じられないくらい甘い。冷たいホイップは遅れてくる甘さで、そこに酸っぱさのない甘い苺がのっかって。とにかく甘い。甘さとひんやりで満たされたところに、苺で作られた透明なゼリーが甘酸っぱくて口の中が飽きない。山盛りなのに絶妙なバランスで、どんどん食べても崩れない。クッキーがちょっとしょっぱくて、その味がまた、他の甘さをぎゅっと引き立てている。美味しい。

「嬉しかねえ」

無心でただただ平らげる私を、羽犬さんは腰に手をあて、満足げに眺めていた。

「うちらにとって、土地のものを美味しく食べて貰うことほど嬉しいことはなかとよ」

「そうそう。楓ちゃんのおかげでまた美味しい苺に恵まれるやろねえ」

いつの間にか隣に座っている、鯉のおいちゃんも頷いてる。

「ここにいたのか」

裏口のほうから声が聞こえる。そこには紫乃さんの姿があった。

「おかえりなさい、紫乃さん！」

「おかえり、紫乃」

「屋敷のほうにいなかったから焦ったよ。無理はしてないか？」

「大丈夫大丈夫、俺がさせるわけなかやろ？」

「お前も楓引っ張り出すならちゃんと連絡しろ、心配するだろ」

「はーい」

紫乃さんが隣に座ったとたん、パフェがガタガタと小刻みに揺れた。

「もしかして紫乃さんに食べたがられてます？」

「こら。楓におとなしく食べられなさい」

紫乃さんがめっとパフェに言い聞かせる。

私はキッチンからスプーンをもう一つ持ってきた。

「一緒に食べましょう、せっかくですし」

「そうか？　ならせっかくだし」

紫乃さんがスプーンを持つと、生クリームと苺が我先にとスプーンに飛び込む。

「スイーツは生ものが多いから特に積極的だな」

「ほんと好きなんですね紫乃さんのこと」

「俺が料理できない理由、わかった？」

「よくわかります」

紫乃さんが苺を掬って食べて、美味しそうに目を細める。食べているだけでこんなに絵になる人もいるんだなと惚れ惚れする。思ったところで、人じゃなくて神様なんだと思い出す。

「神様もお腹空くんですか？」

「空きはしないけど、食べると元気になるよ。甘い物は好きだし」

「あ、好きって言われてパフェが喜んでる」

がたがたと揺れるパフェを押さえながら、私は紫乃さんを見て改めて言った。

「お仕事お疲れ様でした、紫乃さん。一緒に行けなくてごめんなさい」

「謝らなくていいよ、楓は何も悪くないんだから」

「じゃあ紫乃さんも謝るのはなしですよ」

私の言葉に、紫乃さんはふっと嬉しそうに笑って頭を撫でてくる。

「わかったわかった」

わしわしと雑に頭をかき回されつつ、私はケースに入れたはやかけんを取り出して眺めた。

「うーん……せめてはやかけんビーム出せるようにならないかなあ……」

そのとき、からんころんとまたドアベルが鳴る。

慌てた様子の人魚さんの一人がやってきた。

「ごめん、忘れ物だけ取りに来たんだ。その辺に推しぬい転がってない？」

「推しぬい……？」

彼女と一緒に掘りごたつのほうに行くと、鯉のおいちゃんが白いオコジョのぬいぐるみを差し出してくれる。

「うわ、おいちゃんありがと〜！」

「もう忘れなさんなよ〜」

「うん！　店じまいしてるのにはーくんもごめんね！」

「よかよか、早よいかんね」

嬉しそうにお礼を言った彼女は、ぬいぐるみを丁寧にサコッシュにしまって店を後にする。

出入り口まで見送ると、彼女は思い出したように振り返って言った。

「そうそう楓ちゃん。記憶消えてること、外じゃあまりバレないほうがいいかもよ」

「そうですよね、危ないですよね」

「うん。紫乃さんのことも楓ちゃんのことも、いろんな奴らが狙ってるからね。ワンチャン、モノにできないかってね」

「もの……？」

彼女は、私の頰に軽くキスをしてにっこりと笑う。

「楓ちゃんも気をつけてね？　人魚は女の子も全然ありだから！」

「え、えええ」

そのまま、綺麗な髪を靡かせて去っていく。

彼女が行ってからげらげらと笑う羽犬さん。そして顔を覆う紫乃さん。

「モノにするってどういう意味ですか？　攫《さら》われるとか？」

「だあははは、違う違う、恋愛的な意味だって！」

「れ、恋愛!?」

「なあ、うかうかしてられんっちゃない、紫乃？」

「そういえば想像したことなかったな、楓が他の人間と恋仲になるなんて」

「そ、そうなんですか？」

「ああ。ずっと俺だけだったから」

「へ、へー……」

当たり前のようにさらりと言われると、どう反応すればいいのかわからない。

「楓は他の人と結婚したい？」

「い、今のところその予定はないですね……！」

「そうか」

紫乃さんはにっこり笑って、再びパフェを口に運んだ。

どんなニュアンスの質問と笑顔なのだろうか。

記憶が消えたばかりの私には、紫乃さんの表情は解釈が難しい。

「うおおおお！　私の能力よ今こそ弾けろッ！　はやかけん！　ビームーッ‼」

夕食後、お風呂に入る前に少しだけと、私は紫乃さんと一緒に改めて修行していた。

しかしやはり、何度かっこいいポーズを決めてはやかけんを構えても、一向にビームは出ない。くしゃみが出そうで出ないような、気持ち悪い感じはあるのだけど。

私の後ろで見守っていた紫乃さんが、タオルを私の頭にぽんとのせる。

「楓、明日にしよう。今日は疲れているんだ」

「うーん、あと一発だけやらせてください」

私は汗を拭《ぬぐ》って、最後の一発のために姿勢を整える。

「無理はよくないと言いたいけど、楓が納得するのが一番だ。応援してるよ」

「はい」

紫乃さんの激励が嬉しい。再び的を睨《にら》みながら、私は別のことを思う。

私は紫乃さんと、これからどういう関係でいたいのだろう。

人魚さんの言葉を思い出す。

──紫乃さんのことも楓ちゃんのことも、いろんな奴らが狙ってるからね。

紫乃さんが誰か別の人を好きになったら、私はどう思うのだろう。

どーん！

一瞬のことだった。目の前が閃光《せんこう》に包まれる。

気がつけば私は、道場の隅まで吹っ飛ばされていた。

「楓、大丈夫か」

背中の温かな感触に後ろを仰ぎ見る。

壁にぶつからないよう、紫乃さんが私を庇ってくれていた。

「あ……ありがとうございます」

髪を乱れさせた紫乃さんが、私を見下ろして屈託なく笑った。

「できたじゃないか。やったぞ」

「えっ」

前を見ると、道場の壁にかけられた的が破れていた。合格だ。

「巫女服も出せたな」

言葉に促されて見ると、私は巫女服を纏っていた。

紅一色の巫女服に千早を上から纏った、少し普通の巫女さんとは違う派手な姿だ。

「はー……これが変身……」

「霊力で構築したものだから、こうしないと出ないんだよ」

「私、早く復帰できるように頑張りますね。皆さんの力に早くなりたいです」

「うんうん、頑張れ」

紫乃さんが微笑む。慈愛に溢れるその表情は、いかにも家族愛という感じだ。

「紫乃さん」

「ん？」

「私がどう思ってたかって話はしましたけど、紫乃さんはどう思ってるんです？」

「何を？」

「私のことをです」

紫乃さんは表情を変えずに当たり前のことのように言う。

「当然愛しているよ」

「あ、愛……ちなみに、どんな意味の愛ですか？」

「楓の好きな愛で解釈してくれて構わないよ」

「好きな愛って言われても」

紫乃さんは私を見下ろしながら、片手で頰を包み込むように撫でる。それは夫婦としてというよりも、子どもや妹に触れているような感じに思えた。

「楓はどんなふうに、俺に愛して欲しい？」

「うー、わかんないです……」

「はは、まあゆっくり考えるといいよ」

「そういえば」

私はふと、仮定を思いつく。

「例えばですよ？　今日の人魚さんが言ったみたいに、私が他の人と結婚したいとか、一緒にいたいって言ったらどうなるんですか？」

「当然楓の希望を優先する。これまでずっと楓の人生を独り占めしてきたんだ。楓の希望があるなら、なるべく応えたい」

「……愛ですね」

「淋しくないと言えば嘘になるけどね。けれど楓が人間と夫婦になって、子供を見せてくれるのも悪くはない未来かもしれない」

「そ、そこまで」

「実際にそうなったとき、どう思うかは分からないけどな。でもなるべく、楓の希望を俺は受け入れたいって思うよ」

「うーん……他で結婚する予定は今のところないですが、紫乃さんのお気持ちは分かりました」

ここまで深く愛されてしまえば、他の男性を好きになれることなんてないのではないか。元々の楓は、この重い愛をどんなふうに受け止めていたのだろう。

紫乃さんは気にするなと言うけれど、気にはなる。

「ありがとう。もちろん一緒にいてくれると言うのなら、俺は嬉しいし大事にするよ」

紫乃さんは私を見下ろしながら、優しく何度も頭を撫でてくる。

神様の感覚というものが分からない。

けれどあまり深く考えないことにした。考えても答えは出なさそうだから。

「あの」

「ん?」

「少なくとも現時点では、私は紫乃さんと一緒にいたいと思ってます。一応。紫乃さんの愛情が嫌だとか、離れたいとか、他で恋したいとか、そういうのは全然ないです」

「そっか」

紫乃さんは屈託なく微笑んだ。

神様の感覚はわからない。

けれど少なくとも紫乃さんは、なんだかとっても嬉しそうだ。

◇◇◇

とある高級ホテルの最上階。

東京の絶景を見下ろす部屋に、裸の少女の姿があった。

彼女が座っているのは、和装の美形だ。うずくまった彼の目と口はぐるぐる巻きの髪の毛で塞がれ、わずかに覗いた首元や手首からは、縛り上げる黒髪が蠢いているのが見えた。

彼の上で足を組み直し、裸の少女は手のひらの中の水晶玉を見つめる。

その中にはいくつかのあやかしの姿が封印されていた。

玉がこすれ合う音を立て、彼女は微笑む。

「福岡出禁になっているくせに、一ヶ月でよくここまで集めたわねえ？」

「つ、尽紫様のためならばぁ……贇山隠二十七歳、これくらい頑張りますともお……」

「で、どこで集めたの？」

「佐賀ですっ、佐賀っ……福岡のぉ……西ですぅ……っ」

「佐賀ねえ。東京駅の丸の内口からワープできるから、便利だものね？」

丸の内口の干支のレリーフ。あれがまだ今ほど交通期間が発達していなかった時代、東京から佐賀まで転移する呪術がかけられたワープスポットであることは時の政治家や一部の華族しか知らない情報だ。薩長土肥《さっちょうどひ》の中で肥前《ひぜん》はそういった陰の部分で活躍していたというのは、その筋には有名な話である。

「さすがよね、あなたは驕《おご》らなければ力があるのだから、もっと最初から頑張ってればよかったのよ」

「あひ……ああっ、尽紫様ぁ」

「ふふ、ざぁこざぁこ♡」

「あああっ、髪の毛がっ、食い込んでっ」

ぎしぎしと椅子にした贄山に体重をかけながら、裸の少女は水晶を検分する。

その中の一つをかざし、うっとりと微笑んだ。

「この子がいいわ。楓の匂いがついているし……もうすぐ消える命だわ。儚《はかな》い男、私大好きなの」

夜景が映り込んだ水晶玉の奥。

そこには、丸まったずたぼろの黒猫の姿が映し出されていた。

「佐賀といえば猫又《ねこまた》、よね……猫ちゃんは執念深いわよ？　私ほどではないけれど」

第三章
竜宮にて

「変身！　巫女装束装着《チェンジ》！」

はやかけんを片手に私がポーズを決めると、さっと全身が巫女装束にチェンジする。

紫乃さんがストップウォッチをカチッと止める。

「15秒切った。実戦いけるな」

「やったー！」

私の練習に付き合ってくれた皆さんと食器の皆さん、食材さんたちが道場の隅で拍手してくれている。

「ありがとうございます、ありがとうございます！　皆様のおかげです！」

私はあの日から、毎日修行のやり直しを続けていた。

道場ではやかけんを使った特訓をし、そしてカフェではいろんなあやかしさんに会って、そこで霊力の調整のアドバイスを受けたり、前の私がどんなふうにしていたのかを聞いたり。

調理を手伝いながらいい感じに中に霊力を籠める練習も、役に立った。

紫乃さんがジャージの前を開きながら、私に笑顔を向けた。

「じゃあそろそろ実戦行くか。いつも行ってるところだし、菅原道真《せんせい》の神通力圏内ならなんとかなるだろう」

「はい、よろしくお願いします！」

「いってらっしゃい、頑張ってね、楓ちゃん！」

「お土産持って帰ってきますねー！」

私は一旦シャワーを浴びて身支度を整え、紫乃さんと玄関で合流した。

紫乃さんは今日も涼やかな淡いスーツを着ている。

春先の福岡は暑いのに、暑苦しさは皆無だ。

「今日は車じゃなくて公共交通機関で行こう。少しずつ生身で福岡に出る練習だ」

「はーい」

私たちは玄関を抜け、梅の花の香りがする光に飛び込む。

降り立って真っ先に目に入ったのは、門のような中央がくぼんだ形のビル。アクロス福岡だ。

そして後ろには水鏡《すいきょう》天満宮の境内《けいだい》がある。

飛んで乱れた私の髪を直しながら、紫乃さんが説明する。

「土地勘は消えてないいんだっけ？」

「はい、わかります。ここが天神のど真ん中ですよね。ええと……西鉄《にしてつ》に乗るんだったら、右ですっけ」

「そうそう。右に行けば渡辺《わたなべ》通り。早速行こうか」

私たちは二人で歩く。

午前中の天神はよく晴れている。あちこちで工事の音が聞こえる。

「あっ紫乃さん！　見知らぬビルがあります。あれもあやかしに関するビルですか？」

「違うよ、あれは新しく建ったやつ。今は天神ビックバン計画で主要な建物が全部入れ替わってるから――それは覚えてない？」

「あー……なんとなくわかるような……」

「現場で働くあやかしもいるし、お祓いにも行ったから記憶が欠けてるんだろうな」

「何を見ても新鮮に感じるので、それもまた楽しいです」

「楓が前向きでよかったよ」

人が多いので、紫乃さんが自然な様子で手を繋ぐ。恋人に向けたものというより、子連れの手の繋ぎ方のような気がしなくもない。

二人で西鉄天神駅に向かって歩く。福岡空港が近い故に建築物に高さ制限のある繁華街は空が広くて、見上げると飛行機がたびたび横切り、しばしば魔女や龍も横断する。渡辺通りを横断する交差点で信号待ちをしながら、私は紫乃さんに尋ねた。

「地下街は通らないんですか?」

「あやかしの世界に通じまくってるから今日はなしだ。今の楓は地下街に入ると迷いやすい」

「そんなものなんですね」

「それにほら、肩にもういろいろついてる」

「えっ……うわー!」

私は驚いた。キラキラしたふわふわが、すでに体にいっぱいまとわりついていたのだ。

「あ、あのーこれって」

「ああ、久しぶりに楓が出てきたから」

紫乃さんが撫でてやると、みんなきらきらと光って消えていく。

「人が多い場所や賑《にぎ》やかな場所は、当然こういうのが多い。今のはまだ綺麗な魂だったが、祓うのが遅れるとどんどん病んでドロドロしていく。それを定期的に祓うのが俺たちの役目の一つだ。……いくら表の寺社仏閣が頑張っても、そこから零《こぼ》れていくのはいるからな」

忘れられた神様である紫乃さんが言うと信憑性《しんぴょうせい》がある。

「こんなきらきらがまとわりついてても、みんな気にしないものなんですね？」

「正常化バイアスがあるからな。目に入っても案外、普通の人間は気にしないものなんだよ」

私は信号待ちをしながら、周りの人を見た。

空には相変わらず魔女や竜が飛んでいて、往来には角が生えていたり翼が生えていたりする人もいる。ゾンビっぽい人もいる。トンスラヘアーの宣教師っぽい人もいる。落ち武者も信号待ちしている。

一般人間通行人の皆さんは、誰も彼らを気にしている様子がなかった。ベビーカーに乗ってる赤ちゃんが、空を飛ぶ魔女を指さしてあーあー言ってるくらいだ。

正常化バイアスの言葉だけで片づけていいのか。私はいぶかしんだ。

「……これ、本当に誰も気にしないんですか？」

「見えてないし、見えても気にしないんだよ」

「ほんとです？」

「ほんとだって。東京みたいに街によって階層の棲み分けがはっきりした街ならともかく、福岡は狭い分、ごちゃごちゃだから。渡辺通りの交差点なんて、デパート目当てのご婦人からサブカル趣味にメイドさんの呼び込み、屋台目当ての観光客から屋台の向こうの歓楽街目当ての客も混ざってるだろう？」

「そんな……ものなのかなあ～？」

「気にしてもしょうがないさ。ほら行くぞ」

とおりゃんせの気が抜けるメロディに促され、私たちは渡辺通りを渡る。

平日の西鉄福岡天神駅は賑やかで、駅前では路上ライブが行われていて、待ち合わせによく使われる大画面前も老若男女で溢れていた。

特急料金のかからない特急電車に乗り込んで、私たちは終点まで向かう。

今日は人間社会からの依頼で、終点大牟田のあちこちに溜まったキラキラが澱《よど》みにならないよう、綺麗に祓う仕事に向かっている。

「そういえば紫乃さん。紫乃さんは現代の人間が知らない神様なのに、どうやって地方公共団体とお仕事してるんですか?」

「都合上、稲荷神ってことにしてるよ。稲荷神にしとくと全国各地で疑われないし、伏見稲荷とは所属先《バーチャルオフィス》貸しの契約もしてる。明治以降結構これで生き延びてる神霊は多いんだよ」

そう言いながら、紫乃さんはぽんと頭にふわふわの狐耳を出す。稲穂色の綺麗な髪によく似合ってる。

「撫でていいですか」

「いいよ。優しくな」

「ふわー」

ふかふかの耳を私に撫でさせながら、紫乃さんは続ける。

「というわけで今日の依頼は大牟田のふわふわでキラキラの魂たちのお祓いだ。最近はレトロブームで全国各地から愛好家が多く集まるせいで、こう、写真に写りたがりで構って欲しがりのキラキラが地の底からわらわら出てきてるらしくて。あと単純に旅行客が訪れると、体にまとわりついた念とか霊が、そのまま大牟田の土地に吸着されて取れなくなる」

「吸着……」

「全国各地から人がたくさん集まっていた土地は、吸着しやすいんだ。土地がさみしがりだから」

私は紫乃さんの横顔を見た。紫乃さんは流れゆく窓の外を眺めている。こちらが話しかける前に、紫乃さんが続けた。

「普段なら危なげない仕事なんだけど、今回に関しては念のため、現地の土地神にも同行を依頼した。楓にも会いたがってたし、依頼しなくても来てくれる人ではあるんだけどな」

特急に乗って二十分弱、西鉄二日市《ふつかいち》駅に到着するというところで、ふと車窓の外、進行方向に向かって左側に目を向けた。タイミングよく、線路すぐ脇の小さな社《やしろ》が目に入った。線路に向かって建てられた鳥居と、揺れる満開のユキヤナギの白い花が目に焼きつく。

ふと、そこにいる誰かと目が合った気がした。

「あれ……」

次の瞬間。私はそこにいた。

電車に乗っていたはずなのに、なぜかそのお社の境内に立っている。

私が乗っていたはずの西鉄電車が、少し先の西鉄二日市駅で停車した。

「…………し、紫乃さん!? あれ!? 私だけ!?」

私は慌ててはやかけんを握りしめ巫女装束を身に纏い、あたりを見回す。

「ここだここ」

「あ」

私のほうに向かって、梅の枝がひらりと風にのってやってくる。

キャッチすると花が話しかけてきた。

「儂を素通りするつもりであったろう、せっかく梅花の季節につれないではないか。季節に遠慮せずとも楓はいつ訪れてもよいというのに。筑紫の神は過保護にするのは結構だが、儂を素通りさせようとするなど、まったく」

楓の秋ではなく、春だから遠慮するつもりか、と言いたいのだろう。花がぷりぷりと怒っている。なんだか可愛くて微笑ましい。

「申し訳ありません。ええと、何もお供《そな》えするものがないなあ」

「よい。楓が何よりの手向《たむ》けよ」

それからしばらく境内の花を眺めたり他愛のない話をして過ごしていると、つかつかと早足で紫乃さんがやってきた。

「二日市駅から歩いたぞ」

「すみません、くつろいでました」

紫乃さんを見て、花が溜息をつくように揺れる。

「ふん、筑紫の神がやっと来たか。なぜ楓を儂のもとに連れてこない。嫉妬《しっと》か、嫉妬か」

「嫉妬するわけがないだろう、俺は楓の神だぞ」

紫乃さんは肩をすくめる。

「太宰府《だざいふ》は一筋縄ではいかない神霊やあやかしが集まりすぎて、人の念も強すぎる。まだ今の楓だと危ないと、先生もわかっているだろう」

「さみしいではないか」

「そう拗《す》ねるな、他の天満宮なら連れていくって。今日は次の特急が来たら行くから」

「ふん。早く修行を積んでひとりで遊びに来なさい。甘いものでも食べようぞ」

「お誘いありがとうございます。ではまた」

私と紫乃さんは先生と別れる。西鉄二日市駅までは歩いてすぐだ。

時折通り過ぎていく普通列車や急行列車を見送りながら歩きつつ、私は尋ねた。

「……なんか私すごく愛されてます？」

「愛されてるよ。梅ヶ枝餅《うめがえもち》の話は覚えてる？」

「はい、あやかしや神霊さん抜きに一般常識としてふんわりと」

紫乃さんは榎寺《えのきでら》の裏に目を向ける。そこには浄妙尼《じょうみょうに》という女性の祠があった。配流され不遇な生活を送っていた菅原道真《せんせい》に真っ先に餅を渡し、世話を焼いたというおばあさんの祠だ。

「あの梅を渡した浄妙尼《ひと》、前世の楓だよ」

「へー……って、えっ!?」

「老女として伝わっているし本名も残っていないけどな。若い巫女がかいがいしく食事を運んだって話だと、別の意味に聞こえるから変わっていったんだろうね」

「確かにおばあちゃんが渡したほうが優しいエピソードっぽくなりますね」

「だから今の楓に対しても、何かと構いたくなるんだろう、祖父気分で」

「それは嬉しいですね。おじいちゃんがいるって」

「子ども好きなんだよ。近所の幼稚園でも目撃例あるし」

「あるんだ……」

普段は全く意識しないけれど、私は人間としての血縁者を誰も知らない。

紫乃さん曰く、『楓』は天涯孤独の身で生まれてくるのだという。

その出自に特にさみしさを感じないのは、きっと紫乃さんや羽犬さん、先生やあやかしや神霊のみんなの愛情のおかげなのだろう。顔すら知らない実の両親もきっと、私がご機嫌に暮らしているのが嬉しいだろうから、生まれるきっかけをありがとう！　と、心の中で感謝しておく。

紫乃さんが私の表情を見て、ちょっと不満げに唇を尖らせる。

「育てたのは俺だからな。それに楓は俺の巫女だ」

「対抗するところなんですか、そこ」

「そりゃそうさ。男親役で女の子を時代に即して育てるの、頑張ったんだから」

「おかげ様で元気に育ちました」

「うん、可愛い可愛い」

駅までの発掘現場ではきらきらふわふわと魂が見えた。

姿がおぼろげにしか見えないなあ、と思っていると、紫乃さんの手でさっと目を覆われる。珍しく低い真剣な声音で、紫乃さんは私に囁《ささや》く。

「今の楓は見るな。強い思念や神霊に、心を惑わされかねない」

「は、はい」

私は視界を隠されたまま、素直に誘導されて改札に入る。本来の用途で使ったはやかけんをしまったところで、紫乃さんはようやく手を退けてくれた。

「……さっき先生にも言ったが、このあたりは強い魂や思念が漂いすぎている。もう少し楓が修行を積んだ後に、改めて来ような」

紫乃さんがそこまで言うのなら、危ないのだろう。

下り方面の特急に乗るべく一番乗り場に向かっていると、通りすがりにご年配の女性の声が耳に入ってきた。彼女たちは、時刻表を見て困った様子だった。

「忘れとったわ、また春からダイヤが変わっとったとね」

「孫に迎えの時間、変わったこと伝えないと……」

お年寄り向けスマホで電話を始めた二人を見て、紫乃さんがぽつりと言う。

「停車駅も変わってるし、久留米《くるめ》から南は結構変わったからな。街の雰囲気はどんどん移り変わっていくから人間は大変だよ。福岡市が激動なのはもちろん、筑後もいろいろ違うからな。最近で言うなら、炭鉱ができたのと鉄道だな」

「炭鉱が最近の話なんですね、紫乃さんにとっては」

「楓は実際の炭鉱、見たことないんだよな?」

「はい、多分。もう全部閉山してから生まれましたからねえ」

「あれだけ、どこを見ても炭鉱、炭鉱、だったのにな」

紫乃さんは窓の外を見つめる。

そんな会話をしているうちに、がたがたと激しく電車が揺れる。橋を渡り、筑後川《ちくごかわ》を越えると久留米だ。

ごっそりと乗客が入れ替わる。

聞こえてくる方言の会話が、一瞬羽犬さんの声に聞こえた。

独特のイントネーションは福岡の南、筑後の方言だ。

「そういえば紫乃さん、全然方言使わないですよね」

「ああ。方言が出ると角が立つからな……福岡《ここ》は明治《さいきん》まで、筑前《ちくぜん》と豊前《ぶぜん》、筑後で全然違う国だったのが一つになった場所だろう？　方言がばらばらだから、うっかり別の方言が出ると面倒だったんだ」

「ああ、土地神様がどこかを特別に贔屓《ひいき》してる、と思われちゃうんですね」

「正解。俺の言葉遣いはその名残だよ」

「私があんまり方言出ないのも、紫乃さんに育てられたからだったり？」

「そうそう。羽犬はべたべたな話し方するけどな」

「ふふ、ほんとべったべたですよね」

「移住してくるあやかしには、あれが博多弁って思われがちだけど、あれ博多弁じゃないもんなあ」

電車はどんどん南へと進んでいく。天神から終点まで下っていくごとに、乗客は入れ替わり立ち替わり、少しずつ数を減らしていく。

柳川《やながわ》を越えた頃、ついには同じ車両に乗っている人が一人もいなくなった。

二人っきりの空間は、水田の続く景色だけが永遠のように流れていく。

時折、車窓の向こうをこんもりとした神社や寺が過ぎ去っていった。

それらのどこにも紫乃さんは祀られていないのだ。この土地の神様だというのに。

「……あの」

「ん？」

「このあたりの土地も、全部……紫乃さんが土地神、なんですよね」

「筑紫に入る範疇《はんちゅう》は、全部そういうことになってるよ」

建物の数が減って、広い水田が広がる光景になる。紫乃さんの稲穂色の髪が、昼の日差しに輝いている。きっとこの色でここがいっぱいになる景色を、千年以上見守ってきたのだろう。急に途方もない気持ちになった。

「紫乃さんは、何度私を見送ったんですか？」

「看取ったか、ってこと？」

当たり前のように言われたので、私はどきっとする。

「……一緒にいたってことは、やっぱり看取ってくださったのかなって思って」

「数で答えたほうがいい？」

「数、数えてるんですか」

「全部の楓が生まれたときも、どんなふうに過ごしていたのかも、どんなふうに命を失ったのかも覚えているよ」

電車の音が大きく響く。

「お辛く、ないんですか」

紫乃さんは目を瞬かせると、顎に手を添え遠くを見る。

過去の感情を呼び起こすような顔をしていた。

「……さみしかったよ。恋しかったし、後悔もした」

「後悔？」

「昔は巫女の仕事も今より過酷だったからな。社会に認知されている代わりに、求められる責務も大きかった。……勤めの中で、非業《ひごう》の死を遂げた楓もいた」

遠い目をした紫乃さんは、そのときの私を思い出しているのだろうか。

「神なのに楓を守れなくて後悔した。もっと違う人生を与えられなかったか、楓はちゃんと幸せだったか、って迷ったこともある。俺が傍にいて、かえって楓は不幸だったんじゃないのかって」

「紫乃さん……」

「でも、早く次の楓に会いたくて、待ち遠しくなってた。悩むよりまず楓に会いたいと思った。それを繰り返して、俺は今こうしてまた楓といる」

紫乃さんの目が細くなる。紫乃さんの瞳に、私が映っている。

「愛しているよ、楓」

髪色よりも美しさよりずっと、その瞳が異質で神様だと思う。

私という存在を通して、遠い昔の私まで、全てを見つめている気がした。

ぞくりとする。

圧倒的な「別の存在」に対する畏怖《いふ》が、体を硬直させる。

一緒に食事をして、一緒にはしゃいで、普通の家族のように過ごしているけれど。

「紫乃さんは……神様なんですね」

「そうだよ。だから楓とずっと一緒にいられる。全部覚えていられる」

紫乃さんは微笑む。表情に浮かぶ感情は確かに愛だった。

その愛があまりにも途方もなく大きいもので、私はなんだか不思議な気持ちになった。

電車は緩やかに蛇行し、終点の大牟田駅へと到着した。

◇◇◇

大牟田駅は東口がＪＲ、西口が西鉄だ。

そんな大牟田駅の西口を出ると、駅前には長いおさげにセーラー服の女の子が立っていた。

普通の中学生との違いはわからない。けれど明らかに佇《たたず》まいが人間ではない。

女の子がたったひとり手ぶらで立っているから？　光を全部吸い込むような真っ黒なセーラー服に、黒々とした大きな瞳も真っ黒くて、光を反射していないからだろうか。

「楓。彼女は珠子《たまこ》さん。このあたりの山神をしていた女性だ」

「ここまで来てくれてありがとうね、遠いの《かっ》にわざわざ。助かります」

意味は理解できるけれど、思いっ切りイントネーションが筑後弁で面食らう。

普段あまり方言を聴かない環境にいるので、耳が慣れない。

「いえ。こちらこそお迎えありがとうございます」

頭を下げる私に、彼女はあらあらまあまあ、と大きな瞳をますます瞠《みは》る。

「あらあ、ほんとに記憶が消えてるみたい《のきえとるごたる》ね、大変でしょ《たいへんかやろ》」

神通力のおかげでどんな内容を言っているのかはわかるのが助かる。紫乃さんが隣で言った。

「言っただろ楓。筑前と筑後で結構方言が違うって」

「な、なるほど……」

羽犬さんは聞き取りやすい人だったんだなあと感じていたところで、珠子さんがスカートを翻して後ろを振り返る。

「おとうさーん、神様《かんさん》と楓ちゃんが来たよ《こらしたよ》」

彼女が呼ぶと、年齢がバラバラの作業着姿の男の人たちが、何もない空間から突如ぞろぞろとやってきた。

彼らは私を見て気易い笑顔を向けた。

「おう、久しぶりやの楓ちゃん！」

「元気しとったね！」

「なーん、大きくなった《ふとなった》ねえ！　こんなにちいさかったのに《こげんこまかったつに》！　がっはっは」

「紫乃様とはもう籍は入れたのか《つか》？」

紫乃さんが話す前に、別のお兄さんがバシッと突っ込みを入れる。

「なにいってる《なんばいいよっと》んですか先輩、神様に戸籍があったらおかしいじゃない《おかしかやなか》ですか」

「がっはっは」

「でも戸籍はおありになるって聞いてたけど、どうでしたかね《あらすってきいとったばってんが、どげんでしたかね》」

質問を投げてくるおじさんの一人に、紫乃さんが答える。

「戸籍はあるよ。楓とは義理の父娘関係だから、もう既に同じ籍といえば同じ籍だな」

「がっはっは、おどろきます《たまがー》ね」

一気に話し始める皆さん。

人間社会に血縁がいない私でもこのノリは知っている。

「し、親戚みたいな勢いですね」

私の反応に、珠子さんがけらけらと笑う。

「そりゃ楓ちゃんは、あやかしや神霊みーんなの孫みたいなものだから《んやけん》」

「それで……珠子さんのお父様はどなたですか？」

「みんなよ」

「みんな⁉」

「ねー、私みんなの娘だ《や》もんねー？」

「そうそう」

山神様ということはずいぶん古い神様だろうに、娘とは。

珠子さんはスカートを翻し、私たちを案内した。

「こっち。紫乃さんから聞いていたから《とったけん》、みんなを一ヶ所に集めさせて貰ってるわ《とるよ》」

私は紫乃さんと珠子さん、お父さんと呼ばれている男の人たちと一緒にぞろぞろと西鉄の線路沿いを歩いていく。

大牟田駅の西口近くは昭和の町並みのままらしく、大通り沿いは個人店が多いものの裏に入れば住宅街が続く。その中にも古い建物をリノベーションしたおしゃれなスイーツ屋さんや雑貨屋さんが点在する。

線路沿いをしばらく道なりに歩くと、左手にレトロなアーケード街が見えてきた。

歳月を感じる造りながら、掃除が行き届いていて明るい雰囲気だ。

アーケードにはＧＩＮＺＡの文字が掲げられている。珠子さんが私たちを振り返った。

「さ、ここ銀座通商店街に複製神域を作るから《けんが》、そこで遠慮なく暴れてちょうだい《くれんね》」

「神域……ですか？」

珠子さんの言葉に首を傾げる私。紫乃さんが説明してくれる。

「正常化バイアスの話はしただろう？」

「ほんとに正しい正常化バイアスなんですかって思ったあれですね」

「本当だって。神様を信じなさい」

「ほんとかな～」

「とにかく人間に備わった英知、正常化バイアスのおかげで多少なりあやかしがうろうろしていても禊《みそ》ぎ祓いをしても、あんまり気にされないもんだ。だがここは天神のど真ん中よりはさすがに人目があるし、正常化バイアスもかかりにくい」

「天神はまあ……知らない人もたくさんいますしねえ」

「さすがにビームでドカーンとやると単純に大騒ぎになる。あと物を壊す。迷惑になる」

「そりゃそうだ」

「で……だ。この間の贄山隠のような件は破壊許可を得ていたが、今回みたいなときは複製神域を使うんだ。ここをそっくりそのまま、同じ神域を作って、そこで禊ぎ祓いをする。正式な神域――俺の屋敷のような場所だとゼロから作るから相当な手間が必要だけど、複製神域の場合はあくまで複製、かつ簡易的なものだから秒で作れる。そこで禊ぎ祓いを済ませて空間を消せば、その禊ぎ祓いの効果だけを残せる。複製空間も、現実も何も壊れない」

「便利ですねえ」

「そういうのないと《そげんかとんなかと》、今の《ん》世の中じゃ祓いなんてできないもの《げなされんもん》ねえ」

珠子さんが笑う。そして紫乃さんから話を引き継いで、私に禊ぎ祓いのルールを説明した。

「祓って欲しいのはこの銀座通商店街に集めておいた、この辺全体の魂や神霊のかけらの浄化と、あとはお父さんたちの供養かな」

お父さんと呼ばれた人たちがにこやかに手を振る。

生きてる人のように見えても、彼らも神霊なのだ。

「供養……」

「そ。お父さんもちょいちょい、無縁仏になってるのよ《とらすと》。もちろん家族に祀られているけど《とるばってんが》、せっかくだから《やけん》って来てる《とらす》人もいる《おる》けどね」

「俺俺。俺の娘も孫も東京におるよ」

「俺はおらーん」

「俺はなんもかんも忘れた〜」

「そりゃあんたさんは生きとったときに飲みすぎたい」

「がはは」

和《なご》やかなムードで話は続く。

「今回は楓ちゃんの霊力修行を《ば》かねて、みんなにはアーケード街を《ば》全力で逃げて貰うのよ《ばい》」

「全力で!?」

「そうよね《そげんよね》、紫乃さん」

紫乃さんが頷く。天神に立っているときもずいぶん綺麗だったけど、レトロな商店街に立っているとますます現実感がない。精巧なコラ画像のほうがまだ信憑性がありそうだ。

私は質問した。

「逃げる皆さんに、私はどうすればいいんですか？」

「思いっ切りビームで捕捉しろ」

「力業《ちからわざ》ですねずいぶんと」

「修行は努力&根性なのは令和でもあんまり変わらないよ。一時間以内に終わったら合格だ。合格したら駅前の路面電車でやってるフルーツサンドでも、鉄板全部使ったでっかいお好み焼きでも、好きな物食べて帰ろうか」

「わーい！　合格にならなかったら？」

「そのまま帰る。ちなみに今夜は豆の買い付けと勉強会に行ってるから羽犬の夕飯はないぞ」

「つ、辛い！　知らなかった！」

「俺も知らなかった。さっき連絡が入ってて……」

お互いしょんぼりしているところに、パンパンと珠子さんの合図が響く。

「それじゃあ《そんなら》、始めるわよ《ばい》！」

珠子さんがプリーツスカートとおさげを翻し、空にふわっと浮かぶ。

彼女が祈りを捧げると、透き通った竜がふわっとあたりを巡り——場所の雰囲気ががらりと変わった。銀座通商店街は何倍にも輝き、通行人が全て消える。代わりにキラキラとした魂と、画像加工したかのように淡く輝く「お父さん」の皆さんの姿がより鮮明になった。

「わ……！」

「よーい……スタート！」

珠子さんが手を叩く。同時に紫乃さんが手元でアラームをかける。

その瞬間、お父さんたちが一斉にダッシュで離れていった。

ぼーっとしている暇はない。

目標はみんなを浄化でハッピーにして、修行大成功、そして美味しい夜ご飯！

「巫女装束装着《チェンジ》！」

私は特撮よろしくはやかけんを構えて、紅染めの巫女装束姿にチェンジする。

「早いぞ楓！　十秒だ！」

紫乃さんの言葉に親指を立てて応《こた》えると、私は商店街中心部へと駆け出した！

きらきらもお父さんたちも、蜘蛛の子を散らしたように逃げていく！

「とりあえず……行きます！　はやかけんビームッ！」

まずは肩慣らしだ。腰を落として手元を安定させ、両手でＩＣカードを構えて叫ぶ。

「ビームッ！」

一直線に銀座通商店街を突き抜けていくビーム。当たるキラキラもいたけれど、キラキラはふわっと吹き飛んでいく。どうやらビームの風圧が出ているらしい。

「うーん、もっと範囲を広くして、スピードをもっと。キラキラ全部を仕留め切れないな……」

何度か出していて気づいたけれど、私の叫びとビームの力はリンクしているようだった。巫女としての言霊《ことだま》の力だろうか、紫乃さんが言う通り砲丸投げのかけ声と同じなのだろうか。鋭く声を出せば鋭く細く飛び、逆に喉を開いて落ち着いた発声をすれば、ビームの直径は広くなる。

記憶を失う前の私が歌で禊ぎ祓いしていたおかげか、喉の調子も発声もやりやすい気がする。これからも発声練習しないとな、と一つ心に誓う。

「とにかく実戦して、改善していくのが一番だよね」

考えるな、感じろ！

私ははやかけんを握り、キラキラの浄化に専念した。

「ビーム！　ビーム！　あっちもビームッ!!」

細いビームで狙いを定めて浄化。直径の広いビームで、隠れた場所から複数のキラキラを包み込むように浄化。

「こんな浄化のやり方は罰当たりにならないのかなあ」

「大丈夫。みんな楓との追いかけっこ楽しんでるよ」

私の呟きに、看板に腰を下ろした紫乃さんが声をかけてくる。

紫乃さんに祓って貰いたくて近づいてきたキラキラを、紫乃さんはふっと息で私のほうへと飛ばしてくる。

「わわっ！　び、ビーム！」

「えらいえらい、百発百中」

ぱちぱちと手を叩く紫乃さんが、私にタイマーを見せる。45分経過していてびっくりする。

「け、結構時間経ってますね」

「キラキラにばかり気を取られていると、お父さんたちの準備が整ってしまうぞ」

「じゅ、準備ってなんですか!?」

「そりゃあ……迎撃？」

そのとき。鐘と太鼓を打ち鳴らす祭り囃子《ばやし》が聞こえてきて、私は通りを振り返る。

ゆったりと厳《おごそ》かにこちらに近づいてくるのは、竜に似た大蛇の巨大な顔。口を大きく開けたその山車《だし》の上に、お父さんたちが思いっ切り乗っかっていた。

「そっちから来んとなら、こっちから行くばい、楓ちゃん！」

大蛇の口が光る。私は反射的に右に避ける。はやかけんビームに似た光が、思いっ切り私のいた場所を薙《な》いでいった。

「迎撃もあるって聞いてないですよー！」

紫乃さんが看板の上で足をゆらゆらさせながら言う。

「炭鉱《ヤマ》の男が防戦一方なわけないだろう？　日本を揺るがす労働争議で鍛えた皆さんだぞ」

「ひ、ひえー」

「ほら、しっかり鍛えて貰いなさい」

「や……やるしか……ないっ!!」

私は頬を叩き、気合いを入れ直して大蛇を見る。大蛇は独特のリズムを鳴らしながら私のほうへ近づいてくる。機動力はこちらが上だ。しかしあのビームを浴びるのは怖い！

「ちなみに大蛇山砲を受けたら、私どうなりますか」

紫乃さんはいつの間にか隣に座っている珠子さんと顔を見合わせ、うーんと首をひねる。

「電気治療みたいな感じかな？」

「今まで楓ちゃん何度か吹っ飛ばされて《とっ》たけど、ばってん《ばってん》元気だったから大丈夫大丈夫《やったけんが》」

「吹っ飛ばされたことあるんですね、私!?　そして大丈夫だったんですね」

元の私が頑丈なのか、修行のおかげなのか、なんなのか。

しかし私は少し冷静になった。当たっても問題ないなら、恐れは邪魔だ。

もう一度顔を叩き、私は大蛇山の進路に立つ。お父さんたちが沸き立った。

「よし！　対戦よろしくお願いします！」

「本気でいくばい、楓ちゃん！」

「はい！」

私ははやかけんをくるっと回し、両手の親指と人差し指で四角を作って固定する。

大蛇が吠える。びりびりと風圧を感じる。私は渾身の霊力を籠めて叫んだ！

「いっけえええ！　はやかけんビームッ!!」

「うおおお!!」

光条《ビーム》と光条《ビーム》が正面からぶつかり合う。力は互角！

お父さんたちの気合いを示すように、雨のように打ち鳴らされる鐘と太鼓！　お父さんたちの叫び声！

草履《ぞうり》を履いた私の足が、ずるずると後ろに下がっていく。競り負けている。

「いけえええ!!」

「くッ……！」

汗がほとばしる。これが祭りの夏。いや違うまだ春だ。

先取りの夏が、今ここで命をぶつけ合う！

「うおお!!　押し出すばい!!」

「そういうバトルなんですか!?」

「なんかそげんか気分になった！」

「そ、そっかー！」

そっかーなんて言ってる場合ではない。

しかし人間いっぱいいっぱいだと返事が適当になってしまう。

さあどうしようと悩んでいると、ふわっと甘い匂いが漂う。

背後に降り立った珠子さんから、そっと囁き声が聞こえた。

「ねえねえ楓ちゃん。本質を《ば》見失っちゃだめ《いかん》。楓ちゃんは何を《なんば》するためにここに来たの《と》？」

「珠子さん」

至近距離で、彼女の真っ黒い瞳が私を捉えている。瞳に私は映っていない。光を吸い込む地の底の石炭の色、山の女神の深い色が、私をしっかりと捉えていた。

「あなた《あんた》は巫女でしょ《やろが》？　祓うんはビームを《ば》直接当てなくてもいいのよ《あてんたっちゃよかとよ》。……お父さんたちは、何を喜ぶと思う《なんばよろこばすとおもうね》？」

「……そうか！」

私はひらめいた。

珠子さんが行ったところで一旦右に避け、ビーム対決から離脱する。

ごろっと道に転がった私を見て、紫乃さんが一瞬腰を浮かす。私は首を横に振って大丈夫だと示して、再びハイパー大蛇山を見据えた。汗を拭い、袴《はかま》の裾を払う。

深呼吸をして一秒。私は状況を確認した。

一旦冷静になって改めて見ると、大蛇山は想像より一回りくらい小さかった。アーケード街の中で動けるのだから当たり前だ。日差しを通す透き通ったサンルーフから、柔らかな光が大蛇山を照らしている。

あちらも疲れたのだろう、ビームで私をすぐに追撃することはなかった。

余裕を取り戻すと、視野が狭くなっていたのを感じる。

私の戦いはビーム対決じゃない。

そしてお父さんたちも、私に力任せに勝つことが目的じゃないのだ。

「……全ては、修行。何をやっても、ここは複製神域……」

私は自分に言い聞かせ、アーケードの天井にはやかけんを向ける。できる限り大きく、なおかつ鋭くないビームをぶつければ、きっと。

「上手くいってー！　はやかけんビーム!!」

まっすぐな光がアーケードに当たり、柔らかく反射して拡散する。

ビームが、光の雨となって大蛇山とお父さんたちへと降り注いだ。

お父さんたちは、光を見上げる。

力任せに吹っ飛ばすのでも、競り勝つのが目的でもない。私がやるべきことは、浄化。

「花火の代わり、か……」

「これは……」

珠子さんがふわりと舞い降りてきて、私にぱちぱちと拍手した。

「祭りが記録されてい《と》る嘉永《かえい》の時代から、祭りには煙硝《えんしょう》や硫黄が使われていたの《とったとよ》。今でも《でんが》祭りの夜は《ん》空が燃えるように《もゆるごっ》赤く《あこう》なる。昭和の一番人が多かったときはもちろん、今でも《でん》祭りは変わらない《ん》。だから《けん》光は私たちにとって、必要なもの《つばい》」

大蛇山が浄化されていく。

大きな山車が、満足したかのようにはらはらと崩れ、光に溶けていく。

山車を降りたお父さんたちが盛大な拍手をしてくれる。彼らもまた光り輝いていた。

「頑張れよ、楓ちゃん！」

「俺らも応援しとるけんな！」

「ありがとうございますー！　頑張りますー！」

珠子さんが宙に浮かび、彼らひとりひとりを抱きしめていく。

「お父さんたちもありがと、またね」

「飽きたらまた出てくるよ、珠子ちゃん」

「じゃあな」

全てが消えたあと、珠子さんはにっこりと笑った。

「ありがとう楓ちゃん。みんな喜んでるよ《どらすよ》。今を生きて《と》る人間の楓ちゃんが覚えてい《とっ》て、浄化してくれる《らす》ってことが、お父さんたちはどれ《ん》だけ嬉しい《か》か」

「珠子さん……」

「私は思うのよ《と》。神様の役割って、土地がある限り在《お》り続ける存在《もん》として、生きてくれた人たちを《ば》覚えてい《とっ》て、思い続けることだ《や》って。世の中がどんな《どげんか》風に変わったって《ちゃ》、私はみんなにとって、遠い《か》祈るだけの存在じゃ《や》なく《のう》て、傍にい《お》る家族でありたいの《かと》」

「……だから、娘とお父さんなんですね」

「そう。私の中に生きてくれた《くれらした》、お父さんを《ば》ひとりぼっちにしないために《せんごつ》、私はここにいるの《おると》」

微笑む彼女を見て、第一印象で不思議な人だと思った理由がわかった。

瞳の黒さでも、黒いセーラー服のせいでもない。

彼女は少女の姿をしながら、表情が超越的なのだ。例えばお寺の仏様の像のような。例えばお地蔵様のような。彼女の表情は、人を慈しむ祈りの色をしていた。

私を愛していると言うときの、紫乃さんの目と同じだった。

複製神域が溶けていく。

残されたのは、静かな商店街と、珠子さんと紫乃さん、そして私だった。

戦いの名残は私の巫女装束にしか残っていない。急にものさびしくなって、私は珠子さんに尋ねる。

「消えてしまったんですか？　みなさんは……」

「ううん《うんにゃ》、一旦姿を《ば》消した《さした》だけ。気が向いたらまた戻ってくるよ《こらす》。だって私のお父さんだもの《やもん》」

紫乃さんがストップウォッチを押し、こちらに文字盤を向けた。

「時間も合格。55分34秒で完了したな」

「やったー！」

「何が食べたい？」

「えーどうしましょう、何がおすすめですか、珠子さん」

「私のおすすめ？　んじゃあ近くだから《かけん》名前がすごいラーメン屋さんにでも……」

「なんですかそれ」

そのとき。

アーケードの上から、私に向かって黒い影が降ってきた。

「え」

一瞬の出来事だった。突然すぎて、全てがコマ送りのように見える。

紫乃さんが反射的に私を庇う。

黒い影が振りかぶった何かで傷つけられ、紫乃さんの腕から鮮血が滴《したた》るのが見えた。

「紫乃さん！」

「紫乃さん！　これ！」

続いて私を抱きしめ庇う珠子さん。彼女は光る刀を紫乃さんに投げる。

「三池光世《みいけみつよ》か……！」

それを摑んだ紫乃さんが、次の攻撃を刀で受け止める。

戦いは続くかと思われたが、あっけなく黒い影はぎゃっと悲鳴をあげて転がった。

「ぎゃああ……」

「三池光世の霊刀で傷ついたということは、呪いをかけられたあやかしだな」

「こら誰よ！　あなたは！」

私を抱きしめたまま珠子さんが叫んだ。ふらりと、黒い影が再び立ち塞がる。まるでものすごく大きい黒いカーペットが生きて、こちらを見下ろしているように見えた。

正眼《せいがん》に刀を構えたまま、紫乃さんが低く呟く。

「……肥前の猫又だな。まだ若い。三百年ほどか」

紫乃さんの言葉に、珠子さんが怪訝《けげん》そうな顔をする。

「肥前《さが》？　あっちからここまで結構遠いんだけど《かとばってん》、有明沿岸道路《ありあけえんがんどうろ》通って入ってきたんやか？」

黒い影——猫又さんは、ゆらっと揺れながら私を見下ろした。

「某《それがし》を忘れたとは言わせぬぞ。ずっと、ずっと楓殿を待っておったというのに」

「え」

私は思わず紫乃さんを見て、そしてぶんぶんと首を振る。

「わ、私知りませんよ！　知りませんよ！」

「いや記憶失ってるから」

「いっけない、そういえばそうだった！」

私にツッコミを入れたあと、紫乃さんは猫又さんを見た。

「……お前は何者だ、話を聞かせろ」

「某が会いたかったのは楓殿だけ。貴殿に用はない」

「ほう？　会いたかったから攻撃するのか、禊ぎ祓いを終えて疲れた楓のことを」

私を背に庇ったまま、紫乃さんが猫又さんを見上げて言う。落ち着いた声音ではあるものの、紫乃さんの声が低い。怒っているのだと感じる声音だった。

「某はもう後がないのだ、もう、楓殿しか」

紫乃さんがさらに刀を突きつける。

切っ先を向けられ、猫又さんがぶわわ、と毛を逆立てる。

体は大きくて攻撃的なのに、何かひどく怯えているように見えた。

「……お前のような弱った猫が、有明沿岸道路を通ってここまで来るなんて無理だ。佐賀市内からどれくらいかかると思ってる。阿蘇《あそ》の根子岳《ねこだけ》の猫のほうがまだ来やすい」

ふっと、紫乃さんが何かに気付いた顔をする。

「……道理を解する気もないまま無理を通す、この雑なやり方、覚えがある」

独り呟く紫乃さんを前に、猫又さんはうなり声を上げ威嚇する。

「某は屈せぬぞ、楓殿に仕《つか》えると決めたのだから、それを曲げれば肥前の猫の名が廃《すた》る」

両者一歩も譲らない。

明らかに背水の陣で飛び込んできている猫又さんと、本気で怒っている紫乃さん。

「はわわ、どうしよう」

私が慌てていると、隣からちょいちょいと珠子さんがつついてきた。

しかめ面で吐き捨てるように、ぼそりと呟く。

「吹っ飛ばしなさいよ《さんね》、面倒くさい《しっからしか》」

「さ、さっき優しい払い方を教えてくれたのに!?」

「構うものですか《しらんしらん》。お父さんは労る《むぞがる》理由があるけど《あるばってんが》、我が強い《ががつよか》 男《おとこ》 ほど《んごと》面倒くさい《せからしか》ものはないわ《もんはなかばい》、吹っ飛ばすにかぎるわ《ばい》」

「し、辛辣」

見た目は可憐なのに、思いっ切り武闘派だ。そういやさっき刀出したなこの人。

「え、ええとでも猫又さんは満身創痍《まんしんそうい》みたいだし、紫乃さんを攻撃するのはちょっと」

「いいからいいから《よかけんよかけん》。楓ちゃんのビームはよこしまな者以外には気持ちいいのよ《よかと》。覚えはない《なかね》?」

「そういえば……」

私が最初に吹っ飛ばしたとき、確かにキラキラは幸せそうに消えていた気がする。

少なくとも悪い払い方だったら、紫乃さんも反応は違っただろう。

「私が言ってるんだから何も心配ない《うとるんやけんなあんしんぱいせんたっちゃよか》わ、最悪浄化して消えるんだけど《ゆるばってんが》、まあ消えたらそれまでの男よ」

「いけいけ」

「やれやれ」

「ついでに俺らにもやってくれんね、ばつーんって」

野次が聞こえるなと振り返ると、先ほどしんみりして消えていったお父さんたちが現れていた。既にやることは終わったとばかりに手にはそれぞれ五百ミリリットルの発泡酒と焼き鳥を持っている。

「当たり前のように戻ってくるもんなんですね」

「そりゃおもしろかこつがあったら戻ってきますばい」

「いけいけ楓ちゃん！」

「よ、よーし！」

お父さんたちと珠子さんに応援されて、私ははやかけんを構える。優しく、優しく、あまり吹っ飛ばしすぎないように。

「はやかけんビーム！」

しかし思いっ切り二人を吹っ飛ばした。ちょうど空き地のほうに転がっていったので、土煙がもうもうと立つ。

私は慌てて吹っ飛んだ二人のもとに駆けた。

「ああ力加減間違えた、ご近所迷惑……！　し、紫乃さん！　猫又さん！　大丈夫ですかー！」

「いたた……」

「あーっ！　い、痛かったですよね！　ごめんなさい」

紫乃さんは痛そうに転がっていた。

「大丈夫、痛いのは受け身を取り損ねたからで、ビームは気持ちよかった。上達したな」

「よ、よかった……のかな？」

「俺も冷静さを欠いていた。また楓に何かあったらと思うと」

「紫乃さん……」

しんみりとしかけて、はっと思い出す。いるべきものが一匹いない。

「猫又さんはどこですか？」

「ああ。ここにいるよ」

紫乃さんは腕の中から毛玉を出す。猫又さんは普通の猫のサイズに戻って気絶していた。毛艶のいい華奢で品のある、綺麗な猫だ。尻尾もしっかり二本ある。かぎしっぽなのがまた可愛い。

「はっ」

金の瞳をかっと見開き、猫又さんは身を起こしてきょろきょろした。

「大丈夫？　猫又さん」

私を見つけると、猫又さんの表情が見る間に崩れていく。

「……楓殿？　帰ってきてくれたのか？　某を飼ってくれるという約束は……覚えてくれていたのか？」

「ごめんね、私記憶を失っちゃって、全部忘れてるの」

記憶を失った経緯を説明すると、猫又さんは申し訳なさそうに耳をへにゃっと下げた。猫背になってうつむく。

「……そうか……某は、なんという迷惑を……。実は某もここ最近の記憶がないのだ」

紫乃さんが表情を硬くする。

「大丈夫。元々の約束、ちゃんともう一度きかせて？」

「……某の話をきいてくれるというのか？　攻撃してしまったというのに」

「仕方ないよ、焦ってたんだもんね。もうしたらだめだよ」

「楓殿……！」

猫又さんはそのまま私の腕の中に入り、そしてぎゅっとしがみついた。まるで二度と離れないと訴えるように。

「あなたの名前は？」

「夜《よる》だ。黒猫だから夜。楓殿がつけてくれた」

「シンプルな名前だなあ」

私たちの様子を見守っていた珠子さんが、にっこりと微笑んだ。

「ちょっとびっくりしちゃったけど《たまだったばってんが》、丸く収まったからよかったね《けんよかったばい》」

◇◇◇

その後、私たちは無事にラーメンを食べ炭水化物をたっぷり味わい、珠子さんたちと別れて駅までのんびりと戻った。

「ラーメン、麵が太くて濃かったですね。長浜ラーメンと全然違う」

「久留米ラーメンと熊本ラーメンとも違うよなあ」

「ところでなんで店名と違う名称で呼ばれていたんですか？　しかも飲食店らしからぬ名称で」

「ああ、それはもともと公衆……あ」

紫乃さんが答えようとしたところで、変な声を出す。視線の先を見やると、電車が通り過ぎていった。

電光表示に書いてあるのは『福岡天神行き　特急』の文字。

「……乗り遅れましたね。次は何分後でしょうか」

「三十分後」

「な、長いですね」

「駅で電車が来るのを待つしかないな」

仕方がないので私たちは、次の電車をホームのベンチで待つことにした。

その頃には夜さんも話せるくらいには回復していたので、じっくり話を聞くことができた。

「某は肥前、背振山の麓の主家に仕えていた猫だ」

夜さんは猫又。猫の本山、熊本の根子岳《ねこだけ》で修行を積んだ古式ゆかしい猫又ではなく、人間の術によって猫又となり主従関係を結んだタイプの猫さんらしい。

「肥前鍋島《ひぜんなべしま》の猫又騒動というのがあるだろう」

「えっと、お家騒動に猫又伝説が絡んだ物語ですよね。元々の主君の家柄の龍造寺《りゅうぞうじ》家の猫が、鍋島家を呪うって感じの」

「うむ。某はその猫と同胞でな。術であやかしとなり主家を守って生きていた」

古く中国から伝わったと言われる猫術で猫又になった夜さんは、戦国時代に生を受け、それから家の守り神として長年、主家を見守ってきたのだという。

「忙しい日々だった。鼠《ねずみ》を捕《と》ったり、子守をしたり、冬には主の暖となったり」

「猫の仕事だねえ」

「時代が変わり、主は帰農した。いつしか某が猫又であることもすっかり忘れられ、某も正直忘れていた。結局、某は若者故、暗殺や呪殺の勤めはほとんどせぬままだった」

夜さんは主人の末裔が脈々とそこで生きる限り、霊力を受け続けていた。永遠を生きる猫又さんでいられたのだ。

「しかし主家はもうない。屋敷も壊され、誰もいない」

「夜さん……」

「某はもう時代に淘汰《とうた》される身だった。けれど……楓殿に出会った」

夜さんが輝く瞳で私を見上げる。

主を失った夜さんは一人、背振山を行く当てもなく放浪した。そして記憶を失う前の私と彼は、部活の遠征先の佐賀の北山の合宿所で会った。

「その時に約束してくれたのだ。『卒業後に飼ってあげるね』と」

「そうだったんだ……」

紫乃さんが片手で額を覆い、あちゃあと言いそうなポーズをする。

「遠征で出会ったのなら、知るわけがないな……」

「紫乃さんにも伝えてなかったんですね」

「元の楓もそういう奴だった。猫を拾う相談をしても俺がつっぱねると思ったんだろう。いきなりなし崩しに飼うつもりだったに違いない」

「迷惑ですね元の私」

夜さんが私の顔を覗き込む。

「迷惑ではない。楓殿のおかげで某は救われたのだ。あのとき霊力を分けて貰ったから今日まで生きられた。ずっと迎えに来てくれなかったのは、辛かったが……」

もう離れない、と言わんばかりに摺《す》りついてくる夜さん。

「楓殿を待っていて、力尽きそうになったとき……気がついたら商店街にいた。体の奥から妙な力が湧いて、ざわついて……自分が、自分でなくなる感じがしたのだ。すまない、楓殿……筑紫の神よ」

「夜さんが無事でよかったよ」

私は両手で細い体を包み込んだ。

「間に合ってよかった。有明沿岸道路で傍に来てくれてありがとうね」

「……もう離れないで欲しい。頼む。某は楓殿がいなければ生きていけない。代わりに某も猫又として楓殿に貢献しようぞ。いつでも撫でて構わぬぞ」

「それが貢献なんだ」

「猫は可愛い。だから某を愛するのは喜びであろうが」

夜さんはごろごろと喉を鳴らしながら私の膝をふみふみする。

「寝《ぬ》。膝を貸せ、楓殿。猫を膝で寝かす僥倖《ぎょうこう》を与えようぞ」

夜さんはそのまますぐに私の膝で眠ってしまった。

紫乃さんが夜さんのお腹をちょんと突いて言う。

「霊力の充電が必要なのだろう。瀕死だったからな」

「間に合ってよかったですね……。でも、どうしてここまで来れたんでしょう？　気がついたらここにいた、とは言ってましたが……」

「……調べる必要がありそうだな」

紫乃さんは無言で、目の前の景色を睨んでいた。難しいことを考えているようだ。

まだ西鉄電車は来ない。隣接したＪＲのアナウンスが遠く他人事のように聞こえる。

他に電車を待っている人はいない。静かな時間だった。

ふと、頭が右に傾く。紫乃さんが後ろから腕を回して、私の頭を引き寄せたのだ。

稲穂色の髪と私の栗色の髪が触れる。

紫乃さんの温かな頬の気配をこめかみの上に感じる。

紫乃さんが深く息を吐く気配がした。

ここにあるのを確かめるように、大きな手が私の頭を撫でた。

「……楓が無事で、よかった。また守れないかと思うと怖かった」

「紫乃さん……」

「いつか楓を失う日が来るのはわかっているんだ。何度も繰り返してきたから。けれど……覚悟があろうとも、楓が傷つくのは怖い。たった一月前に、守れなかったばかりだったから余計に」

いつも飄々《ひょうひょう》として、無茶ぶりばっかりの紫乃さんが、意外なほど弱っている。

よほど私を守れなかったことが悔しいのだろう。

でも。それにしても——この話になると妙に暗い。

ここ一ヶ月で知った紫乃さんという人は、基本的になんとかなるさ精神の神様だ。

よく言えばおおらか、悪くいえば大雑把。

なのに私が記憶を失った前後のことに関しては、異様にデリケートな反応を見せる。

繊細で絵から飛び出したような外見とのギャップが面白い人だなと思っているだけに、深刻に落ち込んでいるのを見るとそわそわとした気持ちになる。

この人は笑っているのが似合うのに。

まるで記憶が消えたことそのことよりも、その事件を気にしているようだ。

「私が記憶を失ったとき、何があったんですか？　ただ頭を強く打ったとか、そんなのじゃないことが……起きたんですよね？」

紫乃さんの手がわずかにこわばる。

「……それは……」

「私にも教えてください。私、自分が記憶を失った原因を知らないままなんです。知らなきゃ対応できませんよ」

長い睫毛の奥、瞳が揺れる。私は顔を覗き込む。

「紫乃さんだって困ったじゃないですか。元の私が話してなかったから、夜さんのこと知らなくて」

「秘密にしたいわけじゃない。……まだはっきりしないことを、あまり口には出したくないだけだよ。楓の不安を煽《あお》るのは本意じゃないんだ」

「はっきりしないことなら、一緒に考えたほうが解決しやすいんじゃないですか？」

「……ずいぶん強引だな？」

「強引ですとも。紫乃さんの巫女なんですから。ひとりで抱え込む紫乃さんを放っておけませんよ」

私は紫乃さんから目をそらさない。

逃げさせてたまるものか。ひとりで抱えさせたくない。

頭を撫でていた手を取って、ぎゅっと両手で包み込んだ。

「紫乃さんは私の神様なんですよね？　なら巫女と神様で、もっと力を合わせましょうよ。紫乃さんが悲しい顔をしている傍で、力になれないのは嫌です。悔しい」

「どうして楓が悔しくなるんだ」

「記憶を失った経緯は覚えていないですけど、頭に対する衝撃でしょう？　なら私の頭がバリカタの石頭だったら解決した話じゃないですか」

紫乃さんがぽかんとした顔でこちらを見ている。

「……頭の固さの問題じゃないのでは？」

「頭の固さの問題です。当事者が言うんですから、ねっ」

紫乃さんの表情がわずかに柔らかくなる。

私はさらに強く手を握って、身を乗り出して訴えた。

「だから、力不足は私もです。もっと頭蓋骨が強かったら、紫乃さんも悩まずにいられたんですから。そうでしょ？」

「……ふふ」

紫乃さんが吹き出す。

「楓は……強引だな、本当に」

堰《せき》を切ったような笑い方だった。

その笑顔に胸がほっと楽になる心地がした。

この人にはやっぱり、笑っていて欲しいと思う。

「そうですよ。もっとバリバリに最強に頭を固くして、次こそいろんな物全部ぶっ飛ばしますからね。だから紫乃さんも安心して私に頼ってください。強くなりますから」

「わかったよ、わかった。ひとりで落ち込むのはやめるよ」

紫乃さんは私の頭をくしゃくしゃと撫でた。そしてもう一度片手で肩を引き寄せ、ぎゅっと私を抱きしめる。

頭頂部に唇を寄せながら、紫乃さんが微笑む気配がした。

「……ありがとう」

彼の肩の力はすっかり抜けていた。

「そうだな……楓も少しずつ禊ぎ祓いに慣れてきたし、そろそろ話すべき頃合いだろうな」

気がつけばちらほらと、周囲には学生が増えてきていた。

紫乃さんが私を抱き寄せるのを学ランを着た男子学生たちが指の間から見ている。

「高専生だ。彼らには少々刺激が強いな」

紫乃さんが微笑み、私を解放する。紫乃さんの美貌にギャラリーからおお……と声が漏れている。

人混みに紛れられない場所では、やっぱり目立つんだな紫乃さん。

電車がホームに入り、終点への到着を告げる。

紫乃さんは私の膝から夜さんを受け取り、ジャケットの内側におもむろにしまう。

「しまえるんだ」

「ポケットついてるからな」

「万能ですねポケット」

紫乃さんは立ち上がると、私に微笑んで手を差し伸べた。

「行こうか、楓」

「……はい」

その表情の柔らかさに、私の胸の奥がぎゅっとなる。なぜだろうか、この人を守らなければという気持ちが強くなる。紫乃さんは神様で、多分強くて、頼りになる私の育ての親だ。身長だって私よりずっと高いし、男の人だからもちろん腕力も強いだろう。そんな相手に対して「守らなければ」なんておかしいかもしれないけれど。

記憶が消える前、自分がどんなふうに紫乃さんを思っていたのかはわからない。けれど確信がある。

きっと記憶が消える前からずっと、私は紫乃さんを守りたかったんだ。

お父さんをひとりぼっちにしたくないと語っていた、珠子さんの言葉を思い出した。

青いボックスシートを進行方向向きに倒して、紫乃さんがこちらを振り返った。

「どうした楓。ぼーっとして。……疲れた？」

気遣ってくる紫乃さんに、私は首を横に振る。笑みがこみ上げる。なんだ、簡単なことじゃないか。

「大好きです、紫乃さん」

紫乃さんは目を一瞬見開くと、花がほころぶように微笑んだ。

「ありがとう。俺も愛してるよ」

◇◇◇

鵲《かささぎ》がばさばさと飛ぶ。筑後平野を通って、佐賀に。

「なるほど、まだ楓さんと筑紫の神は、婚姻関係を結んでいない、と」

電柱の上に立っていた謎の男が言う。

そこにもう一人、女の子が立っている。珠子だ。

「そこで何をしているの《ばしとるとね》、佐賀の方士よ《さがんもんが》。……さてはあな《ん》たがあの猫を《ば》けしかけたの《とね》？」

「これはこれは三池の女神。水底の竜宮城にいなくていいんですか？」

「あな《ん》たは知らなくていい話よ《んでよか話たい》。……あな《ん》た、自分も千年を生きる方士《ほうし》なら《とやったら》、土地神と巫女に手を出すのがどれだけやってはいけないことか《どげんやっちゃいかんこつか》、わかっていないとはいわせないわよ《わかっとらんとはいわせんばいこのばかちんが》？」

「始皇帝も袖にした私にそれ言います？」

「あな《ん》た追い出されたいのかしら《ろうごたっとね》？」

珠子の霊力が広がり、スカートとおさげ髪が広がる。

　プリーツスカートの裏の闇から、半透明の龍神が顔を覗かせる。大蛇に嫁いだ姫君の異類婚姻譚と、龍神信仰と祇園《ぎおん》信仰。いくつもの祈りが絡み合って形を為した三池山の女神は、大蛇であり龍神であり、山の姫神でもあり炭鉱《ヤマ》の女神でもあった。

　彼女の怒りなどたいしたことないとばかりに、徐福《じょふく》は扇《おうぎ》で顔を覆ってどこ吹く風だ。

「ここを追い出されても私には別の場所がありますので。あなたとは違って」

「それで済むとお思い？《それで済むと思うとっとか》　あなたん《ん》がそのつもりだったら《そげんかつもりでおるんやったら》、私も肥前の姫たち《ら》に黙《黙》ってはいられないわよ《っとられんけんな》。嘉瀬川《かせがわ》の淀姫《よどひめ》様も背振《せふり》の弁財天も、私と女子会やってる《と》仲だからね《やけんな》」

「おお怖い……ああ、本当に筑紫の女神は恐ろしいことですよ」

　風の流れが変わる。

　すっと、プリーツスカートの中に龍神が消えていく。

　落ち着いた珠子が、徐福を見据えたまま尋ねた。

「あなた《ん》、妙に煙に巻くけれど《ばってん》、何か知っているのではなくて《とっちゃなかとね》？　あの消えかけだった《ようごたった》猫が遠い距離を《ば》移動できたとは思えないもの《んもん》。佐賀からうちに渡って来る《くっ》ときに、土地神の私も紫乃も、気づけなかったのはおかしいわ《づききらんかったとはおかしか》」

「さあてね。大海原に通じる恐ろしい水底の姫ならば、全てを知っているのでしょう？　有明海から飛び出せば、何か見えてくるかもしれませんよ」

「……そういうこと？《そげんかこつね》」

「ご想像にお任せしますよ、姫君」

　消える徐福。溜息をついて、それから珠子は水底を見つめる。

この地の炭鉱は全て閉山した。その閉山した炭坑のさらに奥に、とある神を閉じ込めているのは知る人ぞ知る話だった。

珠子は三池港に降り立つ。夕日の落ちる有明海は黄金色に照らされ、空も海も眩しかった。

風に目を細めていると、彼女がお父さんと呼ぶ魂たちが集まってきた。

「おおい、珠子ちゃん。大丈夫ね？」

「なんかえらい話し込んどったみたいやね」

「大丈夫よ。心配かけてごめんね、お父さん」

彼女は屈託ない少女の笑顔で返す。そして迎えに来てくれた父親たちを抱きしめた。

父と呼ぶのは便宜上で、出自だってばらばらだ。彼らの共通項は、今はみんな平等に、彼女の『父』であるということ。

土地神である己の傍にいてくれる、等しく愛しい父たちだった。

「私はずっとここにいるわ《おるよ》、お父さん。……ずっと、一緒よ」

第四章

蓬莱を求めて

「ああ、楽しかったー」

頭に真っ白なツイードのネズミ耳カチューシャをつけて、尽紫は夢の国を見渡せるホテルのテラスに佇んでいた。

ベッドの片隅には精気を抜かれた贄山が全裸で髪でぐるぐる巻きにされて転がっている。

尽紫は夜景に見とれた。夜景に浮かび上がる城に、魂の輝きに似たイルミネーション。深呼吸すると、人々の解放された快楽と欲が体の中にいっぱいに集まる。

それでも尽紫の霊力は人数ほどは回復しない。

「ちょっと贄山ちゃぁん、お腹空いたわあ。あなたの霊力もう少しちょうだい」

「ひぎっ!? あっ、も、もう無理れしゅう」

「もっと喜びなさい、私が直々に吸ってあげるのよ?」

「ひぎい」

そのとき、部屋に似つかわしくない匂いが漂う。肉汁とふかした何かの匂いだ。

「限定品のネズミカチューシャに夢の国、実に楽しそうで何よりです」

「……」

尽紫が振り返ると、テラスの手すりに中華風の長衣を纏った男が座っている。長い黒髪に丸眼鏡、常に口元に笑みをたたえているが、切れ長の目は笑っていない。

夜にもかかわらず、彼の周りをカチカチと特徴的な鳴き声をあげるモノトーンの鳥が飛んでいた。

「高層ビルディングで夜景を楽しみ、次は電車を乗り継いでここまで。これもその男のプランですか？ それとも、誰かの修学旅行でも真似をしているんですか？」

「……何をしに来たのかしら？　お使いもこなせない始皇帝のわんちゃんは」

「肉まんと情報を渡しに来たのですよ、あなたが空腹でくたばる前にね」

肉まんは横浜中華街のものだ。

「横浜って遠いのよね」

「一時間半ほどですよ。まあ我は直接ここに来たので五秒ですが。神奈川にも我の足跡はありましてね。だから中華街にもちょいちょい」

そこに、怯えた様子の贄山が口を挟む。

「あ、あああの尽紫しゃまあ、その男は一体」

「あら。贄山ちゃんにも顔でわかってもらえないようよ？　落ちぶれたわね？」

「CEOは裏にいるものですよ。あ、甘栗もあげましょうか？　彼にも食べさせます？」

「そうね？　食べたほうが長持ちするわよね。ほら、あーん」

「はひい……尽紫様……♡」

二人の様子を眺めながら、中華服の男は笑う。

「楓さんはどんどん力を取り戻してますよ」

ぴく、と尽紫の動きが止まる。男は尽紫の態度を楽しむように続ける。

「あの子あんまり悩みませんからね、ドーンでバーンですよ。悔しいですねえ、あなたのやり方でへこんでくれるのは、あなたの弟さんだけですよ」

「……嫌味を言いに来ただけ？」

「取引しません？　あなたが神通力を貸してくださるなら、巫女を籠絡《ろうらく》してみせます」

「あらぁ、あなた如《ごと》きが？」

「方士を舐めちゃあいけません、倭国《わこく》の封じられた土地神よりもずっと修練を積んでいますからね」

「始皇帝ひからびさせる甲斐性《かいしょう》なしも強く出たものね？　不老不死の薬は自分の分しか作れなかったくせに」

「……」

「……」

「いいわ、その代わり紫乃ちゃんに手を出したらもぐわよ」

「ご安心を。我は人間にしか興味ありません」

尽紫が嚙み切った指から血が溢れ、勾玉《まがたま》を形成する。

そして髪を抜いて一振りすると、長い簪《かんざし》が形成された。

男は拱手《きょうしゅ》をしてそれを受け取ると、髪をくるくると巻いて立ち上がる。

「残りは差し上げます。レンジでチンするとより美味しいです」

「レンジ……？」

「おや、知りませんか？」

「し、知ってるわよ。でも面倒だもの」

尽紫は贄山の腹を、なぞる。

「そうだわ。また、あなたの臓物《ナカ》で温めようかしら」

「ひぐっ!?」

びくつく贄山。男はつまらないものを見るような眼差しで見下ろす。

「せいぜい四十度程度の肉で美味しくなるとは思えませんけどね、お好きにどうぞ」

にっこりと唇だけで微笑むと、男は姿をサッと消した。

◇◇◇

私は布団の中で目を覚ます。外がいつもの朝より明るい。

「あれ……寝坊しちゃったかな……」

妙にぬくぬくとした寝心地だ。腕の中に何かを抱いている感覚。もごもごと声が聞こえてきた。

「音がうるさかったから、叩いたら止まった」

「夜さん？　アラーム止めたの？」

布団をめくると、黒い頭が中から飛び出す。出てきたのは猫耳の生えた20代くらいの全裸男性だった。

「うぎゃーッ!!」

「どうした、楓!?」

私の叫び声に、紫乃さんが数秒でやってくる。バシンと開かれた障子の向こう、紫乃さんがこちらを見てみるみる真顔になる。

「これは合意か？　非合意か？」

「ひひひ非合意ですとも！」

「何を言うか楓殿。某は楓の飼い猫なのだ、非合意なわけなかろう」

夜さんは不服であると言わんばかりに主張した。

声は確かにいつもの夜さんだけど、猫耳全裸成人男性が喋っていると、理解が追いつかずに頭が混乱する。

切れ長の目元が涼やかな美形だが、いかんせん全裸だ。

「か、飼い猫なら猫の姿で入っててよ～！」

「とにかく、楓の布団に入るな、出ろ」

紫乃さんが捕まえようとすると、夜さんは猫の姿になってひらりと逃げる。

私の背中に隠れながら、毛繕いをしつつみゃあみゃあと鳴いた。

「落ち着け筑紫の神よ。猫の某が人間の楓殿に発情するわけなかろうが」

「発情するかどうかは些事だ些事、お前が楓の布団に入ること自体がよろしくない」

「ふん、全身で暖を取らせてやろうと思ったのだ。猫として至極《しごく》真っ当な行いであろう」

「なら猫の姿でやれ、猫の姿で」

紫乃さんは夜さんを後ろから引っ張り出す。

夜さんは畳に爪を引っかけ、にゃああ、と伸びて抵抗する。

「ふ、ふん、貴殿は嫉妬しておるのか？　悔しければ猫になるがよい」

「誰が嫉妬するか、俺は楓の神だぞ。ほらこっちに来い」

「にゃーッ」

にゃあにゃあと抵抗する夜さんに、引っ張る紫乃さん。夜さんが長く伸びている。

「ま、まあまあ……夜さん、布団の中に人間の姿で入るのはやめよう、ねっ」

私はとりあえず二人の間に割って入った。夜さんは不満であると言いたげに、二本の尻尾をゆらゆらと揺らす。

「気にするとは嘆かわしいぞ楓殿。筑紫の神の戯言に惑わされるとは」

「いや気にするよ普通に」

「むむう」

夜さんは恨みがましく、紫乃さんを半眼で睨む。

「そもそも筑紫の神よ。貴殿は楓殿の番《つがい》でもないのに、なぜ邪魔をする」

「それは実質的にはお前の言う夫婦《つがい》だし、十八まで育てた保護者だからだ」

「ふん、曖昧な答えだな。実質的にと言うが本当の番ではないではないか。そして保護者ぶるのであれば、そろそろ楓殿の交友関係に口出しはやめろ。楓殿は成人なのだろう、養育者離れをする年頃ではないのか？」

「……」

紫乃さんが一瞬じっと真顔になる。夜さんが勝ち誇ったように目を眇める。

「ふふん、言い返せぬなら去れ」

「……はいはい、それとこれとは別だから」

「ににゃーッ！」

紫乃さんは夜さんを抱えて、ぺいっと寝室から廊下に放り出す。

「心外であるぞ筑紫の神、某は猫として楓殿に接しているだけだ、こら、話を聞け、にゃー！」

夜さんはしばらく障子の向こうで文句を言っていたが、お腹が空いたのだろう、しばらくすると台所に向かっていった。廊下はいい匂いがするから仕方がない。

嵐が去った部屋の中、紫乃さんが気遣わしげに私に尋ねる。

「……あれ、大丈夫か？」

「あはは……まあ飼うと決めたのは私ですし、大事にしますよ」

「困ったときはいつでも相談しなさい」

「はーい」

私の髪をわしわしと撫でて、紫乃さんが部屋を後にしようとする。

そして、ぴたりと足を止めた。

「紫乃さん？」

「……まあ、確かに夜の言うことにも一理ある。少し話をしてもいいか？」

「はい、どうぞどうぞ。あ、布団」

「いいよこのままで」

紫乃さんは私の前に座る。私も掛け布団を畳んで脇に寄せ、彼の前で正座する。ふと、寝起きのまだと思い出した。恥ずかしい気もするけれど紫乃さんが気にしていないのならまあいいか、と割り切ることにする。

「楓。十八歳になったら聞くつもりだったんだが……。これからについて希望はあるか？」

「希望……とは？」

「今の楓として、俺と夫婦になりたい？」

「……思いのほか直球ドストレートに来ましたね」

「ぼかしても仕方ないだろう」

肩をすくめ、紫乃さんは続ける。

「夜の態度を咎《とが》めるなら、なるほど確かに、当然俺も自分の立場もそろそろはっきりさせておいたほうがいいだろう。親代わりとして楓と接していくのなら、恋愛対象から降りて、楓の自由恋愛を受け入れないといけないし」

紫乃さんはしかめ面で続ける。

「あの猫は論外だが」

「それは論外なんですね」

「人間になれるのを隠したまま布団に入る猫、俺は認めません」

「あはは……」

「で、楓はどう思う？　今のところ」

「……うーん、そうですね……」

私は返事に困って、腕を組んで首をひねる。

正直なところ、紫乃さんは異性として好みなんだと思う。嘘みたいに綺麗な顔立ちも素敵だし、顔に似合わない神様らしい大雑把な行動力も好きだし、何より弱っている姿を見ると、守ってあげたいと思う。

家族愛、親への愛、兄への愛、恋愛、その他。

この気持ちをシンプルに枠にはめようとするならば、確かに恋や愛の感情が、一番正解に近いのだろう。けれどそれはあくまで、強いて言うならというだけで、何より——今の私だけの判断だ。

そもそも「強いて言うなら」くらいのノリで、恋愛対象です！　と言っていいものか。

「前の楓は何も言ってなかったんですよね、確か」

「ああ。十八歳になってから決めるって約束だったから」

「うーんどうしよう」

「だから今の楓の意思で答えてくれていいよ。それに合わせる」

「合わせるって言われても……」

私は腕組みをして唸った。

死んで輪廻で人生リセットしているならともかく、私は記憶を失う前の楓の延長線上に生きている。

もし前の楓に好きな人がいたら？

もし前の楓が、紫乃さんと恋愛関係になるのを望んでいなかったら？

前の楓がお父さんと思っている相手と恋愛になっちゃうなら、それはものすごくよくない気がする、倫理的に。そのあたりの確認前に返事をするのは、落ち着かない。

「何に引っかかってる？」

「はい、実は……」

私は『記憶を失う前の楓にとって父なら、私が夫にするのは気まずい問題』について説明した。すると紫乃さんも私と同じように、うーむと唸って首をひねってしまった。

「令和《いま》はいろいろ難しいよなあ。古代なら神相手なら親子だろうが兄妹だろうが気にせず夫婦になるのはよくある話だったし、その後の時代なら男女が一緒にいるならそりゃ結婚、みたいなムードだったからなあ。実は悩んだことなくて」

「うーん、時代が新たな悩みを作るとは……」

私はちら、と紫乃さんを見る。

「紫乃さんのほうこそどうしたいんですか？」

「俺？　俺は最初から一貫して、楓を愛しているよ」

「愛してるって、あくまで神様としてですよね？　いきなり気軽に恋愛関係になれるんですか」

「なれるよ」

「娘扱いだったんでしょ、私のこと」

「娘扱いなんて、一度も言った覚えないけど」

「え？」

紫乃さんは至極当然という顔をして続けた。

「楓にとって父とか兄だっただけで、俺にとって楓は一貫して俺の楓だよ。愛しているし、当然恋愛関係になるのはありだよ、今からでも」

「わ、わーお……」

率直かつ大胆な言葉に、図らずも顔が熱くなる。

「もちろん楓が大人になるまでは、庇護対象として見るだけの感覚も、令和の常識として持ち合わせてはいるよ。でも俺的には楓がどんな姿でも変わるものはないよ。例えば」

紫乃さんは当たり前のように私の手を取る。

「今すぐ異性として触れて欲しいならそっちに切り替えるよ。今、楓は十八だろう？　現代でも十分に許されるし、俺も歓迎だけど」

「い、いきなりなんか……発言と接触の湿度が上がったんですけど」

「湿度なんてどうとでもなるよ、俺は人間じゃないんだから。肉欲に振り回されるタイプの愛じゃないし」

「に、肉欲！」

「神だから繁殖本能もないしなあ」

「夜さんの言い方がうつってますよ！」

「はは、でもそういうこと」

紫乃さんは笑って、私の目をじっと覗き込んでくる。

「どうする？　試してみて、やっぱりやめるってのでもいいよ」

「たたた試すって、試すって何を、その、」

「夫婦になれるかどうか？」

至近距離の体温に鼓動が跳ねる。抵抗できない。綺麗な顔はずるい。

「一度は俺でいいか、試してほしい気持ちはある。他の男を選ぶんだとしてもね」

「そ、その心は」

「試したらわかることもあるだろう」

「たた確かに頭で考えるより、行動で気持ちがわかる場合もありますけどぉ」

密室。布団の上。二人きり。

「……楓は、どうしたい？」

さらにこの台詞《せりふ》。

なんというか、いくら私でも――流されてしまう！

そのとき。

「はいはい！　朝ばい！　夜はもう来とーとに二人とも何してんの！」

お鍋カンカンさせる音とともに羽犬さんがやってくる。

あっと思う前にがらっと障子を開けられた。

「ぎゃー！」

「ぎゃーじゃなかたい、もう！　早くご飯食べに来んね！　紫乃も邪魔せんの！」

鍋に生えた手が勝手にトントン自分を叩いているのだ。でんでん太鼓みたいに。

羽犬さんは去っていく。

私が茫然としていると、苦笑いした紫乃さんが立ち上がった。

「朝から話し込みすぎたな」

「い、いえ……大事なお話だったので……」

「じゃ、またあとで」

この状態で朝食を食べるのですか、気まずくないですか。

そんなふうに思う私の気持ちなど全く考慮せず、紫乃さんは何事もなかったように部屋を去っていく。

私は胸に手を当てる。バクバクと、今も鼓動が大暴れしていた。

私は混乱した状態で、一番似合わない例のワンピースを纏ってダイニングに向かうことになった。

付喪神のついたお皿でさえ、ドン引きしてささっと食卓で身を引いた。ひどい。

やはり逃げるわけにはいかない。

そろそろ向き合うしかない——元の私の気持ちについて。

◇◇◇

午前中、紫乃さんは用事があると言って屋敷を出ていた。

地下鉄の中洲川端《なかすかわばた》駅に迷子になった人間を誘い込む違法悪徳猫又キャバクラがあるらしく、それの行政指導に同行するのだとか。神様も大変だ。そもそもあの駅は、酔ってなくても迷う。

紫乃さんが外出しているのをいいことに、私は羽犬さんのカフェに向かい、そこに遊びに来ていた人魚さんたち、鯉さん、その他いろんなお客さんに突撃取材を試みた。

春はフルーツの季節ということで、冷蔵庫がパンッパンにフルーツで溢れたお店は普通なら数千円かかりそうなてんこ盛りフルーツパフェをあちこちのテーブルに提供している。カフェ全体が甘い匂いでいっぱいだった。

私は羽犬さんを手伝いながらお客様と雑談をしつつ、それとなく質問してみた。

「元の私、紫乃さんのことどう思ってたっぽいですか？」

そうすると回答はこうだ。

まずは人魚さん。

「元の自分なんて気にしなくていいんじゃない？　もう今は今の楓ちゃんでしょ？」

「そうそう前から仲良かったよ。関係《センイル》？　さあ。兄妹みたいで可愛かったけど」

「それよりももうすぐ推しの誕生日なのよ。楓ちゃんも一緒にカフェ行かない？　特別イベントやってね……」

話が推し活に脱線しそうだったので、続いて他の人に聞いてみる。

「懐いていたよ、大好きだっていつも言ってたよ」

「そうそう。あれだけ大切に育てていたのだからそりゃあ懐くよねえ」

しみじみと語る二人。自分のことよりも紫乃さんのことが気になる情報だ。

「紫乃さんってそんなに私を大切に育てていたんですか？」

「うん、夜泣きが激しいときも、紫乃さんちゃんと付き合ってあげてたもんねえ」

「和装じゃなくてスーツや洋装が増えたのも、楓ちゃんの育児の間の変化だよね」

「え、紫乃さん似合わないから和装は着ないって私に言いましたけど」

「あはは、筑紫の神様が和装着ないわけないじゃない。もちろん好きで洋装になったのはあるだろうけどね。あの見た目だし」

「そ、それもそうですね……」

意外かつ重要な情報だった。私は身を乗り出して聞いてみる。

「……私、もしかしてかなりきちんと育児されてきた感じですか？」

「そりゃそうだよ。生まれてすぐに引き取ってたからね」

「学校行事は全部出ていたし、おむつだって替えてたんじゃないかねえ」

「完全にお父さんじゃないですか。待ってください……じゃあやっぱり記憶を失う前の私も、お父さんとして懐いていたってことですか？」

「さあねえ。聞いたことはないねえ。でも仲良しだったよ」

「まあ深く考えなくてもいいんじゃないかい？　紫乃様と楓ちゃんはずーっと仲良しだったから、まあこれからもそうなるんじゃない？」

参考になるような、ならないような言葉で纏められた。

結局元の自分の情報はあまり得られないまま、私は羽犬さんが働くカウンターの中へと戻る。

私を慰めてくれるつもりなのか、食材、主にフルーツがわらわらと私に寄ってきた。

「ありがとう、うきはの宝石たち。……うーん、羽犬さんはどう思います？」

「楓ちゃんと紫乃の関係？　ばり仲良かったよ」

「皆さんそう言いますよね。でもそれって父親として？　別の感じ？」

「んー、俺からしちゃ正直今とあんまり変わらんかなあ。まあなんでもいいとやない？」

「そう言われると気にしすぎのような気もしてきました」

赤ちゃんの泣き声がしたので、後ろをちらりと見る。

掘りごたつのほうでカワウソ――河童《かっぱ》のママ友会が行われているらしく、そこの赤ちゃんの泣き声だった。人間と同じようにミルクを口にしているカワウソの赤ちゃんは可愛い。

羽犬さんがそれを見て、目を細めた。

「楓ちゃんの気持ちは置いとってさ。紫乃は本当に好《す》いとるとよ、楓ちゃんのこと。俺に食事作りを頼んだのもそれだし。霊力を使えば人間相手の完全栄養食なんて作れるのにな、楓には土地の食材を食べさせてやりたいってな」

「……そうなんだ……」

「家具も地元なじみの家具屋に手配してもらって、霊力の安定に繋がる木材や産地にこだわったものを取りそろえていたし、楓ちゃんの霊力を強くするため、いろんなあやかしや神霊と縁が繋がるように意識していたし、本当に大切に育てていたよ。だから別に、ゆりかごから墓場まで連れ添おうがいいじゃん？　あやかしや神なんてそんなもんだって」

「なんだか……地産地消の光源氏って感じですね？」

「だはは。若紫《かえでちゃん》側がありなら、よかとやない？」

「でも光源氏は授業参観出てなかっただろうし……」

「ひー、笑いすぎて腹いてぇ」

人の流れというのは不思議なもので、先ほどまでは客で溢れていた店内が、ちょうど食べ終わったタイミングが同じになったのか、人々が次々とお会計を済ませて出ていく。

お店は私と羽犬さんと、池に戻った鯉のおいちゃんだけになった。

静かになった店内には、自主的に洗い場に向かって体を洗う食器たちの立てる音だけが、かちゃかちゃと響いている。夜さんがふらふらとやってきて、鍋島焼のお皿が納められたあたりの食器棚の前で、丸くなって眠った。肥前の猫とお皿、惹かれ合うものがあるのだろう。

羽犬さんが淹れてくれたコーヒーを飲みながら、静かに上下する夜さんの耳を眺める。

ふふ、と羽犬さんが含み笑いを漏らした。

「紫乃のこと、好いとるんやねえ」

「そうなんです。大好きだったみたいで」

「ああ、違う違う。今の楓ちゃんが、紫乃のこと気に入っとるんやねって」

私は目を瞬かせる。

「そんなふうに見えます？」

「見える見える。だって関係変えんでよかとやったら、元の楓ちゃんへの遠慮はなんもなかやろ？」

「……あ」

羽犬さんは食器が食器棚に戻っていくのを見ながら、カウンターの中のスツールに腰を下ろす。穏やかな目が私を射貫《いぬ》いた。

紫乃さんとはまた違う、でも私を大事に思う人の眼差しだった。

「お父さんには見えんっちゃろ？　紫乃のことが」

「まー……見えませんね、正直なところ」

「んじゃ恋愛として好き？」

「それはわかんないです。迫られたらめっちゃどきどきしたけど」

「だはは」

「ただ……記憶が消えてるからか、お父さんやお兄さんという感覚は皆無ですね」

「それならそれでいいとやない？　いつかどっかで腑に落ちる時もあるやろし、こんかもやし、ふわふわした好きでも全然よかって俺は思うけど」

「そう……なのかなあ」

私はコーヒーカップを傾けた。元々楓は砂糖を入れない子だったのだろうか、羽犬さんは当たり前のようにブラックで淹れてくれる。

甘い風味で口当たりも軽い、紅茶のような不思議な味わいのコーヒーだ。

「苦くないんですね、コーヒー」

それはグアテマラ産やね、と答え、羽犬さんが続ける。

「コーヒーと一口に言っても産地と採れる時期、それに淹れ方で味も変わっとよ。新鮮かどうかでも変わるし、発酵のさせ方でも違う。気にして飲んでくれて嬉しかよ」

そう言いながら違う淹れ方でコーヒーを淹れてくれる。

試飲くらいの量で渡されたものは、匂いが全く違う。

「少し……酸味の感じが減りました？」

「正解。同じ産地の同じ農園の豆だけど、こっちは加工方法が違うやつ」

「加工方法だけで全然違うんですね」

「風味を変えっとは、加工方法だけじゃなかよ。同じ産地でも時期と年によって豆は全然違うものになる。淹れるときの調整も変わるたい」

「繊細な作業なんですね。果物が毎年、『今年は甘い』とか、『今年は水っぽい』とかいうのがあるのと同じですか？」

「同じ同じ。コーヒー豆も果物の種やけんね」

すごいなあ、と思いながら口にしている私を見て、羽犬さんがふっと笑う。

「楓ちゃんも同じ。同じ魂でも、生まれ変わるたび違う子よ」

言いたいことがなんとなくわかった。羽犬さんがへへっと笑う。

「過去との繋がりや同じってことばっかりじゃないとよ。今の楓ちゃんは楓ちゃんってことでよかっちゃなか？　って俺は思うよ。前の楓ちゃんはコーヒーブラックで飲まんかったしな」

「えっ」

「まじまじ。苦いもんって先入観強かったんよなあ。試しに普通に出してみたら美味しく飲んでくれよるし、俺は嬉しかよ」

「美味しいです。無理全然してない」

「やろ～？」

「そっかあ、別の人間かあ」

コーヒーの飲み比べが美味しくて、悩みなんてどうでもいい気がしてきた。

「うーん、でもその……結婚とかお付き合いとか……もっとこう、なんとなくいい人だなー好きだなーくらいで始めていいものなんですか？」

「美味いと思ったら理屈抜きで美味かやろ？　好きも嫌いもそんなもんばい」

お客さんが入ってくる気配がする。羽犬さんが立ち上がって最後にウインクした。

「臆病なんよ、あいつ。でもその奥に入り込めるのは楓ちゃんだけやけん」

最後のお客さんだけになり、羽犬さんからは戻っていいよと言われる。

私はお礼を言って食器を洗って（付喪神が自分で洗うのは知っているけれど、気分の問題だ）屋敷のほうへと戻った。

少し気持ちは前向きになった。私は、紫乃さんと仲良くなりたいと思っている。

その気持ちは決していけないことではないのだ。

◇◇◇

「よーし、逃げない、怯えない、向き合う向き合う」

私は自室の前で、頬をぺちんと叩く。

実は私はまだ、着替えや生活に最低限必要なもの以外は過去の自分の持ち物に触れていなかった。スマホはなくても今のところ生活できていたし、高校も卒業したので教科書に触れる必要はない。

昔の自分を知るのが、なんとなく怖かった。

今の自分と違う部分を見て、どう思うのか——不安で、触れるのが怖かった。

「別の人間だから大丈夫、大丈夫」

心を奮い立たせるようにはやかけんを握りしめ、私は部屋に入る。

しんと静かな部屋に入り、私は壁を見渡す。

白いオーク材の可愛らしい本棚には、びっしりと綺麗に本が並べられている。その二段目、整然と並べられたアルバムを一つ手に取った。

悪いことをしているようで、胸がどきどきする。

同じ装丁のアルバムで丁寧に纏められているので、よほど大事にしていたのだとわかる。前から部屋に入るたびに、目に入っては気になっていたものだ。

ソファに座り、私は思い切ってパカッと開く。

一ページに約六枚ずつ、時にはそのときの手紙や小物も含め、日付が書かれて綺麗に纏められていた。

「ま、まめだなあ昔の私……」

間に挟んであるメモを見る限り、私が纏めていたらしい。撮りためた写真や思い出の品を、ハーフ成人式などの記念のたびに、纏めていたようだ。

濃密な、私の過去が目に飛び込んでくる。

——幼稚園の卒園式で、紫乃さんに抱っこされて笑顔の私。

——小学校の運動会。

体操服姿で抱き上げられ、折り紙の金メダルを誇らしげに掲げる私。

——中学生になると並んで撮る写真が増えて。

それでも紫乃さんは保護者として傍にいた。

ずっと同じ姿の人が、服装を変え、髪型を変え、私の傍にいてくれている。

紫乃さんの目はいつも優しかった。

「……いやずっと老けないなこの人」

しんみりしそうになったけれど、容姿をごまかすつもりがない大胆っぷりに思わず突っ込みを入れる。スーツや髪型が変わっているだけに、いっそう「絶対に容姿を変える気はないぞ」という信念を感じる。

「うーん、誰か突っ込み入れる人いなかったの」

「いなかったよ。福岡市は転勤族も多いし、結構人入れ替わるから」

「わっ!?」

驚いて飛び退く。真横から紫乃さんが覗き込んでいた。

「お、おかえりなさい」

「悪い、驚かせるつもりはなかったんだけど、あんまり真剣に見てるもんだから声かけそびれてた」

紫乃さんは隣に座る。ふわっといい匂いがしてどきっとする。

「香水使ってたりします？」

「使ってないけど」

「いい匂いがしますよね、紫乃さん」

「よく言われる」

認めつつ、彼は私の隣でアルバムに目を落とした。そして写真の中と同じ眼差しで、懐かしそうに写真を撫でた。

「懐かしいな。……楓は本当に面白い子だったよ。何度呼び出されたか」

「それを面白いで済ませてくださってありがたいような、申し訳ないような」

言い訳するかのように、私は言葉を続ける。

「その……昔の自分がどんなだったのか知りたくて、アルバム開いてました」

「ああそれなら日記も読んでみたらどうだ？」

「いいんですか？」

「いいんじゃないか？　自分なんだから」

紫乃さんは場所を知っている動きで、本棚の下のキャビネットに詰められたノートを取り出す。年季の入った色とりどり、サイズもバラバラのノートはプライベートな感じのものだ。

「勝手に開けちゃだめですよ」

「大丈夫だよ、ここは共用。日記といっても俺との交換日記だから」

「こ、交換日記？」

紫乃さんは一番奥にある絵日記を取り出す。Ａ４ほどのサイズの大きめの日記帳は、表紙に大きく

「さくらぐみ　りいWかえで」と書かれている。豪快なひらがなだ。

「幼稚園の頃、保護者と交換絵日記を書くことがあってな。楓はそれをすごく喜んで、卒園してもずっと続けていたんだ。絵日記じゃなくて普通のノートに変えたり、いろいろ変遷しながら。俺も今の楓がどんな世界で生きているのか知りたくて続けていたんだ」

「ほんとに丁寧に父親代わりしてたんですね……」

私は日記帳を開く。自分が描いた大胆な絵と豪快な文字は、読むのが難しい。けれど隣の紫乃さんの文字は、綺麗なボールペンの字でとても読みやすい。そちらを見ると、だいたい私が何を書いているのかわかった。

「いもほりでいもむしほじくるのに夢中になってたんですね」

「生き物が好きな子だったよ」

「この『みちにちまみれのおねえさんがいた』は？」

「先生には赤いペンキの見間違いだとごまかしたけど、まあ地縛霊が見えてたんだな」

「……異能を持ってたり霊が見えてたりする子って、人と違う自分に悩んだり苦しむんじゃないのって思っちゃうんですけど……全然悩んでないですね、私」

「早いうちから『自分の家は他の子の家と違う』と理解していたからな。それに同級生にも数人はあやかしの子どももいたし、その子たちとごまかし方を学んでいってたよ」

「健《すこ》やかに育ったんだなあ」

「ああ、本当にいい子に育ってくれた」

紫乃さんが保護者の眼差しで写真を見つめている。

その横顔を見ながら、やっぱり関係壊さないほうがいいのでは？　と不安が頭をもたげる。けれどもたげた不安は、綺麗な日記帳を使うようになった中学生くらいの日記を読んで吹っ飛んだ。

『紫乃、いつも好きだと言ってくれるけれど、紫乃の好きはどんなスキ？』

「うわー！」

バシーン。私は日記帳を閉じた。

「どうした？」

「な、なんでもないです」

意を決して、もう一度日記帳を開く。そこには生々しい思いが綴《つづ》られていた。

紫乃さんの過去の恋愛遍歴について尋ねたり。

それとなくどんな女の人が好みか聞いていたり。

絶叫しながらノートを破り捨てたくなるほど、なるほどこれは盛り上がっていた。

ちなみに紫乃さんの返事は実に淡々としていて、楓がいるから他はいないとか、時代によってファションも違うしあまり見た目に頓着したことはない、でも勉強をする子は好きだと答えたりしている。

「めちゃくちゃ好きじゃないですか、楓、あなたのこと」

「そうだな」

わかってないのか、気にしていないのか、判断に困る反応だ。

「……紫乃さん、私がどう思ってるのか知らないって言ってませんでした？」

「十八歳になるまでの養育者への好意を素直に受け止めるのはなあ」

「れ、冷静な判断……」

そして中学二年生くらいから日記の勢いはひとまず落ち着き、少しずつ巫女としての仕事の話が増えていく。巫女業の悩みや相談については、楓も紫乃さんも長文で真剣にやりとりをしている。

日によって温度差が激しい。

楽しいことが二、三行の日もあれば、びっしりと愚痴《ぐち》が書いてあったり。

進路について紫乃さんと喧嘩したのか、あまり書いていない日もある。

「大学行くの、嫌がったんですね私」

「せっかく進学校行ったんだから、だいぶん説得したんだけどな」

日記の中の私は、年月を経て少しずつ変わっていく。

紫乃さんは私に淡々と、変わりなく向き合ってくれていたようだ。

生き生きとした、私と紫乃さんの十八年はとても幸せそうだった。

「……全部読むのはちょっとしんどそうなので、一旦休憩します」

胸がいっぱいになりそうになって、私は日記を閉じた。

そして改めて日記とアルバムへと目を向ける。

中身の濃さを知るとよりいっそう、アルバムも日記帳も迫力を帯びたものとして感じられた。整然と並んだアルバムも、キャビネットにびっしりと詰まっているノートも、まるで記録しなければと切迫感に駆られているかのようだ。

「……元の私、よほど記録魔だったんですね」

「俺を残して逝ったあと、読み返しやすいようにしてくれたんだよ」

私は思わず顔を上げた。

紫乃さんは当たり前のことのように微笑む。

「楓の思い出は残せる限り全部取ってある。これまでの人生のもの、全て。記憶を失う前の楓も、俺に残すためのものをたくさん集めてくれていたんだ」

「……途方もない量なんじゃないですか？」

「そうだな。この屋敷の蔵に収めているけど途方もなく多いよ。でも、それのおかげで楓のいない時間を過ごすことができるしな」

紫乃さんが一冊の日記帳を手に取り、表紙を愛おしむように指でなぞる。

「記憶を失う前の楓は、とにかくいろんなことを記録に残してくれていた。動画も、写真も、何より一番必要なのは日記だって言って。幼稚園でノートを作った日から毎日、ほぼ欠かさず」

ここにはあまりに濃密な時間が詰まっている。

紫乃さんが抱えているのはこの部屋のものだけではない。

これまで生まれては死んでいった、全ての楓をこの人は抱えている。

愛情の途方もない重さに気づいて、胸が苦しくなった。

当たり前のように傍にいながら、紫乃さんはどれだけの思いを重ねているのか。

「楓《わたし》は、途切れず常に生まれ続けていたんですか？」

「違うよ。不定期に生まれ直す。一つ前の楓は三百年前かな、ちょっと長かったよ」

「……じゃあ、その間は？」

「思い出を振り返りながら、ずっと楓に会えるのを待って生きてたよ。楓の居場所を残すために、世の中の流れに置いていかれないように、俺はずっと居場所を作って待っていた。楓は普通の生まれ方はしない、人間の血縁を断たれた生まれ方をする。楓に幸せに生きて貰うためには、社会に居場所を残しておく必要があった」

想像の何倍も、紫乃さんは一途だった。

――初めて、紫乃さんが少しだけ怖いと思った。

「……愛が思ったより重くて怯えてます」

「たいしたことないさ、俺は土地神だ。神の愛は絶対で真実だ」

紫乃さんは私の頬を撫でる。私は自然と、その手を受け入れた。

慈しむように、愛おしむように、紫乃さんは私がここにいるのを確かめる。

「愛している、楓」

撫でられるうちに、紫乃さんの態度の意味が理解できていく。

彼は私がいるだけで得がたい幸福を感じているのだ。傍にいる、それだけでいい。

育ての親であることや、恋人であること、夫婦であること、そんな枠組みを全部包み込んだ、神様としての愛情があるから――だからこそ、今生きる人間である私が受け止めやすい枠組みを選ばせてくれているんだ。

私がいきなり抱きついて好きだと言っても、彼はそのまま受け入れるだろう。

逆にお父さんとして接して欲しいといえば、それもまた受け入れてくれるはずだ。

絶対的な神様の愛情が大前提としてそこにある。

ならば形など、なんでもいいのだろう。多分。

「私、あまり過去の自分の情報に触れたくなかったんです。特に自分の気持ちに」

ぽつぽつと、私はここを避けていた理由を口にした。

「私は私の、今の心であなたに向き合うためにも過去は逆に邪魔かなとも思いつつ、でも過去を全部無視するのも違うようで……でも、見てよかったです」

「そう思えるものを見つけたんだな？」

「元々の楓《わたし》は、次に引き継ぐ準備をしていました。それは紫乃さんのためでもあり、きっと――次の楓《わたし》が新たな関係性を紫乃さんと築けるようにだと思います。過去の私と今の私は別の人なんだって、背中を押してもらえた気がしました」

元の楓は戻らない。今の私は、元の楓ではない。

けれど彼女がここまで記録しているのは、いつか次の楓に上書きされても、自分がここにいたという記録だ。

次が来るのが早すぎたかもしれない。彼女にとって不本意だっただろう。でも。私は彼女の代わりにはなれないし、紫乃さんも望んでいない。私は私として、紫乃さんに向き合っていいんだ――向き合うべきなのだ。

「楓の迷いが消えたのならよかった」

頭を撫でようとする紫乃さんの手をやんわり押しのけ、私は顔を見上げた。

「でも一つ気になることがあります」

「何？」

「朝の夜さんとの話です。愛情結構重たいの自覚してくださいよ。なんで離れられること前提で話しちゃうんですか？　無理でしょ絶対」

「無理だとしても耐えるさ。楓が幸せになれるのなら、さみしさを受け入れるのも悪くはない」

「今時、地方の女の子ってほとんど上京しちゃいますからね。土地神様として、自分から遠く離れた場所に私が行くの耐えきれるんですか？」

「あっ……た、耐えるさ。大学だって県外も勧めてたし」

言いつつも瞳が僅かに泳ぐ。あやかしの移住に手を貸している側の神様でありながら、私が土地まで離れる想像にはうろたえるのが、この人らしくない脇の甘さだ。可愛い、と思う。

私が笑っているのに気付いたのだろう。紫乃さんが口を覆って目をそらす。

「仕方ないだろう、これまで楓が離れたことなんてなかったから……」

私は溜息をついた。この神様は、自分自身の気持ちに無頓着すぎる。

「もう……最初から、私たちが結婚するのは決定事項だってくらい、言い切っちゃえばいいのに」

「楓の自由は守りたいし、時代に合わないことをして嫌がられるのは本意じゃないからな」

紫乃さんの眼差しが暗く陰る。

「それに……今時の神ならともかく、俺の時代の神は基本的に、人間に対して理不尽の塊でしかない。だから……自分も、人を人と思わない古代の神としての感覚を思い出してしまったら楓を壊してしまいそうで、怖い」

「壊すって……」

紫乃さんの眼差しが、私を射貫く。

先ほどまでとは違う金色に煌く瞳は、明らかに人とは違う。

「楓を、己の意のままにしてしまいそうになる。愛しいと言いながら手足を捥《も》ぐように、愛すると言いながら閉じ込めるように。……そこまで堕《お》ちるくらいならいっそ、楓が他に幸せを見つけるのを見守れる父親でありたい。でも……」

「難しそうなんですね」

「……意外と、難しいかも」

言いにくそうに告白する紫乃さんは、ひどく人間くさい。

「まあ、いろいろあって。あれみたいになりたくはないから」

「もしかして喧嘩別れしたっていう、筑紫の筑のほう」

「あれは悪い意味で昔の神なんだ。記憶が奪われたとき、実は……」

そのとき。

部屋の外からいい匂いがもれてきた。自然と二人とも外を見る。

「……何作ってんですかね、煮物の匂いがしますけど……」

「がめ煮でも作ってるのか……?」

私たちは顔を見合わせた。

シリアスな話題に割って入った美味しそうな匂いは、全ての緊張感を奪い取っていく力があった。味の暴力。新鮮な食材と腕のいい料理人に作られた、全力の家庭料理。

「……行きましょうか。話に全く集中できません」

「そうだな、続きは午後にも話せるしな」

私たちは出した日記帳やアルバムを片づけ、ものすごくいい匂いがする庭のほうへと向かった。

◇◇◇

庭はなぜか、がやがやとした煮物会場になっていた。

長テーブルが置かれ、いわゆるスタンディングスタイルでぞろぞろと片手に煮物が入った器、片手に升酒《ますざけ》であやかしや神霊の皆さんが引っかけている。紫乃さんが呆れた様子で言う。

「すっかり紺屋町《のみやがい》のムードになってるな」

「なぜ……」

私たちに気づいた羽犬さんが手を振る。腕まくりして忙しそうだ。

「ああ、楓ちゃんに紫乃！」

「どうしたんだ、これ」

「小倉《こくら》から山ほど筍《たけのこ》が届いたんよ。合馬《おうま》の筍。んで冷蔵庫に直送じゃなくてわざわざ足を運んできてくれてさ」

「それはありがたいですね」

「違う違う、あいつらはしご酒のついでで来ただけなんよ。ったく昼間っから角打《かくう》ちで引っかけてきやがって。だからいっそ庭で煮物作って、声かけて来てくれるみんなに振る舞おうかと思ってね。酔っ払いが一人いるなら、百人いても同じってな」

庭に集まったあやかしや神霊の皆さんは見慣れた顔ぶれ以外も結構いる。先ほどまでの静かな空気とは打って変わって、庭はわいわい楽しい会で盛り上がっていた。

「私たちも挨拶してきますね、筍持ってきてくれた人に」

「さんきゅー」

羽犬さんと別れて、私は庭の一角、羽犬さんに言われた人々のもとに行く。おひな様のような豪奢な十二単《じゅうにひとえ》を纏った美しいお姉さんたちが、カニさんたちと一緒に池のほとりに腰を下ろして升で一杯引っかけている。

「筍ありがとうございました～」

「ひーっひっひ」

「うわあだめだできあがってる」

「楓ちゃん記憶消えたんだって？　なになに、飲みすぎた？」

「まだ十八歳なのでお酒のせいじゃないですよー」

「うふふふ目が回るまるで壇ノ浦《だんのうら》で沈んだときのようだわ」

「酒呑みゃあどこだってみやこってなあへへへがめ煮うめー」

「持ってくると羽犬が料理作ってくれるからいいのよねえ～うふふふ美形の手料理は最高だわ」

「壇ノ浦ってまさか皆さん」

「だめだ、できあがってるしブラックジョークが過ぎる、挨拶したから離れるぞ」

紫乃さんが私を彼女たちから引き離す。

カニさんたちがうっかり煮物に落ちて美味しいカニ煮にならないことを祈りつつ離れると、手足が生えた食器と箸が私たちのもとにてこてこと歩いてやってきた。

「こんにちは、がめ煮です」

「自分は焼き筍です」

「小倉から来ました、ぬか炊きです」

「あっどうも」

角打ち会場のような造りなので座る場所はない。テーブルは盛り上がっているので、庭の端にしつらえられた石の腰掛けに座っていただくことにする。

「あつつ、できたてですね」

早速一口汁を吸った紫乃さんが、目を瞬かせる。

「味を濃いめにしてるな。酒呑みに合わせてる」

歯ごたえがあるものは歯ごたえがあり、柔らかいものは芯まで味が染みた美味しいがめ煮だった。

「美味しー」

「一番いいところの筍持ってきてくれたみたいだな」

紫乃さんが美味しそうに食べている。眺めていると首を傾げられる。

「……どうした?」

「未だにちょっと慣れなくて。紫乃さんが食べてるのが不思議というか……食べるんだあ、みたいな」

「人間の姿してるし、そこまでおかしくないんじゃないのか?」

「うーん、人間の姿をしてはいるんですけど、こう」

慣れたはずなのに、神様がこうしてもぐもぐと咀嚼しているのは不思議な感じがする。そもそも物を食べそうにない顔をしているので、より不思議な感じだ。

紫乃さんがレンコンを箸でつまみ上げ、見つめた。

「そういえば余所《よそ》から来たあやかしに、がめ煮を普段から作るって大変ですねって話題振られたんだ」

「あー、まあ確かに大変ですよね。根菜多いし、種類多いし」

確か元は福岡城の堀を有効活用するためにレンコン栽培が始まり、そこから生まれた郷土料理といわれている。

「昔は正月や祭りにしか出なかったのに、日常のおかずになったら確かに面倒だな。庶民の和食なんて山盛りの白米と塩っ辛いつけもので、ごちそうだったようなのに」

「むむ、歴史を見てきた人のご意見は違いますね」

「本当にいろんなことが変わってるよ。ただそれに突っ込み入れすぎるのも野暮かなってのが、あやかしや神霊の配慮ってやつだ」

「……もしかして、邪馬台国の場所とかも知ってるんですか？」

「さあてな」

「あ、知ってる言い方だ」

私たちがそんなことを話していると、紫乃さんに向かって、か細い声がかけられた。

ちょこちょことやってきたのは、手を繋いだ古びた博多人形や着せ替え人形、市松人形だ。彼女たちはぺこりと頭を下げる。

「こんにちは紫乃様、お久しぶりでございます」

「ああお前たちか。元気そうで何よりだ」

紫乃さんは私を見て、彼女たちを紹介する。

「親族が福岡を離れたりで独居暮らしになった人間たちの家にいてもらってる皆さんだ」

「社会福祉ですか？」

「そういう要望もよく来るんだ、最近は。……で、どうした?」

「ええ。ありがたいことに福岡にも慣れてきたのですが、最近ドール趣味のニンゲンが遺した同胞が焼却処分されそうで」

「ん。どこの子だ、それは」

ふと気づくと、お人形さんたち以外にも、紫乃さんに話しかけたそうなあやかしや神霊さんたちがいっぱいいいる。

赤い毛糸の帽子に首巻きをつけたお地蔵さんっぽい男の子が、私を見てにっこりと笑う。

「記憶なくなってるんだよね、楓おねえちゃん」

「は、はい」

「紫乃様に相談すると何かしら力になってくれるから、みんな話したくて仕方ないんだ。忙しい神様だから、なかなか捕まえられないしね」

「そうなんだ……」

「楓おねえちゃんもだよ。いろんなあやかしや神霊を助けてくれたんだよ?」

「そうなんですか?」

「うん。山の中で暴れてる旧い神様を浄化して穏やかなお姉さんにしてあげたり、百五十年くらい前にぼろぼろに破壊されたままだったお寺からね、僕みたいな供養をされてなかった子を見つけてくれて、ちゃんと祀ってくれる場所に置いてくれたり」

顔がふっくらとした男の子は、うち捨てられていたとは思えないほど幸せそうだ。心惹かれるままに頭を撫でると、男の子は嬉しそうにはにかんだ。

「記憶を失う前の私、いい仕事してたんですね」

「これからも頑張ってね。僕たち応援してるから」

「ありがとうございます」

男の子が去っていくのを見送る。彼はおそろいの帽子と首巻きをした男の子たちと一緒に、手を繋いで駆けていった。きっと同じお地蔵様仲間なのだろう。

紫乃さんはあっという間にいろんなひと《あやかし》に囲まれていた。いわゆる人外の姿のひともいれば、普通の人間に見えるひともいる。トンスラの人もいる。キリシタンだろうか。

「すごいなあ……」

私は見とれてしまう。紫乃さんは本当に神様なのだと、眩しい気持ちになった。

お地蔵様から狐からトンスラの修道士さんまで、なんでもありなのは文化がごちゃごちゃに絡み合った土地の、旧い神様だからこそなのか。

表舞台から信仰が消えた神様でありながら、紫乃さんは皆さんを、陰で支え続けている。

「そうか、私もだ」

眺めながら私はふと思い至る。

私自身も、紫乃さんに助けて貰っているひとりなのだ。

宿命的に天涯孤独に生まれる私は、紫乃さんがいる限り、永遠にさみしい思いはしなくて済む。

ずっと、生まれるたびに紫乃さんがそこにいるのだから。

「……ちゃーん……えで……ゃん……」

そのときふと、羽犬さんの呼ぶ声が聞こえた。

振り返ると竹林の向こうから、もう一度はっきりと「楓ちゃん」と聞こえてきた。

人の流れが途切れたタイミングで、私は紫乃さんに声をかけた。

「紫乃さん。私ちょっと羽犬さんの様子見てきますね。お手伝いしてきます」

「ああ、わかった」

紫乃さんと別れ、私は声がするほうへと向かう。

竹林に入って喧噪から離れると、羽犬さんの声がはっきりと聞こえた。

「助けて楓ちゃん、ちょっと肥前の猫がこっちに逃げちゃって」

「はーい」

私はこのとき油断していた。

聞き慣れた羽犬さんの声だったし、紫乃さんの屋敷だったし、何も疑わなかったのだ。

――一つ。屋敷の中には肥前の猫又、夜さんが侵入していたこと。

――二つ。あやかしがたくさん来ていて、全員の注意がそれやすい状態だったこと。

竹藪《たけやぶ》を抜けた先に、紫の中華風の服を着た男性が立っていた。

丸眼鏡に黒髪に、一重の切れ長の目が印象的な美形だ。

「もしかして、今の羽犬さんの声はあなたが作ってました？」

「よく気づきましたね。いや、気づくのは当然でしょうか」

唇がくっと弧を描く。妙な人だと思い、私ははやかけんを握りしめる。

「あなたも福岡のあやかしさんとかですか？」

「さあ？　福岡の者といえば福岡の者。佐賀にも近畿にも長野にも、日本各地を渡り歩いております」

「……日本各地を？」

そういえば私が記憶を失う羽目になった危険な村は、関東某所に位置すると言われていた。フットワークが軽い人が、ここにいるのが怪しい。

はっと、私は気づいてしまう。

「もしかしてあなたが……紫乃さんのごきょうだいですか!?」

「うーん大雑把な推理。違いますよ」

言いながら、彼は私の額にぺちっと何かを貼る。

「我《わたし》は徐福《じょふく》。九州では佐賀を中心にあやかし向けの温泉旅館を経営しています。これはフリーパスのチケットです。ご堪能ください」

「あ、ちょっと……え……」

麻酔でもかけられたように、唐突に体の力が抜けていく。

手からはやかけんが落ち、目の前の彼に正面から抱き留められる。紫乃さんとは違う、香水の匂いがした。

「楓さん。単刀直入に言うけど我のものになりましょう」

耳元に囁く声は甘やかで。

「未だ契っていないのでしょう？　ならば、我にも機會《チャンス》があるはずです」

「楓殿！　楓殿ッ！　一体何が……にゃーっ!!」

夜さんの叫び声が聞こえる。

私は目覚めたかったけれど、意識は心地よく闇に落ちてしまった。

◇◇◇

——同じ顔をした少年と少女が夕日を浴びて立っている。

光と闇、稲穂と水面。髪色だけが真逆の二人は、見るからに一対の神だった。

遙か向こうまで広がる稲穂の海。先には幾艘もの船が停泊する港が望める。

繁栄する国の姿を見下ろす二人を、人々は丘の下に跪《ひざまず》いて崇めていた。

のちに筑紫と呼ばれる土地が、朝廷からの支配を受け入れるまでの、旧い神々にとっての黄金色の日々。

一対の神は幸せそうに手を繋いでいた。

仲睦まじい姉と弟、その弟のほうが私を振り返る。

「楓」

少年の姿をしていた神はいつの間にか大人の男性になり、私に手を差し出した。

手を取ろうとして——私は彼の背中越しに激しい憎悪の眼差しを見ることになる。

もうひとりの、水底の深い色をした黒髪の少女神。

完璧な一対の関係を壊した私を、彼女は——。

◇◇◇

「うーん……うーん……怖いよお……」

身じろぎするとぱちゃりと水音がする。

目を覚ますと私は湯の中に入っていた。

大きな酒樽を用いた浴槽に、掛け流しの湯。湯面には胡蝶蘭《こちょうらん》の真っ白な花が一面に浮かんでいる。柔らかな磨り硝子で遮蔽《しゃへい》され和らいだ日の光が、浴室の足下だけに届いている。ちゃぷちゃぷと、柔らかな音と温かな熱。

私を囲むのは、中華風に黒髪を結い上げ、モノトーンが基調の襦裙《じゅくん》を纏った数人の女性。湯気にも湯にも濡れた様子のない彼女たちは、私に手を伸ばして素肌をマッサージしていた。

「う、うわーッ！」

叫んでも抵抗できない。なぜか、指一本自由に動かせない。

髪も解かれて根元から丹念に梳《す》かれて、頭皮マッサージまで受けている。

どこだここは。何をされている。どう考えても異常事態である。

さっきまで見ていた悪夢の内容もすっかり吹き飛んでしまった。

「あ、あの、私は一体どんな状況で」

「……………」

尋ねても女性たちは私を解放してくれない。ただ、にこにこと施術するばかりだ。

「あ、あの……なんか言ってもらえませんかね……」

「……………」

「だめかあ～」

恐怖すべき状況ではある。けれど私はあまりに心地よくて、へなへなとそのマッサージに骨抜きにされてしまった。さらにフェイスラインまで手が伸びてきて、心地よい刺激でもみほぐされる。もうだめだ。

「あああ……これ絶対流されちゃいけないのに……気持ちがいい……」

長湯にちょうどいい温めの湯。心地よい湿度に揺れる光。

自由になるのは眼球だけ。視線を巡らせれば、壁に効能などが書いてあるのを見つけた。

『肥前佐賀の名湯です　じっくりご堪能ください　店主』

なるほど、わからん。

そうこうしているうちに温泉を出て丁寧に衣装まで整えられる。

与えられたのはいかにも健康ランドっぽいポリエステルの作務衣《さむえ》の上下だ。周りのお姉さんたちがいかにも華やかな襦裙姿なので、そういうのを与えられるかな～とほのかに期待していたら、違った。

「まあいいや、このほうが楽だし……」

スリッパでぺたぺたと案内されるまま廊下を進んでいくと、豪華な客間に通される。

飲茶《やむちゃ》でもしたくなるような中華風茶室の椅子には、例の男性が足を組んで優雅に腰を下ろしていた。

「あの、一体私に何が起きたんですか」

「言ったでしょう？　フリーパスを差し上げるって。呪符《フリーパス》」

「体を勝手に操って連れていくタイプのものですか」

「気持ちよかったでしょ？」

「いい湯でした！」

「それはよかった。我が昔見つけた湯なんですよ」

彼はほほほと上機嫌に笑う。

私はポケットを探りはやかけんを出そうとするけれど、もちろん持っていない。

「お探しのものはこれですか？」

彼がぴっと指でつまんで掲げた。

はやかけんも優雅な男性に持たれると呪符に見えるから不思議だ。

「返してください！」

「大丈夫。話が終わったら返しますよ。さあ座って？　飲茶をお出ししましょう」

「昼にがめ煮と筍とぬか炊き山ほど食べたあとなのでいりません」

しかし襦裙姿の女性たちが、小ぶりなテーブルの上に次々と飲茶セットを置いていく。胡麻団子に杏仁豆腐、豆花《トウファ》。さらに中国茶も置かれてしまう。

「本当にいらない？」

「…………変なもの入ってないですよね？」

「入ってるわけないでしょう？　そんな小細工しなくとも、あなたを誘拐すらできる者ですよ？」

「……確かに……？」

「疑り深い人は損をしますよ、快楽には身を委ねるのがよろしいのに」

私は椅子に座り、食べ物を見る。そして指さして提案した。

「では一緒に分け合って食べませんか？」

彼は鷹揚《おうよう》に頷く。

「警戒心が強いのはいいことです。ではどれを食べて欲しいか選んでください」

そんな感じで、私たちは二人で分け合って飲茶をする。

彼は警戒する私も楽しんでいる様子だった。

「ずっとあなたと話したかった。我と夫婦になり永遠を生き、そして共同研究者になりましょう」

「こんな強引な交渉の席を作る方とは、ちょっと……」

「社会的地位もある、美形、しかも人間。お金もあります。十分でしょう？」

「いやいや、顔で決まるもんじゃないですし」

「あなたの能力も買っています。才覚を発揮できる仕事を差し上げましょう」

「巫女の仕事とダブルワークちょっときついです」

「ダブルワークをする必要はありません。あの古くさい土地神などお忘れなさい」

彼の言い方に、私はちょっとむっとしてしまう。

紫乃さんは大雑把な人だけど、恋愛に関してはちゃんと手順を踏もうとしてくれている。この人とは違う。

「私、とにかく居場所は間に合ってます」

彼の笑顔がわずかに揺らぐ。めんどくせえなと言いたげな色が、眼差しによぎった。

「……いいから我のものになったほうが身のためです。あなたが筑紫の神と離れれば、彼の仕事も減るでしょう。あなたを狙う邪神が来なくなるのですからね？」

「それは初耳ですけど、だからといってあなたの言うこと聞く理由にはなりません」

「まったく、賢女におなりなさい。意地を張るのは可愛くないですよ」

「可愛くないと思われるなら、諦めてくださいよ」

「嫌です我はあなたの魂がなんとしても欲しいんです。不老不死の薬の原料に使えそうなので」

「げ、原料!?」

「つまり純然たる体目当てです」

「最悪すぎる！　も、もっと歯に衣《きぬ》着せましょうよ!?」

「宥《なだ》めても媚びても靡いてくれないなら、もう何言っても無駄でしょう」

「ひ、人を攫っておきながらその言い草……！」

彼は私に背を向けて、大きなひとり言を口にした。

「毎回思うのですが、なぜ上手くいかないのでしょうねえ。金権力地位顔、楽な生活、温泉と美食、それに靡かない女性など、他にいないというのに」

「まあ確かにみんな、女子の憧れでしょうけど……。攫って強引に誘って上手くいくのなんて、ゼウス神くらいですよ」

私は肩をすくめる。彼はそれでも不満そうだ。

「理解できませんね、やはり私に靡かない人は愚かです」

「極端ですね……やっぱり人格が信用できないと、どんなに好条件並べ立てられても人生を委ねるのは難しいですよ。お金があってもモラハラされたら地獄だし、与えられる美味しい温泉も美食も、逆に生殺与奪《せいさつよだつ》権を握られることを条件に与えられる餌ってわけですし。釣った魚に餌をやるかどうかなんて、結局人格じゃないですか」

「わ、我に騙された女性たちを阿呆だと言いたいのですか、あなたは！」

「議論のすり替え！　そ、そもそも騙した自覚あるなら最悪すぎるんですよ！」

「ええそうですよ、騙した自覚ありますとも、始皇帝を騙す男、この徐福、ペテンにかけて四千年の歴史がありますので！」

「いさぎよくていっそほれぼれしてきた」

「おっ、惹かれてきました？　脈アリの脈が脈打ってます？」

「どちらかというとドン引きのほうの引くなので、脈は停止し続けてますね」

「仕方ありませんね」

彼の空気が変わる。鵲が彼を包み込む。

鵲の目と彼の目、たくさん視線をぶつけられ、一瞬息が詰まる。

これは彼の術だ。私は拳をぎゅっと握り、自分の意識をしっかり保つ。

「楓さん、ではお尋ねしますが、あの筑紫の神は信用できるというのですか」

「そりゃ当然信頼してますよ」

「彼が言ってないことがある……私は、そう言いましたよ？」

徐福さんはにこにこしながら、髪に挿《さ》した簪を取る。ふわっとムスクの匂いを漂わせながら、黒髪が広がった。

「ご覧なさい、これを」

簪を私に向ける。それは艶やかな簪だった。簪自体が色気の塊のような。

「古代、神は男女の一対であることが多かった。それは夫婦だったり、兄と妹だったり、親子の場合もある。それは現代とは違う倫理観、神の道理で結び合っていた。……ふと、思うことはありませんか？　彼には何かが欠けていると」

「筑のほうの女神様のことでしょう、聞いてますよ」

「二人が一対の神だったという意味も？」

「え？」

「最初のあなたに会う前の彼は、彼女と一対だったんですよ。男神と女神。意味はわかりますよね？」

「……夫婦だったって、ことですか？」

私の反応に、徐福さんは目を細める。私を動揺させたいのだろう。

逃げたい。

けれどはやかけんは彼の手の中にある。

私の油断が招いた事態だ。なんとかして、私が解決しなければ。

ここでちゃんと元気に戻らなければ、紫乃さんがまた悲しい顔をしてしまう。

そんなの、冗談じゃない。

私は決めた。目の前の彼の隙を作るために、大げさに動揺すると！

「うそ……そんな……」

私は立ち上がり、大げさによろよろと顔を覆う。我ながら胡散臭い演技だと思うけれど、こういうのは思い切りと度胸だ。

「紫乃さんはどうして教えてくれなかったの……？」

うろたえた振りをして、私は胸をぎゅっと押さえる。

思い出すのはランダム販売のグッズで押しを手に入れる前に手持ちが尽きてしまった人魚さんの姿。

彼女の真似をして、私は大げさに座り込んで絶望する。

やりすぎかな、とちらっと徐福さんを見る。

彼はしてやったりという顔をしている――いけそうだ。

私は顔を上げて、渾身の演技で訴えた。

「で、でも……わ、私は紫乃さんを信じます！」

「強がらないでよろしいのですよ、真実を知りたいのなら、我と契約なさい。ここに名前を書くだけでよいのです、簡単でしょう？」

「あ……」

私はいつの間にか現れた女性に筆を握らされ、契約書のような紙も差し出される。古い中国語だというのはわかる。読めない契約書に契約させようとするあたり、最悪だ。

「ささ、ここに名前を」

「すみません、私記憶と一緒に自分のフルネーム忘れてまして。ちょっとはやかけん見せてもらっていいですか？」

「仕方ありませんね。どうぞ」

印字面を見せてきた彼の眼鏡を、私は思い切り筆先で塞ぎ、はやかけんを奪い取った！

「巫女装束装着《チェンジ》！」

一瞬にして私は紅一色に千早の巫女装束に変身する。力が漲《みなぎ》る。

墨で真っ黒になった眼鏡を拭きながら、彼が叫んだ。

「ひ、卑怯ですよ！」

「なぁにが卑怯ですか！　インチキ方士！」

「くっ……ますますあなたの才能が愛おしい。今すぐ我の物におなりなさい！」

「いーやーでーすー。騙してくる人の言いなりになるわけないじゃないですか」

「我なら、あなたの記憶を取り戻す方法も教えられますよ？　紫乃の姉と繋がっていますからね」

「いらないですよそんなもの」

「そうでしょう、素直でよろしい、教えてあげましょう」

うんうんと頷いたあと、徐福さんは目をむいて私を二度見する。

「……待って。いらないんですか？」

「いらないですよ。前の私は前の私として終わりです。そこにこだわって迷惑かけたらきっと、前の私は納得しない」

常に思い出を整頓していた、あの部屋の迫力。

楓はいつも、紫乃さんを残して去る日のことを覚悟して生きていた。

いわばあの部屋は、元の楓の棺《ひつぎ》なのだ。

丁寧に整頓された日記やアルバムは、日々、自分の人生の終わりを考えていたのだろう元の楓の思いが詰まっている。いつか自分《じぶん》がきちんと過去になったとき、紫乃さんの中にしっかりと今回の楓を残していけるように。

そんな元の楓は——今の私が記憶にこだわって惑うことを望むだろうか。

否。

紫乃さんの傍にいる璃院楓としてのリレー、そのバトンを私は受け取ったのだ。

「私は迷いません。私は間違いなく璃院楓です」

私は両手の親指と人差し指で長方形を作り、はやかけんを構える。

「いいお湯をいただいて申し訳ありませんが、私は紫乃さんを信じます」

「ふん、そんなことが言える立場でしょうか？　あの神は筑紫の神、筑紫国《きゅうしゅう》全土に薄く力を有するとはいえど、今はほぼ福岡だけの土地神。ここは佐賀、佐賀の我の場所の結界に押し入るのは困難」

ばきばきばき。

「あ」

屋根を突き崩し、車が部屋に飛び込んでくる。四トントラックだ。

フロントパネルには、なぜか猫の夜さんがガムテープで貼りつけられている。

さらに全身に何か呪符が貼ってあるような状態で、ベッタベタだ。

「なぜ⁉」

真っ先に出た感想はこれだ。

部屋をバッキバキにしながらドリフトを決める四トントラック。

徐福さんは叫んだ。

「ちょっと！　修理費請求しますよ！」

窓を開けて紫乃さんが反論する。

「請求も何も、全部霊力で構築した空間じゃないか。湯以外は全て方術の幻だろ？」

「そうなんですか⁉　ということは、私が食べた飲茶も……？」

トラックから降りた紫乃さんが、夜さんをフロントパネルから引っぺがしながら答える。

「幻だよ。あれだけがめ煮を食べといて入るわけないだろ？」

「た、確かにお腹いっぱいではない……」

「どうしてここに入ってこれたのです、筑紫の神よ」

「夜のおかげだ」

紫乃さんは夜さんから呪符をべりべり剝がしながら説明する。

「佐賀の武雄《たけお》温泉には東京駅の丸の内口と繫がったゲートがあるのは有名な話だが、あれはお互いに足りない干支のモチーフ同士で連結している。そして夜は肥前の猫又。肥前の猫又に丸の内口の干支の絵を貼りつければ簡易的な武雄温泉へのゲートとなる。佐賀県に侵入さえできれば、あとは任意の湯壺に突っ込めばここの掛け流しにたどり着く」

「確かによく見たら夜さんびしょ濡れだ」

「楓殿！」

最後の呪符を剝がされ、夜さんが泣きつくように飛びついてきた。

「楓殿を助けに来るために体を張ったぞ、あの筑紫の神は邪神だ、鬼だ、ひどい」

「よしよし、よく頑張ったね」

「ほら、楓が濡れるだろ拭け」

紫乃さんが夜さんを私から引っぺがす。そして一応ねぎらうように、タオルで包んでもみもみと拭いてあげている。夜さんも不服そうにしながらも、ヘソ天になってされるがままだ。態度ほど悪い仲ではないらしい。紫乃さんは私を見た。

「すまない、危険な目に遭わせてしまって。無事だったか楓—

「はい。温泉とマッサージで気分爽快です。いただいた飲茶が消えたことだけが残念でなりません」

「ここの温泉は俺も好きなんだ。湯は最高だからな。そうだ、入っていいか徐福」

「冗談じゃありませんよ、まったく」

徐福さんが呆れたふうに扇で口元を覆って言う。

「相変わらず息の合ったマイペースですねお二人とも。本当に記憶が消えているのか疑わしいくらい」

「記憶が消えても楓は楓、魂は変わらないからな」

紫乃さんは当たり前のことのようにさらりと答えると、私に手を差し伸べる。

「帰ろう、楓」

「はい」

紫乃さんの手を取り立ち上がり、私は決意を新たにする。

徐福さんの言葉に惑わされない。私は日記と、紫乃さんの言葉を信じる。仮に紫乃さんに何か隠していることがあったとしても、それはきっと悪意からではない。

最後に改めて、私は徐福さんを振り返った。

「今日は温泉ありがとうございました。怪しい勧誘はともかく、温泉はよかったです」

攫われたのはともかく、温泉はとてもよかった。

ぺこりと頭を下げると、徐福さんがふっと目を細めた。

「ふふ、誘拐された側というのにお礼とは、やはりあなたは不思議な子だ」

「俺の育て方がいいからな」

「何か言ってる筑紫の神は放っておいて、またおいでなさい。一人でね」

「いえ流石にそれは無理です」

そんな会話を繰り広げたあと、私たちは四トントラックで再び屋敷へと帰ることができた。

◇◇◇

屋敷に戻ると煮物パーティ会場はすっかり片づき、いつもの静かな庭に戻っていた。

「羽犬さんー！　途中でいなくなってごめんなさい！」

謝りながらカフェに向かうと、カウンターの中の羽犬さんがへなへなとしゃがみ込んだ。

「よかったー、無事で……」

カウンターを挟んだスツールに、鯉のおいちゃんが座っている。

二人でやきもきしてくれていたのだろう。

「おいちゃんも心配しとったとよ。かくなる上はおいちゃんが身を捧げて楓ちゃんを返して貰おうかと思いよった」

「そういえば佐賀って鯉こく料理美味しいですもんね」

「もー、おいちゃん捌《さば》かれるとこやった」

「ほんっとよかったよ、楓ちゃんにまた何かあったらどうなるかと思ってたんよ」

羽犬さんの目元が赤い。心から心配してくれていたのだろう。私は頭を下げた。

「お二人とも、ご心配おかけして申し訳ないです。バッチリ帰ってきました」

「それならよかった。って。楓ちゃんいい匂いするやん？　綺麗になってる。何かいいことあった？」

「えへへ、温泉入ってきました」

「なんね、余裕やんかー」

羽犬さんが肘で軽く突っついて笑ってみせる。ほっとしたらすぐ笑い話に変えてくれる羽犬さんの気遣いに、私は胸が温かくなった。

「帰ってきたなら、早速夕飯作らんとね。待っとって、すぐ店じまいするけん」

黙って聞いていた紫乃さんが車のキーを見せる。

「せっかくだから外に食べに行こうか」

「はいはい！　んじゃ俺、人の作った天ぷら食べたか！　ひらおに車出して！　紫乃！」

「今の時間なら……そうだな、まだ混んでないか」

「いいですね、決定ですね！」

その後、店じまいをする羽犬さんをカフェに残し、一旦私たちは屋敷へと戻った。

紫乃さんの腕の中で、夜さんはいつの間にかすっかり眠っている。

屋敷の玄関の腰掛けに座って羽犬さんを待つ間、私は夜さんを撫でた。

「みんなに迷惑かけてごめんなさい。私が騙されたせいで」

紫乃さんが首を横に振る。

「騙したほうが悪いし、俺たちも油断していた。夜が屋敷に入ったことで佐賀方面に対する警戒が緩くなっていたんだ」

紫乃さんの説明によると。

屋敷は基本福岡県内のあやかしや神霊なら障《さわ》りなく入れるが、夜さんのような他県のあやかしは入ると家主である紫乃さんが感知できるようになっているらしい。しかし今回は大量にあやかしが招き入れられていたこともあり、夜さんの気配と侵入者である徐福の気配が混ざっていて、対応が後手に回ったのだという。

紫乃さんは深く溜息をついた。

「本当はそれくらいなら、徐福の気配も気づけるんだ。だが今回は、妙に気配が感じ取りにくかった」

「原因は判明したんですか？」

険しい顔のまま、彼は己の手元を見下ろして呟く。

「憶測だが。俺の姉が、一枚噛んでいるのだと思う」

「姉……喧嘩別れしたという、筑紫の筑のほうの方、ですか」

「名前を尽紫《つくし》と名乗る、女神だ。俺の一対で……俺が楓と夫婦になって以来、ずっと恨まれている」

紫乃さんの言葉を聞いた途端。頭の奥のほうがぎゅっと痛む感覚がした。無意識に思い出そうとしたことで拒絶反応が起きたような激しい痛み。

「っ……」

「楓ッ!?」

反射的にうずくまった私に、紫乃さんが声をあげる。痛みはすぐに治まった。

顔を上げて、私は紫乃さんに笑顔を作った。

「すみません、なんだか頭がちょっと痛くなって。もう大丈夫です」

「……あまり無理はするな。本来ならもっと休んでいてもいいくらいの状況なんだ」

「嘘みたいに痛みが引っ込みました。ええと……何かを思い出そうとしたんですが」

私は記憶を辿る。元々思い出そうとしたものは、全く思い出せない。

代わりに徐福さんの問いかけが頭に浮かんできた。

——最初のあなたに会う前の彼は、彼女と一対だったんですよ。意味はわかりますよね？

そしてまた、紫乃さんの言葉が浮かび上がってくる。

——令和《いま》はいろいろ難しいよなあ。古代なら神相手なら親子だろうが兄妹だろうが気にせず夫婦になるのはよくある話だったし。

「……」

「楓？」

私の背を撫で、表情を窺う紫乃さんを私は見上げた。

「紫乃さん。聞きたいことがあるんですけど」

「もちろん。なんでも話すよ」

「お姉さんとは夫婦だったんですか？」

言葉を口に出しながら、紫乃さんの返事がなんだとしても、受け入れようと思った。

紫乃さんのお姉さんが本当は妻でもあったのだとしたら、間に入ってきた私は確かに横入りの邪魔者だ。害を与えられても理解できるから。

返事に身構える私に、紫乃さんは眉間に皺《しわ》を寄せ、断言した。

「絶対ない。寒気がする。冗談じゃない。誰がそんなこと言い出したんだ、徐福か？」

「徐福さんも匂わせてきましたけど、よく考えたらそもそも、紫乃さんも言ってたので……『昔は親子だろうが兄妹だろうが気にせず夫婦になってた』って」

「あれは当時は納得されやすかったって話をしただけで、姉となんて冗談じゃない。悪いがあの嗜虐趣味のサディストに男女の仲として惹かれる趣味は、俺には全くない」

紫乃さんは顔を覆い、深く溜息をつく。

「あれは古代の神そのものの性格のまま、変わるつもりがないんだよ」

ほとほと困り果てたというふうに、紫乃さんは続ける。

羽犬さんは未だ来ない。紫乃さんは視線を玄関の外へと向けた。

「神《おれ》の言葉は言霊。俺が思い出して名を口に出すだけで、あれの力が回復する。だから口に出すのは最低限にしておきたかったんだ、楓がまだ本来の力を取り戻してないわけだから」

「なるほど、お姉さんのお話を先延ばしにしてたのには、そういう理由が……」

「すまないな」

「事情が事情ですし、仕方ないですよ」

「……ありがとう」

紫乃さんはふっと微笑んだ。ようやく、表情がわずかに和らぐ。

「姉はこの屋敷がある神域の地下に封印している。人間に悪さしかしない奴だからな、人の尊厳をもみくちゃにするのに大はしゃぎするタイプだ」

「最悪ですね」

身内に人格破綻者がいるなんて、紫乃さんの苦労が忍ばれる。

「だが彼女も俺と同じ土地神であることと、俺と姉一対で一つの神格を持っていることもあって、俺がこうして元気にしている限りは姉も消滅はしない。それどころか分け御魂が時々土地から湧いて出てくる、勝手に」

「封印してるのに、ですか？」

「本来の三割くらいの霊力を持って、数百年に一度くらい出てくるんだ。三割とは言っても土地神だし遠慮を知らないからとにかく迷惑だ。今回の楓の件も、姉が贄山をそそのかして起こした事件だと思っている。楓の記憶を奪うなんて、贄山にはできない」

「……私のこと、やっぱりお嫌いなんですか？　お姉さん」

「嫌いというか憎悪だな。俺を奪った泥棒猫とでも思ってる。姉はなんというか……神である自分を疑わないというか。『一対の男女で姉弟だから、当然夫婦であろう』という考えというか……」

「だから紫乃さん、私を強引に縛り切れないんですね？」

「姉みたいな神に目をつけられて迷惑被《こうむ》る気持ちは、骨身に染みてわかるからな」

「な、難儀なお姉様にご苦労なさったようで……」

紫乃さんが黙した。その横顔の見せる物悲しさに、胸が痛くなる。

私は、紫乃さんの肩に体重を預ける。紫乃さんはされるがまま受け止めてくれた。

肩で、二人の体温がなじんでいく。

「……いっぱいお話しましたね、今日」

「そうだな。楓が記憶を失ってから、一番話したように思うよ」

「これからはお姉さんのこともっと聞かせてください。いずれ解決しなきゃいけない問題なら、知らないままではいたくないです」

「わかった。話すよ」

「……それと」

私は視線を手元に落とし、羽犬さんのことを思い出す。

彼は言っていた。紫乃さんは臆病なのだと。

紫乃さんの言う「楓に任せる」が、一歩踏み出すことへの恐れから来ているのならば、私はしっかり、紫乃さんに踏み込んでいく。この人を安心させるために。

だって私は、紫乃さんが大好きだから。

「紫乃さん、私と結婚したいですか？」

返事がない。顔を見ると、言葉を探しているという雰囲気だった。

私は肩を離し、紫乃さんの手を取った。私の手より一回り大きな、指の長い手。中性的な紫乃さんだけど、手を取って、顔を見上げると、ああ、男の人だなあと思う。

「もう私たち、ご託《たく》抜きでとにかくまずは結婚しましょうよ」

紫乃さんの瞳が揺れる。

「紫乃さんがお望みなら、素直に私を求めて欲しいです。束縛するかもとか、私の幸せの為ならとか、考えるのは後にしましょう。私は伴侶になるのはまんざらでもないです。……嫌ですか？」

「嫌なわけあるものか。……愛しているさ、楓を」

「だったら逃げないでくださいよー」

「話しただろう、怖いんだって自分が」

「だから私のほうからお願いしてるんじゃないですか、結婚しましょうよって」

「軽々しく言うんじゃありません。もっと考えて」

「私は本気です。それに羽犬さんも言ってましたよ？　紫乃さんは臆病だって」

「あいつめ」

紫乃さんは肩をすくめる。

繋いだ私の手を確かめるように指を絡める。触れ方に愛おしさが滲《にじ》んでいた。

「守れなかったばかりなのに、傍にいたいと願うのはどうかと思わないか？」

「今更なんじゃないですか？　何回私の死を見てきたんですか。その中でも、一回や二回くらい守るのミスったことだってあるでしょ？」

紫乃さんは口元を押さえ、少し宙を見上げて答える。

「まあ……結構何回も？」

「思ったより多そうですね？」

もしかして結構危険な運命なのでは？

私は一瞬ひるみそうになったけど、ここでひるんでは話が進まない。

たいしたことない、といったふうに胸を張って続ける。

「だったら今更、ミスが一回や二回増えても些事でしょう！　ねっ」

「……楓が痛い思いするのを、些事と言い切るのは」

「話を強引に纏めるときは、些事って言って笑うくせに」

「う」

紫乃さんが口をつぐむ。その表情もなんだか可愛いと思ってしまった。

何千年も生きてる神様なのに。

まるで人間のように、私のことで一喜一憂して表情を変えるこの人が、可愛い。

「……成長は早いな。あっという間に『楓』になってしまう」

紫乃さんは噛みしめるように呟くと、観念したように私を片手で抱き寄せた。繋いだ手はそのままに、背中に回した手が私をぽんぽんと優しく叩く。

「今回の件が終わったら、なるべく早めに夫婦になろう」

「私でよければ喜んで」

紫乃さんが微笑む気配がする。

「そのとき、改めてこっちから言うよ。結婚して欲しいって」

「楽しみにしてます」

「……ああ」

この人が笑ってくれて嬉しいと思う。

触れられると鼓動が高鳴る。

試す必要なんてない。神様《このひと》の傍にいる理由なんて、きっとそれだけで十分だ。

私は空いている腕で強く抱きしめ返し、誓うように言葉を口にした。

「紫乃さん。私、強くなります。あなたを不安にさせないくらいに」

「……ありがとう。愛してる、楓」

しばらく私たちは抱き合ったまま、静かに目を閉じていた。

ちなみに。

紫乃さんの膝で寝る夜さんが途中で起きてうんざりした様子で毛繕いをしていたことと、羽犬さんが私たちの話が終わるまで外で待っていたことは（仕込みまで終わったらしい）、その後ひらおでひらお定食と塩辛を食べながら笑い話として聞かされることになった。

◇◇◇

新月の晩、贄山の獣じみた絶叫が山に反響する。

霊力が枯渇し、死にかけたあやかしたちに贄山の魂を直接食わせているのだ。肉体にこそ傷はつかないものの、贄山は着物を乱し、見えない何かに弄ばれて悲鳴を上げる。

「あひぃっ、ひぃ、ひひひひ、あーっ」

「贄山ちゃんの悲鳴も聞き飽きてきたわねえ。もう少し激しく虐待しようかしら」

「こ、これいじょうは……もがっぐもっぐっぐぐぐ」

尽紫は夜の闇で岩に座していた。贄山の七転八倒を聞きながら、メガソーラーに覆われた山肌へと目を向ける。

贄山が呪詛師として利用した土地神や神霊は解放した。

しかしその数は、関東平野の広さに対してあまりにも少ない。

あれから贄山に命じてあちこちを旅したが、結局ほとんどの神霊は尽紫の知らないものに入れ替わっているか、もしくは神から零落し、ただのあやかしに成り果てていた。

朝廷、大名、幕府、明治新政府。時代の統治者が変わるごとに、定期的に数を減らしているようだった。

「みんな、いなくなっちゃうのよね」

昔はよかった。人をいくらでもいたぶっても畏れられ、敬われた。

自分のような神がやまほどいた。楽しかった。なにより隣には弟がいた。

「人間におもねったって、結局紫乃ちゃんも表舞台から消されたのに。それでも、人間と共存したいなんて……甘いわ」

尽紫は思い出す。

かつてのまだ、愛らしかった弟が男に成り果て裏切った日の事を。


「姉様」

ある日弟は色の薄い髪を風に靡かせ、真面目な顔をして尽紫に言った。

「邪馬台の民は神と契りを結びました。僕たちをいずれ仇なすもの、従わぬ者として滅ぼしに来るでしょう。そのときに、僕たちは討伐され消えてはならない。まつろわぬ神の居場所を守らなければ。生きるために心ならず服従することになろう筑紫野《このとち》の民達の縁《よすが》として僕たちが生き続けていなければ」

「なによ、人間と通じた神ですって？　人間は従えるもの、契る相手ではないわ。もし滅ぼしに来るつもりなら、上等だわ。私を失ってこの筑紫の土地がどうなるのか、思い知ればいいのよ」

姉は笑った。気まぐれな火の神が幾柱も座する火山、夏が来るたびに龍神が暴れる大河。この土地を人が住める程度に収めているのは姉弟の存在あってこそだ。何も知らない、この土地を知るつもりもないまま征伐に来る邪馬台の人間ごとき、神ごとき、敵ではないし討ち果たされるのも上等だ。

「あやつらに、私たちの何がわかるというの」

弟は黙っていた。美しい唇をかみしめ、切なげに拳を握る。

絞り出すような声で、弟は姉に告げた。

「……姉様。時代は変わっていくのです。僕は朝廷にまつろえぬ神霊を、人を、守りたい。僕たちを構成するあやふやな混沌を守るためにも、僕は人と契り、新たな生きる道を模索しようと思います」

「人と契る、ですって？」

姉は己の声が震えているのを感じた。

そして、その時初めて、弟の声が低く掠れているのに気づく。姉と弟、そっくり同じ形だったはずの拳の大きさが違う。

姉は信じられない変化に目を見張った。

「……いつの間にあなたは成長していたの」

「ずっと、この姿でしたよ」

「あなた一人だけで？　私はこの姿なのに」

弟は静かに姉を見下ろしていた。尽紫は言葉が出なかった。

姉が見上げても足りないほど背の高い、男の姿に。

どうして気づかなかったのだろう。ずっと同じ、少年と少女の姿だと思い込んでいた。

「……嘘でしょ？　あなたは私と一緒に妹背《ふうふ》になるのではなくて」

「今日よりも前に、何度も言っていたことだ、姉さん」

自分の手より一回り以上大きな手で、かわりはてた弟は姉の肩をそっと撫でる。

「俺は彼女と契る。神としての一生を捧げて、大切にしたい人ができたんだ」

「まって。……彼女？　相手は女なの？　人間……誰、誰よ、教えなさい」

「紹介は何度もしていたよ。姉さんは人をいたぶるのに夢中で、俺を見ていなかったんだ」

「冗談はやめて。私たちは二人で一対。ひとつの神なのよ？　あなただけが人と契るなんて無理よ」

踵を返し立ち去ろうとする弟の袖を引く。

弟は美しい男子の顔で、悲しげに、けれど決意の固い眼差しで姉を見下ろした。

「別れよう。筑紫の神でありながら、別の神《もの》として」

袖を振り払い、弟は地上へと降りていく。

雲の上ではなく、人の世界へ。弟が穢れてしまう、まだ取り返しのつく、今追いかけなくてはと、尽紫は走った。

「まって、行かないで、私の話を聞きなさい……！」

弟は風の速度で山を下りていく。姉は何度も足をもつれさせ、転ぶ。

そのたびに弟は案じるように足を止めはする。けれど、未練を振り切るように背を向けて、再び山を駆け下りていく。

「姉さんの何が悪いの？　あなたは間違っているのよ、そうよ、邪馬台の民を怖れるなんておかしいわ、人間に騙されているのよ」

弟の姿は見る間に小さくなっていく。

いつの間に、こんなに弟の背中は広くなっていたのだろう。

いつの間に、自分は上手く走れなくなっていたのだろう。

人を殺し、人を弄ぶばかりの暮らしの中で、姉は忘れていたのだ——自分が神として凋落していることを。

「紫乃さん！」

山を下りた先、鈴の音のような女の声が聞こえる。

弟に駆け寄る巫女が見えた。

紅一色の巫女装束の上から薄衣の千早を纏った、ただの人間だった。

弟は巫女を抱きしめた。広い背をかがめ、小柄な彼女を愛おしそうに腕に抱いた。

「……嘘よ」

姉は茫然と立ち尽くし、その光景を見るほかなかった。二人は男女の仲であると、はっきり悟った。

あの巫女が、弟を堕《おとこに》としたのだ。可愛い弟を、よくも。

弟はこちらを振り返った。隣の巫女が、深く頭を下げる。

「ごめんなさい。……お二人を消さないためには、この方法しかもう……」

その続きは聞こえなかった。姉は叫びながら二人に襲いかかったから。

けれど次の瞬間、姉を包んだのは紅の奔流だった。

血のように真っ赤な紅葉が、姉を次々と封じ込めていく。

「こんなもの、こんな……弟の霊力なんかっ……巫女の、霊力なんか……！」

弟と巫女の霊力がかけられた紅葉の渦に飲み込まれ、姉は意識を手放した。

姉の心に残ったのはただ、二人への怒りと恨みだった。

「……許さない。人間ごときが。……私の、愛しい弟を……かえしてよ……」

気づけば贄山が泡を吹いて全裸で横たわっていた。

こうでなくては、と思う。愚かな人間はいたぶって畏れさせ、服従させるべきものだ。

尽紫は思う。弟は愚かなことをしたと。

人間におもねって生きながらえるなど神の恥だ。

あろうことか人間の女に永遠を誓い、長く寄り添い続けるなんて正気の沙汰ではない。

「はやく……体が保《も》つ間に……あの女をなんとかしなくちゃ……」

第五章

祭り

後日。朝食後に私は紫乃さんに、屋敷の敷地内にある蔵へと案内された。

「結婚を進める前に、一度姉を見ておいたほうがいいだろう。俺の一対だし」

と提案されたのだ。

蔵の中はしっとりと冷えていて、奥にはさらに地下に通じる階段が続いていた。三方の壁は漆喰《しっくい》に塗り固められ、階段は木で作られている。二人は並んで歩けないほどの狭い階段は、紫乃さんが足を踏み入れるとふわりと暖かな間接照明が灯《とも》る。

紫乃さんの後に私と夜さん、最後に羽犬さんが続いた。階段をまっすぐ下に降りていくのはまるで、子どもの頃に図鑑で見たピラミッドの内部みたいだ。

「ここにはよく入るんですか？」

「いや、ほとんど入らない。あまり顔を見に行って喜ばせたら困るから」

紫乃さんの気が重そうな言葉に、羽犬さんが笑う。

「俺は初めて入るよ。動いてるところには会ったことあるけど」

三階ぶんほど降りたところで、開けた場所に出る。

蔵の中を降りたはずなのに、そこには草原があった。

空は青く、風も草いきれの匂いがする。

「ここは……」

「神域にさらに神域を重ねている。あそこにあるのが、尽紫の塚だ」

指を差される方角に小高い円墳が見える。近くまで行くと、内部にまっすぐ入れるようになっている。通常の古墳のように石や土作りではなく、内部は灯りに照らされており、外から見てもわかる通り真っ赤だった。

壁と床一面が、何かに覆われている。

「楓……ですか？」

「これまでの楓たちの霊力が形になったものだ。楓の葉に守られて、尽紫は眠っている」

ドーム状になった空間、その天井から床まで、一面に楓の落ち葉で覆われている。透明な硝子で保護されているので、足を踏み入れても落ち葉は踏まないし、天井から落ちてくることもない。古墳と言うよりセレモニーホールといった感じだ。

紫乃さんを先頭に、私、羽犬さんと夜さんと続いて奥に入る。

真ん中に、楓の深紅に包まれて眠る少女の硝子ケースが鎮座していた。

「彼女が、俺の姉だ」

「……尽紫さん……」

目を閉じた彼女の髪は黒髪で、光が当たる場所が淡い藍色に見える不思議な色をしていた。豊かな長髪は白装束を纏った体に絡みつくように伸びている。

穏やかに目を閉じるその顔立ちは十四歳ほどの少女に見えた。

「妹さんじゃなくて、お姉さんなんですか？」

「俺も楓と契る前はこれくらいの年齢の姿だったんだ。俺は楓に出会って、この姿になった」

「出会って……どうして成長しちゃったんですか？」

「どうしてだと思う？」

意味深長に微笑む紫乃さん。質問に質問で返されると思わなかったので、私は首を捻る。

「ええー……あっ、年齢の釣り合いが取れないから？　当時の私に合わせてくれたんですか？」

「ふふ」

「違いました？」

「いや、大体そんな感じだよ」

紫乃さんは私の頭をぽんと撫でて尽紫さんに再び目をむける。私も改めて彼女を見た。

男女の違いと年齢の違いもあって、似ているかどうかはわからない。現実感のない美形であることは間違いない。紫乃さんが私の後ろへと声をかけた。

「羽犬、それに夜。どうした」

羽犬さんは夜さんをひしと抱っこし、二人してなんとも言えない顔をしている。

「いや……薄々気づいてたけど……これ想像以上にえぐいわ。普通のあやかしや神霊なら、正気を失ってもおかしくねえし」

「正気を保ってるだろう、お前らも」

「そりゃ俺らやけんな。でもえげつねえっっつの！」

「えげつないとは」

私の質問に、羽犬さんが苦い顔で答える。

「……楓ちゃんの霊力だよ？　この落ち葉。今まで輪廻してきた楓ちゃんの実質的な魂というか、なんというか……楓ちゃんの血肉がこう……びっしりって感じ？」

「げげ」

それは確かに嫌だ。私は一面の楓の葉を見回す。

「私には綺麗な落ち葉にしか見えないんですが」

「巫女の血肉に筑紫の神の半身、長い年月で滞留した霊力……う……しばらくレバー食えねえ」

「だいぶんひどいんですね、ここ」

「なんつーか紫乃は……やっぱこーゆーとき、旧神なんだなと思わされるというか……感覚が俺ら若者と違うんよなあ」

「某は恐ろしい。筑紫の神は怖い」

夜さんは一言呟くと、また毛玉になった。二人の反応を見るに相当ひどい場所なのだろうけど、紫乃さんが平気な顔で連れてきたということは、気にしなくてもいいのだろう。私は割り切ることにして、紫乃さんとともに硝子ケースの中を覗き込んだ。

「彼女は、今も眠っているんですね」

「ああ。生きている限り、悪さをしに分け御魂が生えてくる。毎回思いがけない場所に現れるから俺も事後対応しかできないんだ」

「今暴れている分け御魂をなんとかするためにも、私は早く強くならなくちゃ、ですね」

紫乃さんは私の頭にぽんと触れ、いたわるようにわしゃわしゃと撫でた。

「頼るのは悪いが、頼りにしてるよ」

「頼ってください、巫女なんですから」

私はむん、と拳を作って答えた。

強くなりたい。

紫乃さんを守れるくらい、紫乃さんが不安に思わなくてていいくらい、タフに！

毎日の走り込みと筋トレは欠かさなかったけれど、それだけじゃ足りないと思う。

その後、蔵を出たあとに巫女装束を解き、私は紫乃さんに尋ねた。

「武道でも習ったほうがいいですかね」

「武道なあ。楓の場合、武道を習ったら勢い余って霊力で相手を吹っ飛ばしかねないから教えてなかったんだよな」

「それは……困りますね」

強くなる方法を見つける。それが目下の目標だった。

◇◇◇

「強くなるにはどうしたらいいですかねえ」

尽紫さんを見せて貰った、あくる日。

私は羽犬さんのカフェに集まっていた、顔なじみのあやかしさんたちとの会話の中で話題を振った。

「修行の末に強くなってたんだから、修行するしかないんじゃない？」

そう言うのは人魚さん。

「ですよねえ、でも早く強くならなくちゃ、紫乃さんと一緒になれないし」

「なになに？　紫乃さんってば結婚の条件にそんなこと言ってるの!?　姫!?」

「違うって。適当な噂広めないでくれよ」

カウンターに座った紫乃さんが、くるっとこちらを向いて突っ込みを入れる。耳の端をちょっと赤くさせながら、紫乃さんは話を続ける。

「契りを尽紫が知れば怒濤《どとう》の勢いで嫌がらせをしに来るだろうから、迎撃できる態勢は取っておきたいんだ。だから強くなってほしいだけで」

「あー、あのお姉様ね……」

人魚さんたちが顔を見合わせ苦笑いする。これまでよっぽど暴れてきたのだとうかがい知れる。

「今度こそ楓ちゃん死なないといいわね」

「死んだことあるんですか!?」

「大丈夫大丈夫、お姉さんたちも守ってあげるから」

「私たち推しのライブまで死ねないから頑丈よ」

「そういう問題!?」

突っ込みが追いつかない。きゃっきゃと盛り上がる人魚さんたちに、紫乃さんは眉を下げる。

「福岡《ここ》で平和に暮らしてくれるあやかしや神霊に、姉のことで迷惑をかけられない。俺と楓でなんとか姉を抑えられるようにするためにも、楓は強くなりたいって言ってくれてるんだ」

「いろいろ言ってるけど、なんだかんだ姫ポジよね紫乃さん」

「私、女×男のカプもいけるんだけど、次のマリンメッセのイベントで書こうかしら二次創作」

「コミティアのほうがいいんじゃない？」

「お前らが言ってる意味……分かってるからな、一応」

ジト目で牽制するように言う紫乃さん。私はよく分からない。

「意味ってなんですか？」

「楓は知らなくていい」

紫乃さんは私の背中を、ぽんと軽く叩いて笑った。

「早く強くなろうな」

「は……はい」

その眼差しに、私はどきっと胸が高鳴るのを感じた。

あの日から紫乃さんの態度にそこまで大きな変化はない。でも私のほうが紫乃さんを変に意識してしまう。まだ恋愛感情と言えるのかはわからないけれど、少なくとも「この人と一生一緒にいるんだなあ」と思うだけで、なんだか緊張するというか、顔の筋肉が変になる。

ちなみに、昼間から紫乃さんがいるのは珍しい。

先ほどまで、カフェの二階で、北部九州の地元神霊たちの会合が行われていたのだ。

九州は毎年夏から秋に災害が多い。その間は人間の行政、主に土木担当部署より、紫乃さんをはじめとする土地神たちにも禊ぎ祓いの協力要請がある。紫乃さんは人間名で開いた会社で委託業務を請け負っている。ちなみに人間社会において、私と紫乃さんは婚姻届を提出できない。既に紫乃さんの娘として扱われているからだ。

璃院紫乃の娘、璃院楓。

そしていずれ事実上の配偶者になる二人。うーん、人聞きが悪い。親子って。

ちなみにカフェに集まっているあやかしさんのうち、会合に参加していた人は、みんなそれなりに正装をしている。

正装の基準はあやかしによってまちまちらしく、古代の壁画のような直垂《ひたたれ》姿の男性もいれば、すらっとパンツスーツの女性もいる。その人がいわゆる「赤ちゃんのために夜な夜な飴を買いに行く死んだ母親の幽霊」で有名な飴買いさんだとは初見では誰も気づけないだろう。赤ちゃんは無事に人間としての人生を全《まっと》うし、彼女はバリキャリとして第二の人生を歩んでいるらしい。

私たちが結婚するとなったら、結婚式はするのだろうか。

その時は、あやかしさんたちはこうして集まってくれるのだろうか。

「私は和装だけど、紫乃さんは断然洋装だよねえ……」

「楓ちゃん？　どうしたの？」

私ははっとして自分の頬を叩く。

「きッ気が早いッ！」

「な、何してるの」

人魚さんが驚く。

「あはは、気合いを入れまして〜へへへ」

「んもー、記憶喪失の子が頭に衝撃を与えるのはよくないと思うわよ」

「そうそう。強くなりたいって話だけどさ」

奇行に走る私を見ていた人魚さんの一人が、脱線した話題を戻してくれる。

「はやかけんビームは出るんでしょ？」

「そうですね、結構自由に扱えるようになりましたね」

私は頷く。最近は修行もかねて紫乃さんと禊ぎ祓いに出ることも増えていたが、全部はやかけんビームで解決していた。

人魚さんがぴっと指を立てて提案する。

「もう一点突破でさ、元の能力を取り戻すことよりパワーで押し切ることを覚えるのはどう？」

「はやかけんからビームしか出せない巫女でも需要はありますか？」

「あるある。どんな世界でも隙間需要はある」

「隙間需要か～」

前の能力をそのまま取り戻さなくてもいいのでは、というのはいいアドバイスだ。

するといつの間にか、別の席に座っていたあやかしや神霊さんたちも集まってきた。

「なんだなんだ、楓ちゃんの修行の話か」

そこからはみんながわいわいと意見を出し合って話がトントン拍子に進み、天神地区まるごと複製神域を作って私の修行大会をすることが決まった。

この間大牟田の商店街でやったものの、もっと大がかりなヴァージョンだ。

有力者がたくさん集まっていたからか、サクッと話が纏まっていく。

紫乃さんが既にあちこちに電話をしてくれていた。

「博多のほうと東区のほうは話をとり纏めるのに時間かかりそうだったから、俺と菅原道真《せんせい》の独断でやれる天神地区方面でやることにする」

「天神も結構大きい神社やお寺ありますけど、そこは大丈夫なんですか？」

「それは菅原道真《せんせい》パワーよ」

「菅原道真《せんせい》便利だなー」

「あとみんな、天神ビックバンの影響で景色が変わってきてるのにノスタルジー感じてるあやかしも多くて。その辺の送別会っぽい気持ちも含んでるかな」

◇◇◇

数日後。

いつものように屋敷の門から飛び出し、水鏡天満宮に出た私と紫乃さんは、一緒に天神中央公園に向かった。

アクロス前の信号待ちで、紫乃さんが説明する。

「もう既に皆が霊力《ちから》を合わせて、複製神域を形成してくれている。あとは楓と俺が入るだけだ」

「楽しみですね」

「大牟田の件より何倍も大がかりだからな。羽犬も会場のフード作りに奮戦してたし」

「待って、会場？　フード？」

「福岡市役所西側ふれあい広場会場もあるぞ」

「待ってください会場二ヶ所って」

天神中央公園に入った瞬間、景色ががらっと変わる。

公園で憩う人々の姿が消え、にぎやかなフェスの喧騒が目の前に広がった。

「……」

目を擦り、二度見する。やはりフェスが開催されていた。

天神中央公園には長テーブルと出店が並び、ステージではライブが行われている。隣にタイムスケジュールが書かれている。人魚さんたちのダンスは夜らしい。って、そんな問題ではない。

「今日ってミュージックウィークの日ですっけ、博多どんたくの日ですっけ、クリスマスマーケットですっけ」

「違うな、人間社会ではただの平日だ。楓の修行大会をすると話をしたつもりだったんだが、なんか勝手に複製神域でお祭り騒ぎをやるって話になってしまったらしい」

「ああ……」

「祭り好きばっかりだから仕方ない。こうなってると知ったら博多の連中も来たかっただろうなあ」

舞台の上で華麗なダンスを披露していた筋骨隆々で翼が生えた和装男性グループの演技が終わる。

ＴＮＧ四十八とは一体。

「あ。もしかして天狗《てんぐ》よんじゅーはち……」

私が気づいたところで、彼らがこちらに注目した。

「筑紫の神よ、そして楓殿！　さあさあこちらへ」

拍手で迎えられ、私たちは流されるままに舞台に上る。

司会の天狗さんは大きな猛禽類の翼を背負った、腕を剥き出しにして剃り込みを入れ、更にタトゥーまで入れているお兄さんだ。ヤカラ感が半端ない。

「さあ、ついに今日の主役がやってきたぞ！　筑紫の神・紫乃様と、巫女の璃院楓殿だ!!　司会進行は儂、ＴＮＧ四十八が一人、宰府《さいふ》高垣《たかがき》高林坊《こうりんぼう》が務めまする！」

うおおお！　きゃああああ！

野太い声と黄色い歓声、両方が響いてくる。

慣れた様子で片手を上げて声援に応える紫乃さんの横で、お辞儀をする私。

「さて、今日は楓殿の修行として、天神地区全体を大胆に複製神域としたわけだが！　楓殿にはまず、紫乃様より神楽鈴が授与される！　元々禊ぎ祓いに使っていたものだ！」

紫乃さんがスーツのジャケットの中を探ると、明らかにスーツの懐に入るサイズではない神楽鈴がぬっと出てきた。相変わらず時空が歪んでいる。

「そろそろこれを扱えるようになって欲しいと思ってな」

「あ、ありがとうございます……？」

紫乃さんがマイクを受け取り、私に向き合いつつもみんなに聞こえるように説明する。

「楓の霊力を鈴の数だけ周りに広く響かせる道具だ。ビームとは違って吹っ飛ばさず、禊ぎ祓いの作用だけが周囲に届く穏やかなものだ。元々五色の布《リボン》をくくりつけて、その一本一本ごとに力を応用できるようにしていた。だが今は全て外している」

私はみんなの注目を浴びる神楽鈴を掲げてみせる。

確かにそこには五色布がついていない。

紫乃さんが指を二本立てる。

「今日の修行は二つ。攻めの修行と、守りの修行だ。まず」

紫乃さんが私の髪を撫でる。

後ろで一つに結んだ髪に、梅の枝を模《も》した簪が挿される。

「梅花は五つ、触れられたら散るようにできている。ここにいるあやかしと神霊みんなで、この梅花を散らすべく襲ってくる。楓は全てを散らさないように守ること。これが守りの修行だ」

そして、と紫乃さんは周りを見渡す。

「ここにあるはずの五色布はあやかしと神霊のうち、特別な五名に渡している。それを全部奪うこと、それが攻めの修行だ」

「……け、結構大変ですね……？」

ここにはあやかしと神霊が山ほど集まっている。

彼らの攻撃から逃げつつ、同時に五色布を奪うとはなかなかハードでは？

唾を飲む私に、紫乃さんがにこっと微笑んで続ける。

「ちなみに楓の花を散らしたら一つ、楓が言うこと聞くようになっている」

「えっ」

「そして楓が五色布を奪ったら、相手は楓の言うことを聞くことになる。つまりは散らされたら奪え、奪ったら散らされるのを覚悟しろ、ってことだな」

「なるほど、そこで言うことを聞くのをチャラにするためにゲーム性が増す、と……」

「制限時間は日没まで。天神の範囲から出るのもあり、今日は特別にどこまでも複製神域を広げてやろう。……説明は以上だ。意気込みを、楓」

紫乃さんがマイクを私に向ける。

楽しそうな紫乃さんに、私も不敵に笑ってみせた。

「完璧にやり遂げて見せますよ。見ててくださいね！」

うおおおとみんながはしゃぐ。

高林坊さんが、高らかに声をあげた。

「それでは皆の者、カウントダウンをいたすぞ！　楓殿、皆の者、準備はよろしいか！」

私は手のひらと拳をぶつけ、パンと音を鳴らして笑顔を向けた。

「いつでもどんとこいです！　皆さん、よろしくお願いします！」

「それでは……五、四、三、二、一、開始ッ！」

ブオオオオオオオオ！

高林坊さんの声に合わせて、ＴＮＧ四十八の皆さんが一斉に法螺貝《ほらがい》を吹く。

「うおおお！　先手必勝！」

「わっ一斉に襲ってくる！」

「士気が高いな、いいことだ」

紫乃さんが綺麗に微笑み、私の背中を押してくれる。

少しかがんで、耳元で甘く囁く。

「気張ってこい、楓」

「はい、行ってきます！」

一斉にこちらに向かってくる皆さんに、まずは最初の一発を放つことにした！

「はやかけん……ビーム！」

◇◇◇

かくして勝負はスタートした。

最初のビームでほとんどのあやかしと神霊は一旦吹っ飛んでくれたので、その隙に私はまず地下街に駆け下りた。十九世紀ヨーロッパ各地の様式がイメージされた薄暗いムーディな地下街を、石畳調の床石を蹴って走る。

複製神域なので、当然地下街に人の姿はない。

待ち構えていたあやかしや神霊さんたちが一斉に私に注目する。

人間、人間じゃない姿、獣、竜に蛇に岩に手足が生えた博多塀に、多種多様だ。

「いたぞー！　楓ちゃんだ！」

「うぇええぇい捕まえろー！」

「頑張れ楓ちゃんー！」

「楓ちゃん勝利に賭けとるけんなー！」

追いかけてくる人、手を振って応援してくれる人たち、そしてどっちでもなくビールジョッキと焼き鳥を片手に楽しく見物している皆さん。

三者を比率で言えば一番多いのは呑んでる人たちだ。

普段の地下街のおしゃれなムードとは違って飲み屋街状態だ。

「うおおお先手必勝！」

ドスドスと地下街を揺らして追いかけ、私を追い詰めてくるのは塗り壁さんだ。

地下街の煉瓦《れんが》っぽい壁面を意識した出《い》で立ちで、叫びながら私を挟み込んでくる。

見た目の芸は細かい、しかし攻撃の方向性はシンプルだ！

「はやかけんビーム！」

私は華麗にカードを構え、塗り壁さんたちに思いっ切りぶち当てた。

そのままずるずるとパワーで押し出して、広くなった空間まで押し出す。

「あああああ」

塗り壁さんの後退に押し流され、塗り壁さんの後ろのあやかしさんたちも全員撃退することに成功した。

「地下街は攻撃の方向性が読みやすくて助かるなあ」

私は駆けながら、近寄ってくるキラキラとした魂の欠片《かけら》を早速神楽鈴で浄化した。

しゃんしゃんしゃんしゃん。

鳴らす響きだけで、魂たちが心地よさそうに消えていく。

「これ便利だな……」

しかも柄に紐がつけてあるので、手に持って回しやすいし、何かあれば手首に引っかけてアクティブに行動できる。

元の私のアイデアなのだろう。元の私に感謝を伝えたい。

また前方から私を追いかける人たちがやってきた。地下街のステンドグラスに描かれた中世ヨーロッパ風の皆さんだ。

「楓ちゃんがいたぞー！」

「僕らで捕まえろーッ！」

「うわっ」

追いかけてくる百鬼夜行のような勢いから逃げるべく、私は地下街を走り回った。

躱《かわ》しつつ、彼らを禊ぎ祓いしたり吹っ飛ばしたり。

するとと滝を模したデザインになった噴水、『天神かっぱの泉』から、河童が飛び出してきた。

「あっ正統派の緑色の河童さんだ」

「王道にして最強！　尻を狙って幾星霜《いくせいそう》！　筑後川から泳ぎ、そして西鉄電車に乗って来た！　俺ら筑後川の河童、参戦！」

「あーっ」

「対戦よろしくお願いしますっ……！」

早速、かっぱの泉の上から降りかかるように襲いかかってくる河童の皆さん。

私がはやかけんを構えると——なぜか、彼らは滝を薙《な》ぐ強い風圧に吹っ飛ばされた。

そしてそのまま、地下街から通じる商業施設の白い建物の中に消えていった。

河童さんの代わりに舞い降りてくるのは、渋い羽織袴の剣客だった。

ぴょこんと尖った黒い耳。モヘアのようなふわふわの黒い二本の尻尾。夜さんだ。

「すごい……ちゃんと服着てる夜さん、初めて見た」

「当然だ。某は元々武士の飼い猫、服を着ることなど心得ておる」

「普段から心得てくれたらもっと助かるかな」

夜さんの首には緑のリボンが巻かれている。例の五色布だ。

ぎらりと刀身を輝かせながら、夜さんは私に対峙《たいじ》する。

「楓殿の梅花を散らす。そして楓殿に某の願いを叶えて貰うのだ」

「受けて立つよ夜さん。負けないからね。……ちなみにどんな願い？」

「首輪が欲しい」

「そ、そんなの普通に買ってあげるよ～！」

「否。某は楓殿より多くのものを既に受け取っている。施しではなく勝ち取るものとして得たい」

「なるほど、矜持《きょうじ》をかけた戦いってわけだね」

私は右手に鈴、左手にはやかけんをクロスして構える。

夜さんが、私を見て静止する。

周りのあやかしや神霊さんも今手出しするのは無粋《ぶすい》と心得ているのか、観衆たちは私と夜さんを固唾を呑んで見守っている。

ばしゃばしゃ。滝には相変わらず水が流れている。

その水流の生み出す微風で私の千早が揺れる。ゆらゆらと、飾り紐も揺れる。

夜さんの眼差しも、左右にゆらゆらと揺れていた。

「……」

千早の紐を解き、紐を長くして不規則に夜さんを引きつけるように揺らす。刀を持ったまま、前かがみになっていく夜さん。そーっと、そーっと一歩一歩近づく。

「えいっ」

「にゃっ！」

紐を思いっ切り引き寄せた瞬間、猫になった夜さんが飛びかかる。私はその背中を捕まえた。

「ににゃーっ！　な、楓殿、卑怯なり、にゃっ」

じたばたと暴れてももう遅い。私は夜さんの首のリボンを解いた。

「ぐぬ……猫であるばかりに、本能に任せた愛らしい行動をしてしまった。不覚。敗北を認めよう」

「じゃあ私のお願い聞いて欲しいな。明日一緒に首輪選びに行こうよ」

「うむ！　約束だぞ」

夜さんをしばらく撫でたところで、そろそろいいかと思われたのだろう、あやかしさんたちが襲いかかってくる。

「楓殿、加勢するぞ」

「ありがとう！」

私と夜さんは階段を駆け上がり、地下街から脱出する。

行く手を阻《はば》むあやかしや神霊さんたちを回避しながら到達したのは、西鉄福岡天神駅の大画面。待ち合わせによく使われる天神の中心地だ。

大画面には私たちの様子と会場の様子が画面を分割してワイプで映し出されている。

「楓ちゃん、頑張れー！」

羽犬さんがどアップで映る。天神中央公園はすっかり野外フードフェス状態のようだ。

「なるほど、ギャラリーがちゃんと私の行動を見てるってわけね……」

「楓殿！　見ろ！」

夜さんが改札口方向を見上げながらにゃにゃっと叫ぶ。

改札口に続く大階段から、ドドドドドと手足の生えた梅の木がやってきた！

「な、何これ！」

「楓殿、あの光のびゃーっとしたやつを出すのだ！」

「はやかけんビームだね！　えーい!!」

しかし私のビームを、梅の木たちは弾き飛ばす。

「弾き飛ばせるんだ!?」

そのとき菅原道真《せんせい》のダンディな声が聞こえてきた。

「甘いぞ楓殿。我が眷属《けんぞく》たる梅の木の精霊たちに……地下鉄のはやかけんの光条は、効かぬ！」

「ええーっ、じゃ、なんなら効くんですか!?」

「うちの沿線のあれだ、白い長い獣がついているやつ」

「えーん！　誰かｎｉｍｏｃａ貸してーッ！　あのフェレットがかわいいのーっ！」

しゃんしゃんと神楽鈴を鳴らしても効果がない、むしろ霊力を吸われてる気がする。

「楓殿！　ここは某が食い止めようぞ！」

私を庇うように、夜さんが梅の木の大群の前で腕を開き立ち塞がる。

そしてガバッと羽織を脱いだと同時、膨れ上がるように巨大な猫になっていく。

菅原道真《せんせい》の声も嬉しそうに響く。

「ふむ、肥前の猫又よ。野見宿禰《のみのすくね》の子孫たる儂に相撲で勝負を挑むか、その気概やよし」

巨大化した夜さんが梅の木の皆さんを食い止めてくれる。

「ふんぬーっ」

「ありがとう！　せめて夜さんにパワーをあげるね!!」

私は、はやかけんビームを夜さんの背中にぶつける。

「おおおッ!!」

夜さんの体がますます大きくなる。

ついには天神駅からはみ出して、超巨大な毛玉のようになった。

しかし巨大な猫一匹では隙間を抜けていく梅の木を全てフォローできない！

その時、吹き抜けの二階からドスドスッと何かが落ちてくる！

「助太刀致す！　肥前の猫又よ！」

「そなたらは……牛尾梅林の梅たち!!」

夜さんが嬉しそうな声を上げる。佐賀からやってきた梅は手足を生やしてシュタッと降り立つと、太宰府の梅たちと激突した。

手足の生えた梅VS梅！

熱い戦いに、私も先生も、そして大画面に映し出される皆様も目を奪われる。

「九州場所には早いが……良き勝負よの！」

梅の木の一本が拳のような腕をわななかせる。多分あれが菅原道真《せんせい》が入ってるやつだ。

夜さんが梅を二丁投げで打ち倒しながら、叫んだ。

「行ってこい楓殿！　必ずや修行をものにしてくれ！」

「ありがとー！　首輪何色がいいか考えといてね！」

私は早速夜さんから手に入れた五色布の一つを神楽鈴につけ、駅から南に広がる商店街、新天町《しんてんちょう》のアーケードを駆け抜ける。

夏になると山笠が設置される開けた場所まで出ると、新天町サンドームのからくり時計が音を鳴らした。

「あらやだ、楓ちゃんだわ」

「花を散らすぞ、追いかけるぞ」

オルゴールの人形たちが私を見つけ、巨大化して追いかけてくる。

「うわっ！　はやかけんビーム！」

「おおお低刺激で心地よい」

「気持ちいいんですね!?」

「ずっとあそこにいるもんで、肩こりしとるんよ〜」

「今回の件が終わったらたまにビーム当てに来ますね」

「助かるわ〜」

彼らは私のビームが心地よかったのか、そのまま壁をよっこいしょと登ってからくり時計まで戻っていった。肩こりがとれて満足したらしい。

私は新天町を抜け、次はどこに行くか悩む。

「うーん、逃げ回るだけじゃダメだよね、五色布持ってる人、探さないと……」

そのとき、柄にくくりつけていた五色布が、ピンッと中洲方面を指す。

「そっか、あっちに行けばいいのね？」

五色布がこくこくと頷くように動く。便利な力だ。ダウジングくんと名付けよう。

「地下街通るとまた大変だから、次は上を通ろう」

私は明治通りと渡辺通りが交差する、天神交差点まで走った。天神の繁華街の中心地にて、今はなき天神コアと福ビル、イムズが手を取り合って踊っているように見える。

「あれは幻覚かな……」

「いや、あれはビルの付喪神だ。現実で姿を失っても、ああして元気に過ごしておる」

隣から女性のなまめかしい声で解説が入る。

見ると、十二単の女性がストローで缶チューハイを呑んでいた。

「あっ、確かこないだ小倉から筍を持ってきてくれたお姉さん」

「妾《わらわ》は平教経《たいらののりつね》の妻、海御前《あまごぜん》と申す」

「先日はありがとうございました」

「ほほほ、あの後楓殿も大変だったようだの。息災《そくさい》で何よりじゃ」

「海御前様……たしか壇ノ浦で河童を支配していらっしゃるんでしたっけ」

「ほほ、記憶を失ったと聞くが覚えておったか」

私はいいえ、と首を横に振る。

「最近はずっと修行であやかしや神霊の皆さんのことを学び直してたんです」

「偉いのぅ、学を大事にするおなごは好ましい」

くぴくぴと缶チューハイを立ち飲みする姿さえ優雅なのだから、平家はすごい。

「先日は酔っていてすまなかったな。モノレールから新幹線乗って地下鉄乗り継いで天神に来て、それまでについ酔いが深く」

「……待ってくださいずっと呑んでたんですか」

「ほほほ」

「今日は何本目ですか?」

「……秘密じゃ♡」

ウインクでごまかされる。

踏み込んで聞くのもあれなので、ウインクの綺麗さにごまかされることにする。

「して、楓殿、可愛いなあそなたは」

「えっあっどうも」

「ほら」

ふっ。吹き消すように息をかけられ、花が一つ——散る。

「あーッ!!」

「ほっほっほ、気を抜いてはいかんぞ楓殿。あと残り四つだな」

彼女は口元に手を添え笑う。

私が距離を取って警戒態勢を取ると、彼女は袖を振って高らかに叫んだ。

「行け！　我が同志、ニホンカワウソたちよ！」

海御前様の扇に導かれ、カワウソたちが俊敏に私を追ってくる。

みんな赤い幟《のぼり》をつけている。平家だろうか。

河童は緑のもの以外にも、カワウソっぽいものもいるらしい。

彼らはふかふかと追いかけてくる。可愛い。

「コツメカワウソから覇権を奪うぞー」

「楓殿からリボンを奪ったら、我々を福岡市動物園に持ってってもらうのだー」

「ニホンカワウソにあらずんば平家にあらずー」

「大発見だー」

「そ、それは今真剣に研究者さんの迷惑になりますーッ！」

可愛い見た目でありながら動きは俊敏で、かつ言ってることは結構過激だ。

「それっ、九月蚊帳《くがつがや》！」

彼らは叫びながら、網のように私に蚊帳をかぶせてくる。海御前さんが解説する。

「九月にも蚊帳を出してるとよくないですよという、筍の産地、合馬のあやかしだ！」

「うわー、教育的なあやかしーッ！」

蚊帳はごぞごそと動いて私を捕らえようとする。

「ごめんなさい！　ちゃんと衣替えや布団の入れ替え頑張るので許してください！」

私は彼らの隙をついて、はやかけんを構える！

「はやかけんビーム！」

「効かぬ！　九月蚊帳の中は強力な結界となっているので、ビームを飛ばしても効かぬ！」

「えーん、かくなる上は鈴に頼るしかない！」

私は神楽鈴を振り回しながらやたらめったら鳴らす。もうそれしか対抗策がない。

するともがく私の動きが巫女神楽判定となったのか、急に九月蚊帳さんが緩んだ。

緩んだところで、私は九月蚊帳さんの中から脱出。

九月蚊帳さんと河童のカワウソさんたち、そして海御前さんに向けて親指と人差し指でカードを構えて、打つ！

「はやかけん……ビームッ!!」

ドドドドド！

吹き出す温泉のような霊力で、彼らは吹っ飛ばされて宙を舞う。

「ああ～」

「二日酔いに、効くわぁ～」

彼らはひゅるひゅると、中洲を囲む川、那珂川《なかがわ》まで落ちていく。

私は那珂川に架けられた西大橋《にしおおはし》まで走り、橋から博多湾へと向かう彼らを見た。

ぷか……と水面に浮かんだ彼らは、恍惚《こうこつ》とした顔でそれぞれ両手を繋ぎ合って数珠《じゅず》繋ぎになり、流れに乗って博多湾まで運ばれていった。

「溺れないでくださいね！　いくらあやかしでも、お酒呑みすぎちゃだめですよー！」

声を張り上げつつ見送っていると、海御前様が片手を上げ、私に何か指さして示す。

「袖？　……あっ」

巫女服の袖の中に、赤の五色布が入っていた。どうやら勝利を認められたらしい。

「ありがとうございまーす！」

ぐ……っと親指を立てたまま、海御前様は潮に流されていった。

「これで、二枚目か。梅の花は残り四つ……」

中洲と天神の境界。

川を挟んでビジネス街、歓楽街、そして繁華街が分かれる中間地点の景色を望む。

空が広いのも相まって、風が気持ちよく流れていった。

「いたぞ！　楓殿だ！」

「見つけたぞ！」

穏やかな時間なんて一瞬だ。空を彗星のように、一対の天狗が滑空《かっくう》してやってくる。

「あっさっき舞台にいたＴＮＧ四十八の中のお兄さん！」

「正解であるっ！　某は高良山筑後坊《こうらさんちくごぼう》ッ！　いざ参る！」

「我は英彦山豊前坊《ひこさんぶぜんぼう》ッ！　我と筑後坊、司会の高林坊以外は県外からの観光目的だッ！」

「それはありがたいことです、ね……！」

私は、はやかけんをすぐに構えて迎撃態勢に入る。

「はやかけん……ビーム！　ビーム！　ビーム！」

「ははは！　修行が足りぬ、足りぬぞッ！　楓殿ッ！」

何度も何度もビームを放つも、ひらりひらりと躱してくる天狗には全く当たらない。笑いながらきりもみ回転を入れつつ、彼らは私をあざ笑うように降りてくる。

「は、早すぎて全部避けられるーッ！」

「ははは、覚悟ッ！」

「わーっ!!」

反射的に橋に伏せる。

すると目の前で爆発音が響く。男の人たちの叫び声が聞こえる。

箒《ほうき》に乗った魔女さんペアが、これまた彗星のように彼らに向かい、閃光で迎撃を始めた。

「楓は私たちのものです！　あなた方には譲りません！」

「な、なんだと……南南西《なんなんせい》大学の教授か！」

「私たちはブルターニュの魔女！　南南西《なんなんせい》大学の外国語学部には極秘に魔女専攻科があることを、知らないとは言わせないわよ！」

「そして私たちは専任教授でーす！」

「いえーい！」

彼女たちは私を見てウインクをする。

「楓、日本の忘れられた旧き巫女、私たちは興味がとってもあるのよ♡」

「あとで花を散らしてやるわ、負けたら大学に来るのよ、ハニー♡」

爆発でアフロになった天狗さんたちが、なにおう！　と野太い声で応戦する。

「楓殿は我が英彦山にて研鑽《けんさん》を積み、たくましい巫女になってもらう！」

「なんですって!?　聞き捨てならないわね！」

「そちらこそ！　楓殿をかけて、いざ尋常に！」

「か、勝手にかけないでくださーい！」

両者の熱意に身の危険を感じ、私はダッシュでその場を離れる。しかしまた空から陸から地中から、私を狙うあやかしや神霊さんたちの手が襲いかかる！

「あそこに楓さんがいるぞ！」

「楓殿！」

「えーい！　はやかけんビーム……あれ!?」

全部吹っ飛ばすしかない！　と思ったけれどビームが出ない。

先ほど天狗さんを撃墜しようとしたときに、霊力《タマ》切れになったらしい。

「う、嘘でしょー！」

こうなってしまえば、しばらく休まなければ自発装填できない。

私は気休めに神楽鈴をしゃんしゃんと鳴らしながら逃げる。きらきらとした魂たちは浄化されていってくれる。しかしみんなは私を追いかける。

「あそこだー！」

「鈴の音を目標にしろ！」

「す、鈴もやっぱりだめだ！」

なるほど、私が神楽鈴だけでなくはやかけんも武器にしていたのは音のデメリットを解消するためかと知る。記憶を失う前の私はいろいろ考えて道具を整えていたようである。

「楓殿、苦労しておるな」

観光客でいつも溢れているラーメン屋さんの隣を通り抜け、川沿いの遊歩道をとにかく北へ北へと走っていると、私の体にふわっと打衣《うちぎぬ》がかけられる。

「あ……海御前様」

「楓殿が気になって、クロールで流れに逆らって戻ってきたぞ」

「十二単でクロールできるんですね」

「平家の女房に不可能はない。ほれ、しっかり摑まれ」

「わわっ」

いい匂いに包まれ、私は姫抱っこされる。

お姫様に姫抱っこ！　あれだけお酒呑んでてもお酒の匂いはせず、かぐわしい桜の匂いがする。平家の女房ってすごい！

びっくりしているうちに、彼女はひらりと重力を感じさせない動きで飛び、那珂川へと舞い降りる。

着水する瞬間、私は船に乗っていた。平家物語の絵巻にあるような船だ。

船はゆっくりと那珂川を流れ、博多湾へと向かっていく。

ポンプ場や美術館が通り過ぎていく。海風が心地よい、静かな空間だった。

長い黒髪を靡かせ、風に目を細め、海御前様は言う。

「あわよし号。妾が親しうする船のあやかしじゃ。この子は楓殿に無体はせぬよ」

私の乱れた髪を撫で、そして簪の花の数を確かめる。

「残り四つか。これならば大丈夫だな」

「ありがとうございます、力になってくださって」

「なに。妾はけなげなおなごを放っておけぬだけよ。修行を積んで海御前《あやかし》になったのも、海の藻屑《もくず》と消えた平家の女房たちを末永く覚えて弔《とむら》いたかったのもあるしな……」

「海御前さん……」

「あと単純に、楓殿は赤いしのう」

「巫女装束赤くてよかった～」

「では」

彼女は笑顔で海へと落ちる。

そのまま十二単ですいすいと泳ぎ、岸へと消えていった。

「……さて、ひとり残されたけどどうしよう」

私はあわよし号さんの中で両膝を立てて体育座りをして、遠く離れてしまった岸を見やる。

早く霊力を回復するためにできることは何かないだろうか。

その時、手元の神楽鈴の五色布、ダウジングくんがビッビッと反応し始めた。

血相を変えて「後ろ後ろ！」とアピールしているように見える。

後ろ……？

「お久しぶりですね」

「うひゃあ!?」

後ろから耳元に囁かれ、ばっと耳を覆う。

海風に髪と服を靡かせ、徐福さんが今にも梅の花を食みそうな位置で微笑んでいた。

「うわーっ！」

「惜しい。あともう少しだったのに」

慌てて簪を手で覆い、私は船首まで後ずさる。

船がぐらりと揺れて、徐福さんは私を引き寄せて笑った。長い黒髪には白い五色布が編み込まれている。彼も倒す相手なのだ。

「いけませんよ、落ちてしまいますよ。海よりも我に溺れましょう」

「溺れませんし、その、ここ福岡ですよ、あなた出禁になってるはずじゃ」

「出禁は解けました」

「解けたの!?」

彼はゆったりした袖の中からスマートフォンを取り出し、私にビデオ通話の画面を向ける。

そこには天神中央公園の長テーブルでスイーツと豚バラの串を食べている紫乃さんの姿が映っている。綺麗な顔と焼き鳥がまるでコラージュみたいに似合わない。

「し、紫乃さん、徐福さんいいんですか⁉」

「ん」

串を平らげぺろっと唇を舐め、紫乃さんがにっこりと笑う。

「敢えて解いた。正当な理由で加害できる場があったほうが、楽しいだろう？」

「そういう理由⁉」

「福岡《ホーム》では楓は徐福くらい撃退できる子だって、俺は信じてるよ」

「し、信頼が厚いのはいいですけどぉ……」

ピッと通話が切れる。徐福さんがにっこりと微笑む。

「ね？」

「……紫乃さん何考えてるのぉ……」

私が頭を抱えると、徐福さんはほほほと笑う。

「また会いたいって言ってくださったのはあなたではないですか、楓さん」

「言ってません！　温泉のお礼を言っただけです！」

「我は一生諦めませんよ、あなたのことを」

口元を扇で覆って目を細め、徐福さんは言う。

「あなたを利用して不老不死の秘薬を量産化できたら、ごく微量に薄めて健康食品として、化粧品として、いくらでも売りさばいて儲けることが可能です。ふふふ、得た資金で温泉を全国チェーン展開するのも良いですねえ」

彼が扇を閉じる。それを合図に、四方から鵲が飛んできた。

「ぎゃーっ！　や、やめてー！」

私は頭を庇いながら、神楽鈴をしゃんしゃんと鳴らす。鵲は神楽鈴の霊力で近寄れなくなるものの、撃退できるだけの力はない。船の上を倒《こけ》つ転《まろ》びつしながら逃げ惑う私を、口元を扇で覆って笑いながら徐福さんは見ている。

「可愛いものですね、体力も底を尽いた頃に仕留めてあげましょう」

「ひえーっ！」

鵲に梅の花を突っつかれ、ついに一つ花が散る。

「おやおや、梅の花全部散らされてしまいますよ？　幾つ分あなたを好きにできるでしょうね」

「か、鵲ちゃんをけしかけるのはアリなんですか!?」

徐福さんは再び画面通話を開く。

パフェスプーンを咥《くわ》えた紫乃さんが手で丸を作っている。

「紫乃さんっ！　ちょ、ちょっとひどすぎません!?」

「落ち着け、楓ならなんとかなる。冷静になれ」

さすがに心配になってきたのか、紫乃さんの声音が先ほどより気遣わしげになった。

徐福さんが自撮りの要領で私と自分を映してピースする。

「ふふふ、中継されながら楓さんを好きにするのも乙なものですね。さあ大人《ターレン》、目をそらさないでください ね」

「くっ……！　早くなんとかしなさい、楓！」

「この状況作ったの、紫乃さんですよね!?」

「それもそうだが楓には早く強くなってほしいんだ、頑張れ」

「そ、そう言われると頑張るしか、ない……ッ！」

私も腕を払ったり、神楽鈴で応戦したりするも、安定感のない場所で四方からの攻撃、なかなかに辛い。

楽しそうに徐福さんは眺めている。

「も、もー……！」

私ははっと気づいた。そして鵲さんたちを見る。

「あの！　鵲さん！　あなた方が花を散らしてますよね！　ということは私が言うこと聞く相手は皆さんですよね！」

「えっ」

茫然とする徐福さん。そしてカチカチとくちばしを鳴らして同意を示す鵲さん。

「わかりました！　鵲さんたちのお願い事はなんですか!?」

カチカチと鳴いてくる鵲さんたち。

鳴き声はカチカチのままだけど、意味がはっきり理解できた。

「なになに……福岡に渡った親族と会いたい？　わかりました！　じゃあ一次的にでも私の鵲になってください！」

「カチカチ」

「契約完了です」

「う、嘘でしょう!?」

徐福さんが慌てた声を出す。

スピーカー越しに紫乃さんが声をあげて笑うのが聞こえた。

「ははは、確かに今のやり方なら、言うこと聞いてやる相手は鵲だな。あははは」

「う、うるさいですね、もう！」

徐福さんはスマートフォンを袖にしまい、私に向かって扇を構える。

「くっ……！　かくなる上は、私の方術で」

「鵲さん！　援護を！」

「カチカチッ」

鵲さんたちが容赦なくばさばさと徐福さんに襲いかかる。

「うわっ、薄情ですよあなたたちっ！　だ、誰が本来の主《あるじ》だと……っ！」

「カチカチ」

「『福岡行きたかーって何度でん言っとっとに、いっちょん連れていってくれんとが悪かとですー』

『せっかく来たけんがしばらく遊んでいきますー』って言ってますよ。ずっと力になって貰ってるならもっと大事にしてあげましょうよ」

私は鵲さんたちが作ってくれている隙を利用して、はやかけんを手にする。

霊力が溜まった高ぶりを感じる。

「ああっ、五色布がッ！」

徐福さんの髪から五色布を引き抜いて、鵲さんが私に渡してくれる。

「ふふ……それでは、覚悟してください、徐福さん！」

私は両手ではやかけんを構え、徐福さんに向けた。

「はやかけんビームッ！」

「うわーっ！」

今持てる限りの最大出力で発射されたビームは、美しい弧を描いて徐福さんを吹っ飛ばす。

鵲さんたちが翻って消える。すると、私のはやかけんケースに鵲型のストラップが追加された。ころんとした鵲さん六連の勾玉風の石と、先端についた有田焼《ありたやき》の陶器ビーズだ。

「可愛い」

なるほど、徐福さんはこうやって鵲さんたちを持ち歩いていたのか。

納得しながら私は五色布を神楽鈴の下にくくりつける。現状三本。残り二本だ。

「ダウジングくん以外の使い方まだわからないから、終わったら確かめないと……」

私は急に気が抜けた感じがして、船の上でふうと溜息をついた。

「さて、ここからどうしようかな……」

「楓ちゃん力すっからかんじゃん」

間を置かず、海からザバッと出てきたのはいつもの人魚さんたちだ。

「ぎゃー！」

「大丈夫大丈夫、私ら別に攻めるつもりはないから」

「楓ちゃんが力なくなってると思うから、回復方法を教えてやってくれって紫乃さんに頼まれたんだ」

「紫乃さんに……？」

「紫乃さん褒めてたよ、自分の力で徐福さんに勝ってえらいぞって」

「えへへ、それは嬉しいなあ」

照れて頭をかく私に、彼女たちはぱちぱちと拍手をしてくれた。

水面から透けて見える下半身はみんな魚で、気持ちよさそうに泳いでる。カフェで見るときも綺麗だけど、海で見ると蠱惑的《こわくてき》な魅力がさらに増しているように感じる。

「んじゃあ楓ちゃん、神楽鈴持って立ち上がって」

「はい」

「そしてこのＤＶＤを観て」

ざばりと、防水ＤＶＤプレーヤーが水面から掲げられる。お風呂用に売られているタイプのものだ。

再生ボタンが押されると、軽快な女性ヴォーカルの曲が流れ始めた。

「これは？」

「巫女だから踊るのが一番速く回復になるのよ。巫女神楽ってことで、三曲頑張って」

「待ってください、アイドルソングですよね⁉　しかも結構ハードなやつ！」

「古式ゆかしい神楽でもいいけれど、一曲が長いから回復に時間かかるしねえ」

「そういう問題⁉」

「これなら約三分の曲を三回、計十分程度で全回復」

「簡単に踊れるやつよりも回復が速いのよ」

「そうそう、記憶を失う前の楓ちゃんをだいぶ鍛えたわあ」

「鍛えられてたんだ……」

「きっと体が覚えてるわよ、はいスタート！」

言われる通り、確かに曲が始まると体が勝手に動く。

神楽鈴をいい感じにしゃんしゃん鳴らしながら、自分でも驚く切れのよさで三曲を終了した。

息が上がる。座り込んだ私に、人魚さんたちがぱちぱちと拍手する。

「体力落ちてんよ、楓ちゃん。またしばらくダンス付き合ってあげるね」

「あ、ありがとうございました……今後もよろしくお願いします……」

立ち上がって頭を下げる私に、彼女たちは手を振って「いいよいいよ」と言う。

「いいよいいよ、お礼は気にしないでー」

「まあ、伝言伝えてあげた代わりに今度のチケ取り手伝って欲しいなあ」

「一緒にＤＶＤ観て欲しい。初見の楓ちゃんの新鮮な反応が見たい」

「そ、それくらいなら喜んで……」

ふと、私は岸が見えなくなっていることに気づいた。天神よりもどちらかというと、志賀島《しかのしま》や能古《のこ》島《のしま》のほうがはっきりと見えてきた気がする。

「あの……人魚さん、私どうやって戻ればいいと思います？」

みんなが顔を見合わせる。

「先輩呼ぼっか」

「だね、先輩が適任だよね」

「先輩とは？」

彼女たちは海の中に向かって、呼びかけた。

「冷泉《れいせん》せんぱーい！」

突如、波が揺れる。船が怯えたように姿を薄くしていく。

「えっ嘘、落ちる、あわわわわ」

海の中から、規格外の大きさの人魚が現れる。船は消え、私は彼女の両手の中に収められていた。

「こんにちは、今世では初めましてだね」

おっとりと微笑まれる。どこか多国籍なムードのある、長い巻き毛とふわふわのマシュマロボディが魅力的な美女さんだ。博多の冷泉山龍宮寺には全長百四十七メートルの人魚が埋葬された伝説が残る。彼女もその同族なのだろうか、このサイズは。

「こ、こんにちは……」

「陸に行きたいのかな？」

「は、はい」

「えいしょ」

彼女はなんてことないように、私を天神方面の空に放る。あとは飛べるよね？　と言いたげな笑顔で、私に手を振って海に消えていく。

「うわーッ!!」

複製神域といえど、重力はあるし落下はする。

私は放物線を描きながら天神に落ちていく。

もうダメだ。声にならない。どうしようもない。

気絶しようとした刹那。

「はいはい、回収しますよっと」

体が急にふわっと軽くなり、私は誰かの腕に抱き留められていた。

「羽犬さん!?」

空中に浮いたバイクに乗った羽犬さんが、私を横抱きに確保してくれていた。

「お疲れぇ。頑張りよったねえ、えらいえらい」

「えーん、死ぬかと思いました」

「あはは、死なねえよ楓ちゃんは。死ぬほど痛かろうけど」

「それはそれで嫌だなあ」

羽犬さんは私をバイクの後ろに乗せてくれる。黒い車体に金のラインが眩しい、流線型の美しいバイクだ。黒革のライダースジャケットを合わせて、犬耳の形に尖ったフルフェイスのヘルメットをかぶっていて、すっごくかっこいい。

「ところで今、花を散らさせてもらったんだけどさ」

「えっ!?」

「へへ、俺の願いも聞いてくれん?」

「どんなことですか?」

「時々今みたいに、空のドライブ付き合ってよ。ひとりで走るのもいいけど、楓ちゃんと一緒に走りたいんだよね」

「それは……別に、梅の花のお願い事にしなくてもお付き合いしますよ」

「楓ちゃんがよくても、紫乃がなあ」

苦笑いする。

「紫乃にやっぱ遠慮するやんか。俺は楓ちゃんのこと可愛い妹みたいに思っとるけど、紫乃からしたら面白くねえ存在になりかねないし」

「そんなものなんですか？　一緒に暮らしてるし、気にしないんじゃ？」

「俺が気にするって話よ。っつーわけだから紫乃、よかよな？」

羽犬さんがスマートウォッチに話しかけると、紫乃さんの声が聞こえた。

「相変わらず義理堅いな、お前は。だからこそ信用しているのはあるが」

「信用さんきゅー、愛しとるよ紫乃♡」

紫乃さんの後ろのほうから、ひゅーひゅーと外野の声が聞こえる。

「誤解を招くだろうが。男二人で楓育ててるから、余計に妙な詮索されるんだぞ」

「だはは」

私も紫乃さんに話しかけた。

「紫乃さん、人魚さんたちを連れて来てくださってありがとうございました」

「回復したか？」

「バッチリです！」

「よかった」

紫乃さんの声が、少し柔らかくなった気がした。

「羽犬としばらくその辺うろついて、空気中の霊力をしっかり吸収してきなさい。羽犬からは吸うなよ、バイクが墜落するから」

「わ、わかりました」

通話は切れる。バイクは心地よい速度で天神の上を走る。

他の魔女さんや天狗さんよりも高い場所から見下ろす天神の街は、まるでおもちゃみたいだった。山と海に囲まれ、整然と並んだ町並み。中心を貫く那珂川。川と海が人と物の流れを生み、発展していった街――古代から栄えたのが理解できる立地だと思う。

「……気持ちいいなあ……」

しばらく無言で風を感じていたところで、羽犬さんが私に話しかけてきた。

「……紫乃のこと、好き？」

「どういう意味でですか？」

「わかっとるやろ～」

霊力なのだろう、張り上げた声でなくとも、しっかりと耳に届く。

「まあ正直……多分、好き、だと思います」

「煮え切らん言い方やね？」

「だってまだ出会って二ヶ月ぐらいですよ、体感。それではっきり言うなんて、軽いかなって」

「他に恋する予定あると？　なかやろ？　結婚するって決めたって言っとったやんか」

「あんな綺麗で完璧な人が傍にいたら、他で恋するなんて無理でしょう」

「そんなに完璧かぁ？　あいつ」

「綺麗だし、優しいし、トラックの運転は荒いけど頼もしいし、説明は雑だけど責任は取ってくれるし」

「あっはっは、それを完璧って言えるんやったら、問題なかね」

羽犬さんは、少し笑って言った。

「出会って体感二ヶ月なんて、気にせんでよかよ。運命なんて目が合って一秒で決まるもんだし、出会っちまえばあとは、運命の答え合わせをしていくだけってね」

ずいぶんと実感の籠った言葉だった。

「……羽犬さんも、そういうふうに人を好きになったことあるんですか？」

「あ、俺の話聞くぅ？」

羽犬さんはにやっと笑う。

「話すの嫌じゃなかったら、すっごく聞きたいです」

「それはまた今度な。俺の恋バナ長《なが》かし」

「えー」

羽犬さんはバイクを停め、私を振り返って微笑んで見せた。

手にそっと乗せられるのは、黄色い四本目の五色布だ。

「貴重な今の時間をいっぱい楽しんで。何度でも生まれ変われるっつったって、今の楓ちゃんは今しかおらんし、紫乃も今の楓ちゃんとは今しか恋できんし」

「……そうですね。今の私は、今だけですもんね」

「そ。だから早く、神様《しの》を迎えに行ってやらんね、楓ちゃん」

羽犬さんは笑うと再びハンドルを握る。

一瞬ふわっとバイクが持ち上がる。

「わっ」

そして――思いっ切り、バイクは真っ逆さまに急降下した。

「ぎゃーッ！　……‼」

私は羽犬さんの腰に思いっ切りしがみついた。

自由落下のふわっとした感覚と、風を感じる。

今日たくさん出会ったあやかしや神霊さんたちの顔を思い返す。

私の修行のために、こんなにたくさんの人たちが応援してくれている。

力になってくれている。

それは過去の楓《わたし》たちが積み重ねてきた信頼で。

みんなそれぞれの人生に、思い思いの歴史がありながらも、この街で今の人生を精一杯楽しんで過ごしてる。

私は拳をぎゅっと握った。大切な人たちのために、巫女として期待に応えたい。

過去も記憶を失う前も関係ない。今の私が期待に応えて、頼れる巫女になりたい。

空はうっすらと茜色に染まり始めている。日没が近づいていた。

◇◇◇

私と紫乃さんは、ステージから少し離れた、天神中央公園で向かい合っていた。

出し物のタイムスケジュールは全て終わり、どこか解散直前のけだるげなムードがただよっている。

私たちは人々の喧噪から、少し離れた位置に降り立った。

ギャラリーも注目してはくれているけれど、どこかまったりとした様子だ。

紫乃さんは目を細めて、私の髪の梅花を見た。

「ここまでよく頑張ったな、楓。梅の花もしっかり残ってる」

紫乃さんは襟を開き、首に直接リボンを巻いている。最後の紫の五色布だ。

「最後の試練は紫乃さんなんですね」

「本当は菅原道真《せんせい》にお願いしたかったんだけど」

隣に突如生えた梅の木が、いやいやと花を振って拒絶する。

「……というわけだから、俺が相手をさせてもらうよ」

「よろしくお願いします」

一礼して、ふと思う。

紫乃さんの武器といえば。あれだ。

「もしかして私、これから四トントラックに追いかけ回される感じですか？」

「あれが好きなら撥ね飛ばしてやるけど」

「好きじゃないです。嫌です。っていうか普通の人間なら撥ねられたら終わりです」

「楓は平気だよ？　めちゃくちゃ痛いだけで。あの贄山でさえ生きてただろ」

「巫女ってそんなに頑丈なんですか!?」

「頑丈頑丈。トラック程度に負けてるようじゃ、俺の相手は難しいよ」

「ハードル高いなあ〜」

私はもっと体を鍛えようと心に誓う。私を鍛えたがってた英彦山の天狗さんに弟子入りしようかな。

「あれ、じゃあ紫乃さんは一体どうやって」

「……俺か？　楓は、俺が何者か覚えているか？」

「それは……土地神様、ですよね」

「ああ、土地神だ」

紫乃さんが微笑む。スラックスのポケットに手を入れたままなのに、ふわっと明らかに周囲の空気が変わる。

「あまねく筑紫の御魂に告ぐ、足穂《あしほ》の瑞穂の筑紫の島の、旧き神より願わくば、我が巫女楓の修練の助けとならんことを欲す――」

紫乃さんがそう呟いた瞬間、ふわっと地面が揺れた気がする。

まるで生きた獣が、目を覚まして背を揺らしたような。

「わ……!?」

次の瞬間、公園の芝生が隆起し、土が私を囲んでいく。旬の筍が、私に向かって勢いよく槍のように伸びてきた。

「うわ、うわわわわっ」

巫女服に刺さりそうになるのを跳躍《ちょうやく》して回避する。

「土地は俺そのもの。楓もみんなも、俺の手のひらの上……」

紫乃さんは片手で掬い上げるような仕草をして、慌てる私すら愛おしむように微笑んだ。

「筍も梅も大地も息吹も、筑紫の全ては俺の手足だ」

「な、なんと……」

「筑紫《とち》の外では四トントラックが一番楽だが、俺の手のひらの上なら――ほら」

次の瞬間あたり一面から様々なものが一斉に吹き出してくる。木々や花、草木や岩。いろいろなものが絡み合って一つの塊となり、両手の形となる。

紫乃さんが己の手のひらを閉じようとする。連動して、私は大地の手のひらに包み込まれた。

「うわっ、やっ、ビームしても紫乃さん大丈夫ですか!? 痛くないです!?」

「こちらを気遣っている場合か？」

紫乃さんはにこやかに笑い、ぱちんと手を閉じる。

「うわーん！ ……はやかけん……ビームッ!!」

私はビームで一直線に道を作り、神楽鈴とはやかけんを両手に全力疾走する。

黄色の五色布がピンッとまっすぐ棒になる。最後に羽犬さんから貰ったものだ。

棒を握ると、ふわっと体が棒に引っ張られた。

「うわっ！」

魔女の箒のように、棒は私を引っ張って土地神の力の渦から抜け出させてくれる。振り落とされないように慌てて棒、改め箒くんに跨《また》がり、空に上がりながら振り返る。

紫乃さんを中心に吹き出す手が、私を飲み込まんと襲いかかってくるのが見えた。

「に、逃げないと！」

私は空を駆けた。魔女のように優雅に箒に跨がる余裕なんてない、ただただ棒にしがみつく。さっき羽犬さんにドライブに連れていって貰っていてよかった、高度があってもなんとかなると思える。

みるみる天神中央公園が小さくなり、街がどんどん離れていく。

「一旦体勢を立て直して、と……」

私がほっと息をついた瞬間。

「ふふ、気を抜いている暇はないよ、楓」

耳元で囁かれる。

はっと身を翻すと、そこには梅の枝に足を組んで座る紫乃さんの笑顔があった。

「こ、ここは地面からだいぶ離れてるじゃないですか、土地神様なのにどうして」

「彼女、久しぶりに空飛びたいって」

「と、飛び梅さんこんにちは……？」

「逃がさないよ」

長い稲穂色の睫毛に覆われた、透き通った夕日色の瞳——本気だった。

「ひゃっ……！」

あっと思う間もなく、私は思い切り風圧に吹き飛ばされる。元寇を撃退した神風だ。

「っ……！」

箒くんが落下速度を弱めてくれたおかげで、私はなんとかごろごろと公園傍の空中庭園に転がり落ちた。

「あたた……」

空中庭園の森が衝撃を緩衝してくれたらしく、持にダメージはない。

いや、緩衝されるような場所に吹き飛ばされたのか。

梅の花を散らしながら、紫乃さんが降りてくる。夢のようだと思った。

私を見下ろして刀を抜いていなければ。

「古い神だから、こういう工芸品は自分では出せないんだが、珠子さんに借りてきた」

「は、刃物……」

「ひいっ……」

「楓、かかっておいで」

声は怖いくらい穏やかだった。

あの強さで私を吹き飛ばした人とは思えないほどに。

「楓はいずれ否応なしに、凶悪な呪詛に怨霊、祟《たた》り神の禊ぎ祓いをすることになる。現行の神を鎮める機会もあるかもしれない。あやかしや神霊だけじゃない。要請があれば贄山のような不心得者を祓うことだってある。ならば今の楓の能力を少しでも伸ばしてやるのが、神《おれ》の役目だ」

その言葉は私に対する宣言でありつつ、同時に己に言い聞かせているように感じる。

あちこちについた葉っぱを払いながら、私は不敵に微笑んで返してやる。

「紫乃さんも結構激しいんですね。知りませんでした」

「嫌になった？」

「いえ、四トントラックで撥ね散らかす人が苛烈じゃないわけないですよ」

「そういうこと」

紫乃さんはふっと微笑んだ。

「休憩は終わりだ」

「っ！　……ビームッ！」

反射的に私はビームを飛ばした。しかしたやすく紫乃さんは避け、三池刀の刃が真横に飛んでくる。へたり込むように避けると逃げ遅れた千早の裾が、すぱっと切れたのが見えた。

「ひっ……！」

「座るな、隙が多い」

紫乃さんの顔が近い。

なぜ近い？　と思った瞬間、反射的に私は枝を手で押さえて植え込みを転がる。箒くんで空中庭園の木々の間を縫うように、私は逃げた。

「……梅を散らすつもりだったんだ」

私は呟き、髪に挿した枝を押さえてぞっとする。

一瞬にして勝負が終わるところだった。本気だ。

「えーん、もっと手加減してくれると思ったんだけどなあ、……！」

飛ぶのも危ない。私は物陰に隠れ、懐から水引で作った鳥居を近くの木の幹に貼って先に進む。

事前に何かあったときのため、準備していたポータブル天満宮だ。

柏手《かしわで》を打ち、頭を下げて菅原道真にお願いする。

「先生《せんせい》、ここから遠く、できればすぐに追ってこられない、どこかの天満宮に飛ばしてください！」

白い光の中に飛び込む。

そして、次の瞬間。

私はどこかの参道の石段、その階段途中に立っていた。

木々が生い茂って涼やかな参道を見回すと、すぐ近くに小さな摂末社《せつまつしゃ》がある。どうやらその中に天満宮も合祀されているようだ。

天神からしっかり距離を取れたのか、まだ複製神域の構築がされていない現実の神社に立っているようだった。

「とりあえず休憩しよ……」

私は摂末社に挨拶を済ませると、本殿に向かって階段を上っていく。

境内を歩き、ふと目に留まった由緒書きに目を通す。そこには筑紫《つくし》国《のくに》について書かれていた。

筑紫国の由緒やいわれについて書かれているけれど、紫乃さんやお姉さんのことは書かれていない。

「ここは……やっぱり、紫乃さんを祀っているわけではないんだよね……」

由緒書きの冒頭は創建不詳の言葉と、渡来社集団による祭祀との関係性についての考察だ。歴史の陰、今となっては曖昧な行間の部分に、紫乃さんのような神様はどれだけいるのだろう。

今覚えられて祀られている神様の中に、紫乃さんはいないという。似ている神はいても自分とは別の存在だと言っていた。

紫乃さんを覚えていた人々は失われ、彼はただ「土地神」としてここに残っている。

――私だけを、巫女として遺《のこ》して。

「そうだ、逃げ場になっていただいたお礼をしないと、ええとお賽銭《さいせん》お賽銭……」

私はせっかくなので本堂にもお参りをした。

「時間稼ぎにお邪魔させていただきました……何卒どうか活路をお与えください……」

もちろん本殿の奥から、目に見える反応はない。

最後の一礼から頭を上げたところで、後ろから唐突に男性の声がした。

「活路が見いだせぬか、巫女よ」

「あ……先生」

髪に挿していた梅の枝から声がする。

「この状態でも話せるんですね、先生」

「儂のところに来ぬか、太宰府に」

「いいんですか？　今の私はまだ行っちゃダメって言われてましたけど」

修行が足りない状態で太宰府に行くと危険だと、以前紫乃さんに言われた。けれど梅の枝は器用に腕を横に振るようにぶんぶんとして、私を連れていく気満々のようだ。

「五分くらいならよかろう。紫乃とやり合いたいなら、出し抜く作戦もまた必要ぞ」

「確かに……」

先生からはどうもおじいちゃんのような優しさを感じる。

私はお言葉に甘えて、再び天満宮を通じて光の中に入った。

次の瞬間、私はアンティークなカフェの中にいた。

「あれ？　天満宮じゃないですね？　ここは？」

目の前にはダンディなおじさまが足を組み、中国語で書かれたらしき本に目を落として座っていた。ロマンスグレーの髪を一糸乱れぬように撫でつけ、眼鏡をかけた細面《ほそおもて》の男性だ。第一ボタンまで留めたネルシャツに、渋い色のベストを纏っている。どこか気難しそうな男性だ。

「もしかしてあなたが」

「先生だ。それ以外の何者でもない」

頷く私に一瞥もくれないまま、先生はテーブルのメニューを示す。

「ここは参道、儂の気に入りだ。好きな物を頼むといい。甘い物もな」

早速綺麗な和装ウエイトレスさんが現れたので、私は遠慮しようとしたけれど、結局コーヒーとチーズケーキをお願いすることになった。

すぐに運ばれてきて、先生の前には常連らしく当たり前のように、ウインナーコーヒーが置かれた。

甘い匂いが漂う個室にて、先生は視線を本のページに落としたまま呟く。

「筑紫の神はお前を殺せない。そこに隙が生まれる」

「肉を切らせて骨を断つ作戦ですか」

「そこまでしなくてもよい。ただ隙を作るのだ。捨て身の攻撃でもなんでもいい」

「捨て身の攻撃……」

「その隙に襟を掴んで口吸いでもしてやればいい」

「いきなり俗っぽくなりましたね」

「ちゅーとでも言えばいいのか？」

「う、うーん」

「現代語はわからぬ。中国語と韓国語なら覚えたがな」

「覚えたんですか……」

真面目な顔で指ハートをしながら、先生は頷く。

「遣唐使《けんとうし》に行かずとも向こうから観光に来てくれる、よい時代よ。古代からの言語の変容が実に興味深い」

本を閉じ、先生はウインナーコーヒーに口をつけた。

洗練された仕草が美しい。元左大臣は違う。

彼はふっと窓の外へ視線を向けた。

「あと十分だな。複製神域が太宰府まで追いつくようだ」

視線で促されたのでチーズケーキをいただく。古い喫茶店らしい王道のチーズケーキは味がしっかりとしていて美味しい。

私が食べ終わった頃に、彼は窓の外の景色を見やる。パネルを変えるようにぱきぱきと、空の色が移り変わっているように見えた。複製神域が届こうとしているのだ。

「時間だな」

そう言うと、先生は初めて私の目を見た。

「あの神は楓に弱い。まあ最悪、死ぬことはないのだから全力で挑むがよい」

薄く口元を動かしたのは微笑のつもりだろう。

「早く成長して遊びにおいで。楓が来てくれると儂は嬉しいよ」

「……ありがとうございます！」

コーヒーの最後の一口を飲み終えたとき、菅原道真《せんせい》は消えていた。

私は立ち上がり、はやかけんを握りしめて窓を開く。

空に浮かぶ紫乃さんと目が合った。

「太宰府には行くなと、言っていただろう？」

穏やかな笑みをたたえた紫乃さんから、しびれるような覇気を感じる。

――来る！　ならば！

私はカフェの窓枠に足を引っかけ、太宰府天満宮の参道に飛び出す。

複製神域の参道には、人間はいない。暗い影のようなあやかしさんや神霊さん、霊のような人たちが遠巻きにうごめいている。

早く強くならないと、彼らだって救えない。

はやかけんと神楽鈴を構えた私に、紫乃さんは目を眇めた。

「待ちなさい。ここでやるのか、楓」

「当然です。何か問題でも」

「ここは危ないと言っただろう、今の楓の実力じゃ――」

「はやかけんビーム！」

「……っ！」

紫乃さんがはっとして退く。参道のお土産物屋さんの屋根に上がり、苦笑いする。首に巻いた五色布が解けかけたのをそっと結び直した。

「そういうことか」

私は神楽鈴とカードを構え、にやりと笑ってみせる。

「ええ、そういうことです。心配ならば、早く私に降参してください」

聖域であり、政治の中心であり、あまたの戦場の舞台にもなった場所。だからこそ、あえて。

紫乃さんは屋根の上で真顔になり、私を見て再び刀を出した。

「作戦は結構だが、楓をこの場所に長居させられない、行くぞ」

紫乃さんの斬撃が私へと向かう。

そのとき神楽鈴の赤い五色布が、ピンッと鋭く尖った。諸刃の短剣だ！

「ッ……！」

握った瞬間、体が自動的に紫乃さんの刀を受け止める。ほう、と紫乃さんが笑う。

「ちゃんと使い方をわかってるじゃないか、楓」

「いやあ、昔の私に感謝ですね……！」

私は短剣で刀を受け止め、紫乃さんへと斬りかかる。完全に自動で動いている。

危ない！　と思うものの、紫乃さんに当たっても体に傷はつかなかった。

ただ光になって、ふわっと体に突き刺さる。

「楓。その剣は護身用だ、傷つけるのではなく断ち切る剣だ。迷いや邪念、穢れをな」

「なるほどですね……」

「だから神《おれ》には効かないよ、楓」

紫乃さんが微笑んだ。あまりに綺麗で、刃を交えている状態なんて思えない。

その笑顔に見とれた瞬間、私は紫乃さんに吹き飛ばされる。

「ひゃあ……ッ！」

私は宙を舞う。足下の景色があっという間に遠のき、私は太宰府を見下ろしていた。

一瞬、景色に目を奪われる。しかしすぐに紫乃さんが追いかけてきた。

「楓」

「あっ……！」

よそ見をしている間に、紫乃さんが目の前まで近づいてきた。

私は四王寺山《しおうじやま》にぎゅっと箒くんの進路を決め、山肌の木々に当たるすれすれを飛ぶ。

ここなら紫乃さんも刀を振るえないはず、と思ったけれど、なぜか木々は次々と私に枝を伸ばして搦《から》め捕《と》ろうとしてきた。悲鳴をあげる私に、紫乃さんは呆れたふうに言った。

「言っただろ、俺は土地神だって」

「き、木すら紫乃さんの手足……！」

私は上下左右に避け回りながら、なんとか木々の猛攻を回避した。

ぱっと開けた山頂に出る。そこは展望台のようになっていて、平らに整地された空間には石碑が築かれ、季節外れの桜が満開だった。

「岩屋城《いわやじょう》、跡……」

複製神域だからこその幻想的な景色だ。見晴らしのいいそこの手すりに降り立ち、箒くんを消した。

紫乃さんが私のもとにやってきた。宙に浮かぶ彼の手に刀はなかった。

今の私では刀を受け止め切れないと判断したのだろう。実際私は息を切らしている。霊力も多分、そんなに残ってはいない。

「……終わりだ、楓」

紫乃さんは私に手を差し伸べる。

私は不安定な場所に立ったまま、じっと紫乃さんを見た。

「あの、一つだけ聞いてもいいですか？」

「ああ。なんだ」

「今の私に、皆さんを癒やすことはできますか」

眼下に広がる太宰府の景色を見下ろす。

私が見た、太宰府のあやかしや神霊たちのことだとわかったのだろう。紫乃さんは首を横に振る。

「今の楓ではまだ考えてはいけない。飲み込まれてしまう」

「以前の私なら、できていたのですか？」

「霊力の総量は足りていても、まだまだコントロールは完成していなかった」

「そうですか……」

私は構えていた神楽鈴をストラップで腰に下げる。

もう抵抗はしないと思ったのだろう、紫乃さんも無理に私の花を散らしに来ない。

風の音しかしない。ただただ、静かだった。

「私、まだ未熟です。全てを助けることなんてできないし、紫乃さんにもみんなにも、たくさん心配をかけてしまうくらいに。それでも私を頼ってくれる、救われたいと思ってくれる神霊さんやあやかしさん、魂さんたちがいて……とても、ありがたいです。『きっと楓《わたし》なら救える』と思われるのは、嬉しい」

私は傍にある石碑を見た。

ここも他の場所と違《たが》わず、戦の激戦地だったようだ。時代に居合わせた人々の苦労や悲しみがどんなにすさまじいものだったのか、現代を生きる私が想像することすらおこがましい。

そんな彼らが魂の浄化を、救いを、私に求めてくれる。

頼られるなら全力を尽くすのは、巫女としての矜持だ。

だって私も紫乃さんに救われて、育てられた。

神の愛をたっぷり貰った巫女として、やれることはしたい。

紫乃さんが神妙な顔をして私の横顔を見ている。

「だから、今しかありません」

私は隙をついて、手すりから宙に飛んだ。箒くんを出さずに、身一つで体を放る。

自由落下する私に、紫乃さんが目を見開いた。

「楓！」

紫乃さんが追いかけてくる。

搦め捕られる前に、私は空に向けて両手で四角を作り、全身全霊で霊力を解き放つ。

「いっけえええええ！　降り注げ、私の全身全霊ビームッ‼」

手元から光が空へと一直線に舞い上がる。分散され、太宰府中に光は散っていく。

シャワーのように降り注ぐ、暖かな霊力の雨だった。

大牟田の商店街でやった技と同じだけど、今回は天井ではなく、空に拡散を託した。光の雨の中、意識が飛んでいく。

山肌に叩きつけられる寸前、紫乃さんが私を横抱きに確保した。

「楓！　何をしているんだ！」

「……ごめんなさい」

私は紫乃さんの首に腕を回し、素直に謝る。

「見晴らしがいい風上のここなら、風に乗ってまんべんなく力を分けられるかなって」

「そうか。……霊力の総量自体は記憶喪失前と変わらないから、霊力全部を解放して思いっ切りぶっ放したら、以前と同じだけの禊ぎ祓いができると思ったんだな？」

「そういうことです」

「ばか」

親の顔で、紫乃さんは叱る。

「やる前に相談しなさい！　霊力捨てたら普通の人間なんだから、死ぬぞ！」

「刀ぶん回して追っかけてた人が、そんなこと言います？」

「言います。俺が斬っても凄絶に痛いだけで、命に別状はないからな」

「痛いのも嫌ですよ」

私は紫乃さんに身を預けた。

会話すらけだるいほど、体力気力全てを使い果たしている。

「紫乃さんが絶対助けてくださると思ったので、できました。山肌も、木々も、紫乃さんの手足なんでしょう？」

「それは……助けるが……」

私たちを心配するように木がこちらを気遣うように揺れている。山肌からは埴輪《はにわ》がたくさん出てきては私たちをオロオロと見上げている。

紫乃さんはしばらく黙ったあと、溜息をついて私をきつく抱きしめた。

「まったく、楓は……本当に……人間なんだからもう少し、体を大切にしなさい」

「心配かけてごめんなさい。次はもっと違う手で勝てるようにします」

「違う手で勝てるように……って……」

紫乃さんがようやく気づいたらしい。

夕日色の綺麗な瞳が、みるみる丸くなった。

私は手に、最後の紫の五色布を持っていた。

「ずるくてごめんなさい。どうしても勝ちたかったんです」

「どの隙に取った？」

「地面に落ちる寸前、紫乃さんが私を抱き留めてくれたときです」

「首に腕を回したとき、そのまま取ったのか……」

紫乃さんが眉を下げる、困った子どもを許すような眼差しで、優しく微笑んだ。

「いや……よく考えた。太宰府の禊ぎ祓いもしっかり行って、命がけで俺に勝とうともがいたのは十分に評価に値する。楓の勝ちだ」

紫乃さんが私を称《たた》えるような笑顔になった。

そのまま太宰府天満宮の参道に降り立つ。

先ほどは恐ろしい姿をしていた神霊さんやあやかしさんたちが、少しすっきりした顔色で私に拍手を贈ってくれていた。

「……修行お疲れ様。打ち上げに帰ろう、楓」

「はい」

紫乃さんは身をかがめ、私の額に唇を寄せた。恋愛のキスというよりも、愛おしくてたまらない生き物に愛を捧げるような、優しいものだった。

私は紫乃さんの綺麗な、薄い唇を見上げながら思う。

この人と、恋の気持ちでキスする日は来るのだろうか。

来たとしても来なかったとしても、どちらでもいいと思った。

ただ紫乃さんにキスされて嬉しい、その真実だけがあればいい。

「しのさん……」

「ん？」

「わたし……しのさんにキスされるの……うれしいです……」

寝ぼけながら告げた言葉を聞いて、紫乃さんが優しく微笑んでくれたのを感じた。

「おやすみ、楓。……愛しているよ」

紫乃さんの顔が近づいた気配がする。私はそのまま、気絶するように眠りに落ちていた。

◇◇◇

天神中央公園では引き続き、複製神域のアフターパーティが開催されていた。

夜間部のイベントでは、いろんなアーティストが歌っている。

どうやら現実世界でもメジャーデビューしているアイドルや歌手も多くいるようで、すごいことになっていた。

「うあああああ！　ファンサして!!」

人魚さんの一部が泣きながらスマホを構えてうちわを見せている。手ブレせずに撮影しながら片手でうちわとペンラを巧みに出す達人芸はすごい。

今回の大盛り上がりで食材も福岡どころか九州各県から飛んできているらしく、フードコーナーは大にぎわいだ。

私は隅のほうのテーブルでご当地フルーツが山盛りにのっかった「パフェ・七つ星」を平らげていた。目の前では紫乃さんが、ピンクの液体が入ったシャンパングラスを置いて私をながめていた。

「それお酒ですか？」

「苺のシャンメリー」

「まぁた可愛いものを……」

紫乃さんは私が腰にぶら下げた神楽鈴を眺めた。

「五色布、少し扱いを思い出せたみたいだな。おめでとう」

「ありがとうございます。まだ使い方わからない布ありますけどねえ」

緑色の布はダウジングくん。捜し物を探知してくれる。

黄色の布は箒くん。空を飛べる。

赤色の布は諸刃の剣くん。禊ぎ祓いできる諸刃の剣になってくれる。

あとの二本、白色と紫色はまだ使い方がわからないままだ。

「いつかわかるよ。言葉で説明しても使えない。楓にとって必要なときに形になる」

「楽しみだなあ」

それからしばらく、私たちは無言で音楽に耳を傾けていた。高い声の女性の切ないバラード。ライブ特有の胸に響く声に影響されてか、妙に感傷的な気分になっていく。

私は紫乃さんの横顔を盗み見た。

ライブ会場の灯りに照らされた育ての親は、穏やかで優しい顔をしていた。

テーブルの上、手を伸ばして触れたくなる距離に、紫乃さんの細い指先があった。

触れていいのだろうかと、悩む。触れる理由が思いつかない。けれど無性に、私よりずっと大きな、長い指に触れて温度を確かめたくなっていた。

「楓？」

紫乃さんの夕日色の瞳が私を見る。

暗がりなのに、その瞳の色は鮮やかだった。神様らしい不思議な目の色だ。

微笑んだ彼の指先が、私の小さな手を搦め捕った。シャンパングラスで冷えた指先。絡めると、熱が溶け合った。

「楽しかったな」

「はい」

なんだか照れくさい。

「いけませんよ」

「何が？」

「こ、こんな手の繋ぎ方しちゃだめですよ」

「意識した？」

「します」

「ふふ」

紫乃さんは目を細め、指を更に深く絡めた。まるで甘えるように。

「愛しているよ、楓」

なんだか最初よりずっと湿度が上がった愛の言葉に、むずがゆい心地になる。

紫乃さんは幸せそうにしていた。照れる私を見て、何を思っているのだろうか。

「あの……紫乃さん」

「ん？」

「私、あなたを守りますね。絶対強くなって、あなたを幸せにします」

私のほうからも指を強く絡め、さらに上から手を重ね、私は紫乃さんの目を見て宣言した。

何度でも宣言したい。この人を守りたいと、傍で笑っていられる相手でいたいと誓いたい。さみしい思いを繰り返し、それでも私を選び続けてくれた人だから、ひとりの夜の数だけ伝えたい。

私がいつかいなくなったあとも、生きていけるだけの幸せを、遺していくために。

「……ありがとう」

屈託なく紫乃さんは微笑んだ。

まるで千年以上生きているとは思えないほどの花がほころぶような笑顔で。


私たちはまだ気づいていなかった。

紫乃さんのスマートフォンに、贄山隠からの悲痛なメッセージが届いていたことに。

『どうか尽紫を引き取ってくれ、頼む』

通知画面に、その言葉が浮かんでチカチカと発光していた。

◇◇◇

月光を素肌に浴びても、筑紫より遠い土地ではなんの足しにもならない。

わかっていても、尽紫は岩の上で裸体を晒し、霊力を少しでも回復すべく月光を浴びていた。

尽紫がいるのはメガソーラーの輝く廃村、その岩の上。

贇山は車の中で仕事用の電話で何か連絡を取っているようだった。ずっと怯えたり、誰かに謝り倒したりしている。

贇山から奪った私用のスマートフォンを耳に当て、尽紫は徐福の声に耳を傾けた。

『やっぱり壊れてないですよ、楓さんは』

わかり切った、それでいて聞きたくもない言葉だった。

『あなたでは楓さんと紫乃の関係を壊すのは無理です。今回は諦めましょう。贇山程度の寄生相手では、これ以上は命を縮めるだけです』

「あなただって失敗したじゃない、徐福。偉そうな言い方できる立場？」

『我は端《はな》から長期戦のつもりです。失礼ですがそんな雑魚を弄ぶしか能のない、今のあなたよりは念願に近い立場です』

気づけば尽紫は、髪の毛でスマートフォンをボロボロに壊していた。粉微塵《こなみじん》になるまで、何度も、何度も、髪の毛の槍で突き刺す。

「……ふざけないで。私は筑紫の神よ。古き土地神、人に飼い馴らされることを選ばなかった、本来の神が私なのだから……」

苛立ちのまま髪を伸ばす。贄山の車の隙間という隙間に髪が入り込み、数秒後、贄山の裏返った声が廃村の夜に響いた。まるで獣の遠吠えのような、発情期のような声をあげて贄山は啼《な》いた。

それでも、尽紫の苛立ちは収まらなかった。爪を噛み、尽紫は立ち上がった。

「もう私が行くしかないわ。……紫乃ちゃんから、また楓ちゃんを奪うのよ」

第六章

筑紫の神様

天神をあげての大修行イベント終了後。

一週間ほどして紫乃さんが羽犬さんのカフェで動画を再生した。

動画でメッセージが届いていたのに、紫乃さんが気づいていなかったのだ。

例のトラック引き回され呪詛師、贄山隠（27）からのビデオメッセージが届いていたのだ。

立ち会ったのは私と羽犬さん、夜さん、カフェの鯉さん、たまたまカフェに居合わせたあやかし&神霊の皆さんだ。

メッセージアプリに届いた動画の、再生ボタンを紫乃さんが押す。

ダブルピースを作らされた泣き顔の贄山隠さんの姿が現れた。

「よ、よかった……お亡くなりでなかったんですね」

「なんだ楓、ずっと気にしていたのか」

「気にしますよ！　丁寧に轢《ひ》いておいて気にしないではいられませんよ、さすがに！」

「呪術師は四トントラック程度では簡単に死なないよ。適度に弱らせた後に他の勢力に食わせて隠滅するつもりだったんだがなあ」

「だから言ってることえぐいですって紫乃さん」

道義上間違いなく、まったくもってよろしくない。神様って怖いなあと思っていると、泣き顔ダブルピースの贄山さんが、ビデオ越しに私たちに訴えてきた。ようやく本番だ。

『先日は大変申し訳ございませんでした。ひぐっ……わ、私の不徳のいたすところで、土地神様に巫女様のお手を煩わせてしまうどころか、わざわざ土地神しゃまにご、ご足労いただき、お仕置きして……ヒッ……いただく、ことになり、みゃ、誠に申し訳ございません……ひぐっ……』

成人が舌足らずに涙と鼻水を流しながら、ダブルピースで文面を読まされているのはなかなかに見ていて辛い。

贇山は画面外の何かに怯えているように見えた。

『わひゃ……私が愚かにも利用していた土地神やあやかしの皆様には謝罪の上、私の霊力を全て捧げることで一生を償わせていただくことになりました。あの、いや本当に……私はなんと愚かなことをしていたのかと……反省しておりまして……それでもとても私の罪は拭え……ましぇんので、今は尽紫様の奴隷として仕えております』

尽紫の名に、紫乃さんが小さく身を乗り出す。

そして贇山は小さな女の子の素足によって唐突に、画面の外に蹴り出された。

ひぐっと呻《うめ》き声が聞こえたあと、贇山の背にどっかりと、華奢な美少女が乗った。

素肌を長い黒髪だけで覆った、ＡＩを疑うレベルの美少女だ。

それがＡＩに見えなかったのは——紫乃さんと、かなり似た顔をしていたから。

「この人が……尽紫さん……」

夜空のような藍色に青い光が散った瞳で、彼女はカメラをじっと見つめて微笑んだ。

『はあい、この四角い板に話しかけると、紫乃ちゃんに届くって教えて貰ったの。見えてる？』

四角い板とは動画を撮っているスマートフォンのことだろう。彼女はこちらにしばらく手を振ってにこにこして、その後急に機嫌を悪くしたように唇を曲げると、自らぬらぬらと動く長い髪で、這いつくばって椅子にさせられた贇山の首をひねり上げた。

『ぐええッ』

『ちょっと、紫乃ちゃんのお返事ないじゃない、壊れてるの？』

『ちがっぐえっ……あが、その、違います、それはッ、っ録画でっ』

『ろくが？　何言ってるのか意味わからないわ？　私を騙すつもり？』

『あひーっ、あの、違います、と、とにかく話していただければ、送りま……っぐええ』

『ふん、騙したらまた内臓出してあげるんだから』

彼女は髪で首を締め上げたまま、こちらににっこりと笑顔を向ける。

隣で羽犬さんが「出したんだ……内臓……」と青ざめて呟いている。

『とにかく、贄山くんがそろそろ壊れちゃいそうだし、飽きちゃったから遊びに行くわね紫乃ちゃん。楓ちゃんにもよろしくね』

最後は贄山の凄絶な悲鳴で終わった。しんと静まり返ったカフェで、みんなで顔を見合わせた。

夜さんは毛を逆立てて羽犬さんの腕の中で丸まってる。

「あれが来るのか……」

怯える夜さんの頭を撫でながら、私は紫乃さんを見た。

「土地神のパワーで福岡出禁にできないんですか、二人とも」

「できるんだけど、今回は俺と同格の尽紫が一緒に来るから厳しいな。まあいつまでも逃げられる相手でもないし、早く決着をつけて落ち着こう」

夜さんが毛を逆立てたまま言う。

「一番タチが悪いのは身内だな。お家騒動にはかつての主も難儀していた」

羽犬さんも夜さんを撫でながら、やれやれと言わんばかりに肩をすくめた。

「紫乃が元気な限り、尽紫様も消えんのが厄介よなあ。俺はもう思い出したくもなかよ、あの人のこと。あー怖い《えすか》」

私は周りの皆さんを振り返った。

「尽紫さんに会ったことがあるのは、ここでは羽犬さんと紫乃さんの他には？」

居合わせた他のあやかしさんたちがちらほらと返事をしてくれる。若いあやかしさんは知らないようだ。

紫乃さんが説明してくれる。

「尽紫の分け御魂が動き出すのは三百年ぶりくらいかな。ちょうどここで言うと、夜が生まれた頃くらいに前の分け御魂が封印されたんじゃないかな」

「そっか……って、もしかして私が生まれるときに合わせて出てくるんですか？」

「だいたいな」

紫乃さんがしかめ面で頷く。羽犬さんが夜さんをあやしながら言った。

「だってそりゃそうよ。封印した尽紫様が動くくらい紫乃が元気になるときは、楓ちゃんがいるときくらいやけんな」

「……そんなに私が生まれると、浮かれるんですね？」

「当然だろう。楓は俺の巫女なんだから。神はそういうものだよ」

紫乃さんは微笑んで私の頭を撫でた。嬉しいと思うと同時にやっかいだと思った。

つまり――私に彼女をなんとかできる力がなければ、本当の意味で紫乃さんの安寧は来ないのだ。

◇◇◇

後日、私と紫乃さんは福岡空港までやってきた。

羽犬さんはカフェを臨時休業にして屋敷を守る対策を取ってくれている。夜さんはついてくると言い張っていたけれど、一度尽紫さんに掌握されたことがあるので危険と判断、羽犬さんと一緒にいて貰うことになった。

リニューアルが続きどことなくまだ真新しさを残す空港、その到着口に贄山隠はやってきた。ビデオの中ではダブルピースでひどい有様だった彼だが、表向きは平静を装った姿で現れた。羽織袴姿の襟元や手首から覗く、謎の黒い紐は、なんとなく緊縛《きんばく》を思い起こさせる感じだったが今はそれを気にしている場合ではないだろう。

あの会社のホームページでの強気そうな顔つきが嘘のように、贄山は痩せこけていて、私たちを見るとぺこぺこと頭を下げてお土産の包みを手渡してきた。

「あの、お迎えありがとうございます、これお土産の名菓東京ひよ子」

「ああ、わざわざ恐れ入りますこちら博多ひよ子です」

「本当に同じひよ子なんですね博多ひよ子」

「私も初めて見ました。同じひよ子ですね、東京ひよ子」

謎のひよ子交換を済ませたところで、私はふと、彼がひとりなのに気づく。

「あれ、尽紫さんは……？」

「いつまで閉じ込めてるのぉ？　もう体ばきばきなんだけどぉ」

私の声とほぼ同時に、可憐な女の子の声が響く。

トランクから長い黒髪が飛び出す。

それだけで、贄山が悲鳴をあげて土下座した。

「ひぃいいいっ！　も、申し訳ございません尽紫様、どうか、どうか」

ざわめく福岡空港到着口。私はとりあえず笑顔でまあまあと言う。

紫乃さんはトランクを見下ろして硬い表情をしていた。

「……尽紫。わざわざ遠方の贄山をたぶらかしてまで楓に危害を加えても、意味はなかった。もう諦めてここから出ていってくれ」

ふわっと、場の空気が変わる。紫乃さんが複製神域を展開したのだ。

彼女はトランクの中から笑う。そしてかちゃりと音を鳴らし、トランクの中から出てきた。

素裸の幼い美少女は、恥じらうこともなく腕を広げてうんと伸びをする。

紫乃さんが真顔で彼女に上から何かをかぶせる。

猫耳でふかふかの、体の線を拾わないポンチョだ。

「もう。邪魔よこんなもの」

「今だけでも着ていてくれ」

紫乃さんはまっすぐ彼女を見て言った。

「姉さんと呼んでくれないの？　到着早々に出ていってくれとは、ずいぶんなご挨拶ねえ？」

彼女が指を弾くと、ひよ子たちがバリバリと包装紙を破って出てくる。

彼女は一匹捕まえて、ぱくりと一口に平らげた。

「私も筑紫の土地神なのだから、故郷に帰ってくるのが悪いなんて言わせないわ。私が気に入らないのなら、楓ちゃんを自分で守ればいいんじゃないの？」

「守るために、ここで尽紫を追い返すしかない」

「……ふうん？　そう」

ぴんと、尽紫さんが指を弾く仕草をする。複製神域が消えたのを感じた。

そして周囲の人を見ながら、彼女は贄山の土下座する頭を指さす。

「贄山ちゃんの内臓、ここでぶちまけちゃっていいの？　覚悟はできてる？」

「ひぃぃ！」

神域を消して内臓の話、これは完全に脅しだった。

彼女は藍色の瞳をきらきらさせ、紫乃さんを見つめて言った。

「何か美味しいものが食べたいわ。紫乃ちゃん、案内してくれないかしら？」

「……うどんでいいか」

「うどんね、昔もあったわね、懐かしいわ！」

彼女は嬉しそうに微笑む。

「贄山ちゃんとはおそばばっかり食べてたから、やわやわのうどん食べるの久しぶりなの。贄山ちゃんにも食べさせてあげましょ？　ね？」

「は、はひぃ……」

贄山さんはうわずった声で答えた。私と紫乃さんは顔を見合わせ、頷いた。

これ以上到着口にいるのは、福岡の治安のためにあまりよくなさそうだ。

私たちは空港傍の牧のうどんでうどんを食べていた。

カウンター席に四人で並んで座って、次々とゆで上がる美味しいやわやわうどんを眺めつつの食事だ。顔色の悪い贄山隠（27）が一番角で、隣に尽紫さん、紫乃さん、私の並びだった。

肉うどんを食べながら、尽紫さんが紫乃さんをびしっと箸で指す。

「率直に言うわ。楓ちゃんと縁を切ってちょうだい」

「はいわかりましたと切るわけがないだろう、いい加減諦めておとなしく寝ていてくれ尽紫」

「生意気ね、姉さんと呼びなさいな」

そもそも、と尽紫さんは唇を尖らせて言う。

「巫女なんて、つまらない箍《くびき》でしかないわ。縛られるのがお好きなら私が縛ってあげるのに」

「お断りだ」

「人間と共存なんて気持ち悪いことだわ。久しぶりに目覚めたけれど、人間社会って結局気持ち悪いだけじゃない……寝ている間のなんなのあれ、明治維新ってやつ。ずいぶんな友達が居場所を奪われていて腹が立ったわ……はあ」

私の距離でも怒りの圧が、彼女の吐息から感じられる。

「邪馬台がしゃしゃり出て以降、筑紫の島も終わったわ。神は人間如きの朝廷の駒《こま》となり、生殺与奪権を握られて、私が封印されて以来、目覚めるたびに神の凋落はひどく、情けない限りだわ、だから・・・・こんなのが神《みんな》を利用して幅をきかせてやがるのよ」

尽紫さんは言いながら、隣に座る贄山の足を蹴る。

贄山がひぐっと呻くのが聞こえた。

「神は特別な存在ではない、ただそこにいるだけという意味では人間より弱いよ」

紫乃さんが冷たく言い切る。

「旧き世から人間を弄び生きてきた側だった俺たちが、反逆されないのがおかしい話だ。人間同士でも神同士でも、強者が弱者を虐《しいた》げ、中央が裾野を平定するのは同じことだ。ただの新陳代謝だよ」

「な……！」

尽紫さんが怒りをあらわにする。紫乃さんはうどんを啜りつつ、冷淡に続けた。

「その流れに逆らい生き続けたいのなら処世術は当然必要だ。俺には旧き神として、現代社会の中で神霊やあやかしの居場所を作り続ける責務がある。だから尽紫のように無責任にただ暴れて禊ぎ祓いされるわけにはいかない。土地神の責務から逃げたいのなら、尽紫はおとなしく寝ていてくれ」

尽紫さんが拳を震わせている。そしてふう、と溜息をつき、思いっ切りどんぶりを持ち上げてうどんを全て平らげる。たんっとどんぶりを置き、紫乃さんを見て微笑んだ。

「……偉そうなこと言ってるけれど、あなたは楓を守れなかったじゃない。今までも。あなたはやっぱり、口ばっかりで頭でっかちの可愛い弟だわ」

「可愛い弟で結構。ヒステリックな姉よりましだろう」

「そういう反抗的なところも可愛いわ」

「生きていれば可愛げくらいは身につけるものさ。尽紫もそろそろ服を着ることを覚えたらどうだ？」

「服なんて神には蛇足よ。神はそこにあるだけで完璧なのだから」

なんだか似たようなことを言う猫《ひと》がいたなあと、私は夜さんを思い出す。

紫乃さんも上品にうどんを一滴残らず平らげ、とんとどんぶりを置いて答えた。

「完璧ならばどうぞ勝手に。自分を知りもしない余所の男を騙して弟にちょっかい出して遊ばずとも、好きに上京して楽しく過ごせばいい」

「……」

「……」

二人は黙って顔を見合わせている。私は抜け出し、四人分のお勘定を済ませて笑顔を作る。

「ま、まあとりあえずお店出ましょう、ねっ！」

「そうね。行くわよ贄山ちゃん。ちなみにそこに置かれたやかんに入ってるうどんのつゆは全部飲んでいくのがマナーよ」

「ううう嘘教えないでください尽紫さん！　ダメです！」

私は大慌てで店から三人を出した。

駐車場にて複製神域を開き、紫乃さんは尽紫さんに対峙する。

目配せされ、私もはやかけんで巫女装束《チエンジ》を装着して、神楽鈴とはやかけんを構えた。

「話は平行線だ。前回は隙を突かれたが、今度こそお前を祓わせて貰う」

「私をあなたが祓えるのかしら？　あなたが鍛えたとっておきの楓《巫女》も、すっかり記憶を失って弱くなったじゃない。それともまた記憶を消して欲しいの？」

「――やはり、お前がやったのか」

紫乃さんの周りの空気が冷えていくのを感じる。怒りが、静かな彼の体から噴き出している。

尽紫さんはしばらく彼を真顔で見ていたが、すぐに両手を上げ、降参のポーズを取った。

「負けよ負け。冗談よ。……今の私があなたと正面からぶつかり合って、勝てるなんて思ってないわ」

あっさりと負けを認め、尽紫さんは笑顔で贄山さんを私たちの前に蹴り飛ばす。

お腹いっぱいになったところで蹴り飛ばされ、贄山さんが泡を吹きながら呻いた。

「分け御魂としてこの体が実体化したあと、私は私と紫乃ちゃんを知らない連中の多い関東に向かったわ。そこで関東のあやかしや神霊を蹂躙して私腹を肥やしていた贄山《こいつ》を利用すると決め、あやかしや神霊たちが紫乃ちゃんに助けを請うように誘導した。紫乃ちゃんなら、困ってる旧いあやかしや神霊の言葉を無視できないって知ってたもの。そして、期待通りに二人は贄山《こいつ》を成敗してくれた。その隙に――楓ちゃんを、私は壊した」

尽紫さんはぺろ、と舌を見せる。舌には赤い勾玉があった。

見た瞬間、紫乃さんが身を乗り出す。

「これは楓ちゃんから奪った、十八年分の記憶よ。私には必要ないから、紫乃ちゃん、返してあげる」

「……何を企んでいる？　尽紫」

紫乃さんが身構えたまま、彼女に尋ねる。彼女はくすくすと笑う。

「私が何を企んでいたって、私は所詮分け御魂。一対であるあなたの足下にも及ばない力しか、今は出せないわ。今日だって贄山と一緒だからこそ、飛行機に乗って福岡に帰ってくることができたの。弱いのよ、だからこそ見苦しく不意打ちに知恵を絞ったりしたのよ？　知っているでしょう？　私本体を封印して以来、あなたは楓ちゃんと一緒に、これまで何度も何度も分け御魂《わたし》を消してきたのだから」

一歩、一歩と近づいてくる尽紫さん。

明らかに胡散臭い。それは紫乃さんも感じているようだ。けれど紫乃さんは抵抗できない。

舌の上に、私の記憶が転がっているから。

「……最後に口づけをちょうだい、紫乃ちゃん」

目の前まで歩いてきた尽紫さんが、両手を紫乃さんの前に広げておねだりをする。

口の中には勾玉。無防備な彼女は、刀を携えた紫乃さんの前で目を閉じた。

「渡せるものは何もない。指の先まで、俺は楓の神《もの》だ」

冷ややかに紫乃さんが言う。尽紫さんの目尻がつり上がった。

「生意気な」

黒髪がしゅるしゅると伸び、紫乃さんの頭を引き寄せるよう絡みつく。

一瞬の躊躇のうちに、紫乃さんは頭を引き寄せられ、尽紫さんの唇が近づく。

「……っ……！」

触れ合う前に、二人の間を突如生えた梅の木が隔てる。紫乃さんの神通力だ。

「……ふ」

梅の木に軽く突き飛ばされた尽紫さんは目を薄く開き、微笑んで倒れた。

力を失った尽紫さんの体を、紫乃さんは腕に抱き留める。

私は駆け寄った。

「大丈夫ですか？」

「ああ」

紫乃さんは力を失った尽紫さんの口から記憶の勾玉を取り出してしまう。

「……強情者め」

ぬらりと濡れた舌と勾玉が、妙に色っぽい。

そのまま尽紫さんを抱き上げ、複製神域を解除した。

「彼女の霊力も限界だったのだろう。土地神は自分の土地を離れると霊力供給ができなくなる。……終わりだ、姉さんも」

尽紫さんは眠っているように意識を失っていた。

「帰ろうか、楓。……もう大丈夫だ、全部終わったから」

紫乃さんは私を見つめて、微笑んだ。

「嫉妬した？」

「し、嫉妬ですか？」

「俺の唇が姉さんに奪われそうになっただろ？」

「……いえ、別に……」

「強がらなくていいよ。嫉妬されても仕方ない。相手は姉なのだから」

紫乃さんはやけに綺麗に微笑む。そして私の耳に唇を寄せ、囁くように言った。

「あとでいっぱい口づけてあげるよ、いつものようにね」

「…………は、い……？」

私が目を白黒させていると、紫乃さんは思わせぶりにふふ、と笑って先を行く。

私は言いようのない違和感と寒気に、首を傾げてついていった。

「紫乃さん、あんなこと言う人だっけ……」

紫乃さんの違和感ばかりに気を取られて、私は贄山隠を駐車場に放置したままだったことをすっかり忘れていた。贄山隠の出番は、残念ながらここで終わりである。

◇◇◇

「帰ったか、楓殿！」

「楓ちゃん！」

屋敷に帰ると、すぐに羽犬さんと夜さんが門まで迎えに出てくれた。

夜さんは羽犬さんのエプロンのポケットに入っている。どうも気に入ったらしい。

「楓ちゃん、紫乃、大丈夫やったか⁉」

「問題ない。姉さんはこの通りおとなしくなったよ」

紫乃さんが横抱きにした姉を二人に見せ、屋敷に入る。

「姉さんを封印しようと思うんだが、彼女の体を置いた場所に運ぼうと思う。両手が塞がっているから先に行って開けてくれないか？」

「わかった」

夜さんが羽犬さんの腕から飛び降りようとしたが、羽犬さんがとっさに抱え直し、手で口を塞ぐ。

「ちょっと紫乃、何言いよっとね。俺らには教えてくれんやったやんね。案内してくれたら開けるけど？」

「そうだな、やはりお前たちに教えるわけにはいかないな」

紫乃さんは薄く微笑むと、普段使っていない客間のほうに尽紫さんを運んでいく。

私と羽犬さんは、紫乃さんの見ていない場所で頷き合う。

おかしい。絶対、おかしい。

紫乃さんは尽紫さんを安置している場所に案内してくれたばかりだ。「お前たちに教えるわけにはいかない」なんて冗談じゃない。

しかし疑問を囁き合うのも危ない気がして、私たちは目配せした。

「じゃあ私、紫乃さんについていきますね」

「おう。じゃあ俺は夜と一緒にカフェの片づけ行ってくるわ」

「どういうことだ、羽犬、むぐぐ」

「はいはい、猫ちゃんは黙っとこうな〜」

私は紫乃さんについていく。

「布団出すからちょっと待っててくださいね、紫乃さん」

「ん」

客間に布団を広げる私を、紫乃さんは薄い微笑みをたたえたまま見つめている。

絶対おかしい。違う。なんか変だ。紫乃さんはこういうとき、ありがとうと返してくれる。こまめに感謝を口にする人なのだ。

思い返してみると、牧のうどんに行ったのに羽犬さんと夜さんにテイクアウトを持ち帰らなかったのもおかしい。

外食してきたら何かしらお土産を羽犬さんに渡す、律儀な人なのだ。

客間の布団に尽紫さんを横たえる。尽紫さんはまだ目覚めない。

紫乃さんは彼女の枕元に座り、指先を噛んで血を出す。

血が金の糸になり、彼女を布団に縛り付けるように絡まった。

「ちょっ……！」

「どうした？　邪魔者が動き出すと嫌だろう、楓」

「だって……尽紫さんが苦しかったら可哀想ですよ。少し緩めてあげませんか？」

私の言葉に、紫乃さんはきょとんと目を瞬かせる。

「俺と楓の仲を裂く女だが、そんな優しくしていいのか？」

「そりゃ怖い人だけど……だからってもう力も失ってるのに、縛り付けるってあまり好きじゃないです。ここは紫乃さんの屋敷ですし、何かあったらすぐに紫乃さん動けますよね？　せっかく二人っきりの姉弟なんですから、もういいじゃないですか」

紫乃さんは真顔でじっと私の真意を探るように見てきたが、ふっと表情を緩め、私の頰を撫でた。

「楓は優しいな。さすが俺の妻だ」

「……ど、どうもです」

私は笑顔を作ってみせる。明らかに、紫乃さんが使わない言い回しだ。

こういうときの紫乃さんは頭をくしゃくしゃと撫で回すし、私を妻と呼ばない。

とはいえ、目の前の紫乃さんっぽい存在の正体がわからないのだから、慎重にいかないと。そう思っているところで、ちゅっと頰に唇が触れた。

紫乃さんの唇だ。気づいた瞬間、私は叫んだ。

「は、はやかけんビーム!!」

「ッ……!!」

反射的に繰り出すはやかけんビーム。

障子を突き破って吹っ飛ぶ紫乃さんらしき存在。

大きな音に反応して、夜さんをポケットに入れた羽犬さんが駆け込んできた。

「どうした!? ……ぶっ」

思いっ切り転がった紫乃さんらしき存在に思わず吹き出す羽犬さん。

「だはは、紫乃どーしたん、だははは」

「不敬だぞ羽犬」

「これは大変失礼いたしました、筑紫の土地神、我が筑紫国の神々の主」

羽犬さんが今まで見せたこともない仰々《ぎょうぎょう》しさで恭《うやうや》しく頭を下げる。

顔は大まじめだけど、背中がふるふると震えている、笑いを堪《こら》えているみたいだ。

私も倒れた紫乃さんらしき者を助け起こして、深々と頭を下げた。

「ごめんなさい、恥ずかしくて、つい驚いちゃって……」

「そうか。俺はお前を許すよ」

「はい」

私はにっこり笑いながら確信した。絶対、これは紫乃さんじゃない。

「きっと疲れているのさ。姉さんはゆっくり休ませるとして、居間に行こうか」

腰を抱き寄せられてぞわぞわとする。

薄気味悪さを感じつつ、本物の紫乃さんが普段どれだけ私を大切にしてくれているのか、改めて実感する。近い距離でありながら、決して必要以上には踏み込まない人だったのだ。元の紫乃さんはどうなってしまったのだろうと、急にさみしくなってきた。

「あ。そうだ、そういえば……」

私のビームは、禊ぎ祓いの力だ。攻撃だけのものではない。

もしかしたら。

私は忘れ物をしたと言って尽紫さんの寝かされた部屋へと戻る。

灯りをつけない客間は、昼間だというのに薄暗かった。

私は邪魔をされないうちに、さっとはやかけんを取り出して構える。

「……ビーム」

横たえられた尽紫さんにビームを注ぐ。

薄く上下する胸に吸い込まれていったビームは、尽紫さんの体を淡く輝かせた。血色がよくなった気がする。

「……攻撃には、ならなかった……」

私ははやかけんを見つめた。ここにいる尽紫さんは、何者なのだろう。

◇◇◇

湯浴《ゆあ》みを済ませ、紫乃は尽紫を寝かせた部屋へと戻る。

尽紫は宵闇《よいやみ》に淡く輝く金糸で縛り上げられたまま、こちらを睨んでいた。

「おはよう、紫乃ちゃん。美少女になった気分はいかが？」

紫乃が尽紫の仕草で笑う。

「……記憶を確保してるなんて嘘をついて、俺の体を奪うとはな」

「記憶なんて取っておくわけないじゃない。全部噛み砕いたわよ、残念でした」

紫乃の体を乗っ取った尽紫が、舌を見せてあざ笑う。

そして寝間着の浴衣をはだけ、思わせぶりに肌を晒してみせる。

「紫乃ちゃん、すっかり大人の男の人になったのね？　お姉ちゃんびっくりしちゃった。あんなに小さかったのにね」

尽紫に体を奪われた紫乃が、尽紫の体でぐっと奥歯を噛みしめた。

「気持ち悪い」

「ひどい言い草ね。あなたも私の体を好きにしていいのよ？」

「そういう趣味はないね」

「……へえ？　生意気ねえ？　私ほどの美少女に失礼よ」

尽紫は目を眇《すが》めて笑うと、縛り付けた紫乃に馬乗りになる。

体重をかけられてうっと呻く紫乃の顔を、尽紫はべろりと舐め上げた。

「っ……」

「私《わたし》は尽紫でもいけるわよ？　そうだわ、このまま抱いてあげようかしら？　それも倒錯的でいいと思わない？」

「やめろ」

尽紫が紫乃の体に手を這わせると、紫乃は縛られたまま身をよじらせる。

霊力をほとんど失った体に体格差も加わり、紫乃の肉体を得た尽紫に対しては無駄な抵抗でしかなかった。

「ふふ、分け御魂の上にここまで弱らせた体で、本当の肉体を持つ紫乃《わたし》に敵《かな》うと思ってるの？」

「……俺の体を奪ったあとのために、わざと自分自身を弱らせていたな？」

「当然じゃない」

紫乃の顔で、尽紫は笑った。

「元気な肉体にあなたを閉じ込めても意味がないもの。分け御魂に入り込んだあなたの魂は、このまま分け御魂が祓われてしまえば消えるわね？　楽しみだわ」

「っ……」

悔しそうに眉根を寄せる紫乃が、尽紫は愉快でたまらなかった。

「何をやっても、俺は楓との関係を解消しないぞ」

「解消しなくてもいいわよ？　でもあなただけが楓を独り占めするのは、ずるいわ」

尽紫は紫乃《じぶん》の胸板を撫でる。

「この体を奪えたのは、私があなたと同じ二人で一つの神だから。そうでしょう？　ならば楓は私のものでもあるわ。……私の巫女にしちゃっても、当然いいわよね？」

気丈に振る舞っていた紫乃の表情が絶望に染まる。尽紫は声をあげて笑った。

「やめろ、楓に手を出すな」

紫乃は青ざめた顔で、一息にまくし立てる。

「楓に手を出すな。俺は普段から楓に毎日甘い言葉を囁き、楓と既に夫婦関係なわけだが、毎晩俺が香を焚いて雰囲気を作り寝物語を語った上で誘いをかけているのは紛れもない事実だが、やめてくれ」

「あはは、紫乃ちゃんってば可愛いわ」

妙に細かく饒舌《じょうぜつ》に説明してくる弟に、尽紫はケラケラと笑う。

「……そんなに甘く接してあげているのね？」

わずかに、胸が痛むのを感じない振りをする。傷つく自分を認めたくなかった。

尽紫は紫乃の頬に口づけると立ち上がった。

「やめろ、待て！　頼む！　……楓に、手を出さないでくれ……！」

「わかってるでしょ？　私を閉じ込めて、二人で幸せになるなんて許さないんだから」

尽紫は客間を出て、障子をしっかりと閉めた。

「さあ楓ちゃん。いつもと同じ紫乃ちゃんと、とろける夜を過ごすがいいわ……！」

暗い廊下を男の歩幅で歩きながら、尽紫は嗜虐への期待で胸が沸き立つのを感じた。

心に浮かぶのは、あの日、記憶を奪った日のことだ。


贄山が外法《げほう》でよみがえらせていた魂たちを、楓と紫乃が二人で禊ぎ祓いしたあの日。

生ゴミから作った肉塊に収められ、苦しみもがいていた神霊たちを全て肉塊から引き剝がし浄化した二人は、最後に外法で筋骨隆々になっていた贄山に暴力を与え続け、見事元の姿に戻した。

あのとき紫乃と楓の二人は疲労していた。筑紫《とち》から遠く離れた、理《ことわり》の異なる関東の地で、霊力も低下し最も無防備な状態だった。

その隙を狙って、尽紫は楓に接触したのだ。

奥の間に手招きし、一人だけ密室に誘い込み、楓を奪うつもりだった。

しかし楓は強く、操り人形と化した魂のない肉塊を浄化の光条《はやかけんビーム》で一網打尽にし、ついに楓と尽紫二人だけの密室になった。

そこで楓は尽紫に言ったのだ。

――尽紫。もしかしてあなたは――。

――提案があるの。私はあなたと――。

気がつけば尽紫は、ありったけの霊力を使って楓から記憶を奪っていた。

無残に気を失い、血と肉塊で穢れた畳に横たわる楓。

尽紫は肩で息をした。彼女から突きつけられた言葉に動揺した自分が許せなかった。

部屋から出て、あとは瀕死になった贄山から霊力を奪い尽くし、贄山秘蔵の呪具全てから霊力を奪い、生きながらえて今に至る。

「許さない。私にあんなことを言った、楓ちゃんを許さない」

紫乃の肉体を奪った尽紫は、ぎらぎらとした怒りと嗜虐の喜びに震えながら、楓の寝室へと向かった。

◇◇◇

「紫乃さんを元に戻すにはどうすればいいだろう」

いつものように寝る支度を全て済ませ、私は布団を敷いて横になっていた。

いろいろ対策を取るべきことはあるとしても、とにかく今は眠い。

目を閉じるとあっという間に疲れが出てきて、眠りに深く落ちていく。

「ん……」

そして、体に重たい何かがのしかかってくるのを感じた。

布団がめくられて肌寒く感じた。かと思えば温かい体温がくっついてきたようで。

ふわっと香ってきたいい匂いに、意識が一瞬でクリアになった。

「……紫乃さん？」

「目を覚ました？　楓」

吹っ飛ばしそうになるのをすんでのところで堪え、私は驚いた声をあげる。

「ど、どうしたんですか～？　びびび、びっくりしましたよ……！」

「いつものことじゃないか。いつもこうして一緒に寝て、温め合っていただろう？」

一切そんなことありません！　と思いながら、私はずりずりと布団から逃げ出す。

しかしすぐに肩を押さえられ、ズッと布団の中に戻される。

私はちら、と天井を見る。夜さんの瞳が輝き、音もなく立ち去った。

紫乃さんが胡散臭いので、夜さんに念のため待機してもらっていたのだ。

夜さんは羽犬さんを呼びに行ってくれたはずだ。時間を稼ぎつつ、私はこの状況について調べなければならない。

「紫乃さん……」

灯りのない真っ暗な部屋、覆いかぶさった紫乃さんの匂いはいつもと変わらない。けれど眼差しも触れ方も、話し方も違う。全体的に、妙に粘っこい。

本当の紫乃さんにこんな感じに迫られたら、私はどうするのだろう。

想像しようとしたところで、急に頬を撫でられて悲鳴が出た。

「う、うあー!?」

顔を思いっ切り押しのけると、しかめ面で紫乃さんが見下ろしてくる。

「なんなの？　恥ずかしがってるの？」

「え、えぇと……」

紫乃さんがこんなことをするわけがないし、キスを拒否して嫌がるような人でもないはずだ。

「ほら。いつもしていることだろう？　目を閉じて」

「ひ、ひいい……」

まだ口にはされたこともないのに、このなんか変な紫乃さんにキスされたくない。

私はどう振る舞うべきか、必死に考える。

目の前の紫乃さんらしき人は、私が抵抗しないと思っている。今のこの気持ち悪い行動が「紫乃さんらしい」と思っているのだ。冗談じゃない普段の紫乃さんを知る人が見たら、明らかにおかしいと思うような行動をするのはなぜだろう。これでは、入れ替わってもすぐにばれてしまうというのに――。

「もしかして……私がすぐに気づくように……？」

わざと本物の紫乃さんが、嘘を教えた？

「楓？」

目の前の気持ち悪い紫乃さんが、真顔で私を見据えている。

ハッとして、顔をぶんぶんと横に振ってごまかした。

「あはは、その、紫乃さんにぼーっとした寝顔を見られて恥ずかしかっただけです」

「可愛いよ楓。愛しい俺の妻。もっと近くに来て？　体温を感じたいんだ」

「うわ」

「うわ？」

「あ、あはは……どきどきしちゃーう」

今すぐにはやかけんビームでぶっ飛ばして逃げたい。

しかし今は穏便に話を合わせるしかない。

私もへらへらと笑いながらもじもじと距離を取る。けれどまた、引き戻される。

耳元にキスをされ、悪い意味の悲鳴が出そうになるのを堪える。

するりと衣擦《きぬず》れの音を立て、紫乃さんが後ろから私に腕を回してきた。

「楓」

耳を掠める囁き声。うなじの産毛が総毛立つのを感じる。

体に触れようとする大きな手をそっと掴み、私は平静を装う。

「あ、あのちょっと近すぎません？」

「夫婦なのに、近すぎることなんてないよ。それとも……久しぶりだから恥ずかしがっているの？　ずっと触れて欲しかったの？」

さりげなく久しぶりかどうかを確認してきたのは、私たちの関係を探っているのだ。

指を絡める。紫乃さんの偽物が、ふっと微笑む気配がした。

もう嫌だ。普段の紫乃さんならともかく、今の紫乃さんとこんな距離でもちっとも嬉しくない！　むしろ気持ち悪すぎる！　顔も声も体も紫乃さんなのに、なんか変だ！

焦りと不快感が頂点に達した私に、電撃のようにアイデアが降りてきた。

攻撃は最大の防御なり。

私は例の大修行イベントの日を思い出す。

あのとき最後に私が紫乃さんに勝てたのは、守るのではなく攻めたから。

攻められるのが嫌なら、こちらから攻めるしかない。

「……紫乃さん」

私は覚悟を決め、胡散臭い紫乃さんに向き合った。なるようになれと、迫ってくる紫乃さんの胸に手を当て――私は勢いよく押し返して、体重をかけた。

「え」

とすん、と紫乃さんが布団に倒れ込む。

茫然としている彼に、私はすぐに馬乗りになる。

「可愛いですね紫乃さん」

「楓？」

「いつもみたいに可愛がって差し上げますよ」

こちらの思惑がばれませんようにと願いながら、紫乃さんの浴衣の帯を引き抜く。

えーん、脱がせてごめんなさい、本物の紫乃さん！

「……大胆だな？」

少し動揺した様子で目の前の紫乃さんが私を見上げている。

私は罪悪感を胸の奥に押し込め、ふふ、と思わせぶりに微笑む努力をする。

「いつも通りのことをしてるだけじゃないですか。どうしたんです？　変ですよ？」

はだけた襟の中を見ないように、目をそらさないまま笑顔を作る。

頭のどこかで人魚さんたちが「ファイト！　表情管理よ！」と激励してくれている。

そうだ表情管理。いつもの紫乃さんの色っぽい表情を思い出せ！

「ねえ、紫乃さん。まずはいつも通り、手首を縛りますね」

「あ……ああ」

やはり「いつも通り」と言われると抵抗しにくいらしい。

私は躊躇《ためら》いなく両手を持ち上げてひと纏めにする。紫乃さんは細くて美人なのに、手は結構骨っぽくて指が長くて男性らしい。自分より大きな手を縛るのは、なんとも言えない背徳的な感じがする。

紫乃さんらしき存在は不満そうに口を尖らせた。

「俺は楓に触れたいんだけど、縛らなきゃ嫌？」

「いつも通りにしたいんですよね？　抵抗するなんて紫乃さんらしくないですよ？」

「……そう？」

そう言うと、彼は怪訝な顔をしつつも抵抗しなかった。

縛りながら、私はいつも頭をくしゃくしゃに撫でてくる雑な手つきや、抱き寄せてくれたときの温かい感覚を思い出す。

無性に頭を撫でられたかった。変な紫乃さんじゃなくて、いつもの優しい手に。

ダメだ、いけない、そういうこと考えてる場合じゃない！

ベチン！

私は思いっ切り自分の顔を叩いた。

ぎょっとする目の前の紫乃さんに向き直り、縛りかけだった結び目を引き絞る。

焦るあまりぎゅっと絞めすぎたらしい。紫乃さんが悲鳴をあげた。

「いたたたた、ちょっ……痛いわよ！」

べしっと手を叩かれた。

突然女言葉になった紫乃さんは、はっとした様子になった。

「……え、えーと。痛いと言ってるんだ」

咳払いして、紫乃さんは言い直す。

「そ、ソウナンデスネー」

話を合わせつつ私は確信した。――これ、中身尽紫さんだ。

今、尽紫さんに入っているほうが、おそらく紫乃さんなのだ。

そうするといろいろつじつまが合う。

私がビームを向けたとき、あの尽紫さんはビームを吸収していた。

暴力ではなく体力回復のほうに、あのビームは作用したはずだ。

ならば、もしかしたら！

次の瞬間、私は紫乃さんに押し倒されていた。

障子側の畳の上に乱暴に倒され、障子から入る月明かりが紫乃さんの顔を、はだけた胸を照らす。髪をかき上げるその眼差しは笑っていない。

「……もうそろそろじゃれ合うのはやめようか」

「そ、それならどうします？　カ、カルタでも持ってきましょうか？　天正カルタのレプリカ、珠子さんが」

「わかるでしょ？」

紫乃さんの手が私の手首を搦め捕り、頭の上で畳に縫い留める。びくともしない。

「あ、あああの、紫乃さん」

「抱くよ、楓」

「直球！」

顎を撫でられ、私は必死で考える。思い切り股間を蹴り上げていいのだろうか、でも体は紫乃さんだ、それはさすがに可哀想だ。可哀想なんて思っている場合か、とも思う。待って、神様の股間ってどうなってるの？　蹴っても大丈夫なやつ？

私は混乱していた——どうすればいい、どうすれば。

万事休《ばんじきゅう》す、と思ったとき。障子に小柄な人影が映った。

「お楽しみねえ、紫乃ちゃんと楓ちゃん？」

スパンと障子を開け、シャツ一枚をワンピース状に羽織った少女が姿を現す。

「紫乃さん！」

私が呼ぶと、少女――尽紫さんの体に入った紫乃さんが片眉を上げた。

「なんだ、もう気づいていたのか？」

「気づきますよそりゃあ！　紫乃さん絶対やんないことしかしないんですもん！」

私は手首を押さえられたまま腰を上げ、ぐるりと後転して腕から逃れる。

紫乃さんの姿の尽紫さんの傍に立つと、すぐに険しい顔で尋ねられる。

「無事か」

「股間蹴り上げるのは回避しました」

「俺の体じゃなく楓の体の心配だ、おばか」

「問題ありません、なんにもされてないです」

「そうか。……よかった」

尽紫さんの顔で、紫乃さんはふっと微笑む。その表情に図らずも胸がドキッとする。

紫乃さんイン尽紫さんの誘惑はどうにも体が受けつけなかったのに、逆なら平気なのが不思議だ。

「どういうこと!?　あなた、完全に力を失っているはずなのに」

怒りをあらわにした尽紫さんの言葉に、紫乃さんはウインクで返す。

「愛の力、かな」

「っ……！」

紫乃さんはにっこりと笑う。

「楓殿！」

夜さんの声がする。廊下から、夜さんがビッとはやかけんを投げてくれる。

万が一のため手元に置かず、夜さんに預けていたのだ。

腕を掲げて二本の指でパシッと受け取り、私は決めポーズで変身した。

「巫女装束装着《チェンジ》！」

深紅の千早の巫女装束で、私は紫乃さん姿の尽紫さんと対峙する。

夜さんの後ろから、蒸籠《せいろ》を持った羽犬さんも駆けてきた。

「紫乃！　楓ちゃん！　霊力回復してっ！　地元食材に俺の霊力、籠めまくった！」

蒸籠からほかほかの肉まんが投げられ、私たちはパシッと受け取る。

「あと酢醤油！」

酢醤油も、しっかり受け取る。

肉まんを割って酢醤油で食べる。こんな緊迫した事態でも美味しいものは美味しい。

尽紫さんが叫んだ。

「今食べるの!?　緊張感なさすぎるんじゃない!?」

「そう言われても、お腹空きましたし」

「昼に食べたうどんだけじゃなあ」

一瞬生唾を飲んだ尽紫さん（紫乃さんの体）は、首を横に振って私たちを睨む。

「どういうこと？　紫乃ちゃんは私の体なのに身動きが取れるし、あなたは全く騙されていないし
……何よ、みんなして私が尽紫だって気づいていたってこと？」

「確信はなかったですけどね、少なくとも紫乃さんではないと気づいてましたよ。美味しいですねこの肉まん」

「蒸《ふ》かし立ては最高だな」

「まだまだいっぱいあるよー」

羽犬さんが笑顔で蒸籠の中を見せる。尽紫さんは怒りに震えた。

「もう！　私にも食べさせてくれてもいいじゃない！　……じゃなくて、そこまで回復してるなら返してちょうだい、私の体を！」

紫乃の体で、尽紫さんは紫乃さんに襲いかかる。

「おっと、零すだろ」

紫乃さんは小柄な尽紫さんの体を使って受け身を取る。紫乃さんの体を扱い慣れていないのだろう、尽紫さんは鴨居《かもい》に頭をしたたかにぶつけて倒れ込んだ。

「痛いよな、それ……」

しみじみと同情した紫乃さんは肉まんを食べ終わった指を舐めると、倒れた己の体の尽紫さんの襟首を摑み、額をこつんと突き合わせる。

藍の瞳と、金の瞳が内側から光を放つように輝く。

次の瞬間、紫乃さんが額を押さえながら立ち上がった。

「ほら、返してやったぞ」

「あ……」

「うう、この体まだ腹が空いてるな。羽犬、もう二つ」

「あいよっ！」

両手に肉まんを受け取る紫乃さん。

「酢醤油つけてあげますね」

「あ、ありがとう」

紫乃さんが戻ってきた。理屈じゃなく、体の奥から嬉しい気持ちが湧いてくる。嬉しくてにっこり笑うと、紫乃さんも微笑み返してくれた。

「ふふ、なんだよどうしたんだ」

「へへへ、紫乃さんだ」

「そうだよ、俺だよ」

「はいはい、二人ともいちゃいちゃしないの」

羽犬さんが苦笑いする。

ふらりと立ち上がった尽紫さんに、一同の注目が集まる。

「っ……もう、最悪だわ……」

尽紫さんはやっていられない、といった様子で髪をぐっとかき上げる。本気で苛立っている様子だ。

羽犬さんが肩をすくめた。

「尽紫様、もう諦めん？　あの演技はさすがになかよ」

「っ……ばかにしないでよ！」

「もー、強情なんやけん」

呆れた様子の羽犬さん。私はふと違和感を覚える。

あの演技でなんとかなると真剣に思っていたのなら、強情で片づく問題ではない気がする。だってあまりにも、紫乃さんと違ったのだから。

「……そうか」

私は気づいてしまった。彼女は強情だから下手な演技をしたんじゃない。

本当の紫乃さんを知らないのだ。だから、私と彼の関係もよく知らないままに行動する。彼女は封印され続けていて、分け御魂が時々飛び出すとしてもすぐに禊ぎ祓いされているのだから。

「……尽紫さん、もうやめませんか？」

私は思わず声をかけた。

尽紫さんは私を凝視した。私は一歩近づいて続ける。

「提案があるんです。せっかく分け御魂で現代によみがえれたんですし、少しお話しませんか？　私はあなたとお話してみたいです。紫乃さんとも、喧嘩じゃなくて落ち着いてお話しましょうよ。姉弟なんですし、このままじゃさみしいですよ」

次の瞬間。

私は紫乃さんの腕の中に捕らえられていた。

「な……」

目の前に壁が生じている。

畳を突き破り、博多塀が私と紫乃さんを守る分だけ迫り出している。

紫乃さんの力だ。

ぼろぼろと、使命を果たした博多塀が壊れていく。

塀が壊れた向こうには、尽紫さんの髪で編まれた槍が切っ先をこちらに突きつけていた。

「……ふざけないで」

黒髪を自在に動かし、槍や刀、長刀を構築し、尽紫さんは顔を覆って叫んだ。

「ふざけないで、あなたはいつも、いつもいつも、私に、同じことを言う……！」

半狂乱になりながら、尽紫さんは次々と私に攻撃を向ける。

それは全て、紫乃さんの防御に壊されていく。

博多塀に。龍神のようにうねる松に、梅に。

紫乃さんがなぜこれらで私を守ってくれているのか、わかる気がした。

博多塀は幾たびもの戦火を乗り越えて築かれた壁だ。土塀に塗り込められた瓦礫《がれき》は、破壊に負けない人々の力。龍神のようにうねる大きな松は元寇を退けた鳥飼潟《とりかいがた》の塩屋の松で、梅はそれこそ、居場所を失い配流され、失意のうちに亡くなった菅原道真《せんせい》に寄り添い続け、今も咲き続ける梅で。

土地神として人々に表立って敬われることはなくなっても。

生きてきた人々に寄り添い、一緒に時を過ごしてきた、紫乃さんの力だった。

そして尽紫さんは何も土地の力を引き出せないのが残酷ですらあった。

彼女に残されたのは、自分自身の霊力だけなのだ——同じ土地神でありながら。

「人と生きていくのも悪くはないよ、尽紫。……土地神として人々の営《いとな》みを、全てを覚えて、見送っていく道を選びたい。それは俺たちにしかできないことだから」

「私たちを捨てて、恩も畏《おそ》れも忘れて、薄情に繁栄しては土地を使い捨てにして勝手に消えていく、人間たちに寄り添う必要なんてないわ！」

だんだん尽紫さんの攻撃の勢いが弱まっていく。

残された最後の霊力が使い果たされようとしているのだ。

私は紫乃さんを見上げた。紫乃さんも、弱り始めた姉に苦しげな顔をしているように見えた。

「……紫乃さん」

「どうした」

「巫女は、神様を鎮めるために、慰めるためにいるんですよね？」

私が見上げると、紫乃さんが目を瞬かせる。

「私に、彼女を任せていただけませんか。……紫乃さんと一対の神様なら、彼女と向き合うのも、あなたの巫女である私の仕事です」

紫乃さんの目が明らかに狼狽で揺れる。

彼が恐れていることはわかっている。私はにっと笑ってピースをした。

「大丈夫です。前の私とは違います。知ってるでしょ？」

「楓……」

「尽紫さんはもう弱ってきています。このままじゃまた、尽紫さんと向き合う前に消えてしまう。お願いします。……紫乃さん」

彼はまだ躊躇っていた。永遠とも思える数秒ののち、諦めたように肩の力を抜いた。

「……わかった」

「ありがとうございます、紫乃さん」

私は紫乃さんの腕に包まれる。求めていた、紫乃さん本人からの抱擁《ほうよう》だった。

嬉しくて身を委ねていると、顎を持ち上げられ、唇の端に口づけられた。

至近距離で、紫乃さんは優しく笑んだ。

「無事で、楓」

体の奥から感情が吹き出してくる。胸が熱い。

制御不能の力と勇気がみるみる体を満たしていく。何倍も力が湧いてくる。

私は悟る。本当に、魂から、この神様が大好きなんだと。

過去から未来まで、間違いなく永遠に、私は紫乃さんの隣にいたい、何度でも。

「いってきます。紫乃さんは屋敷が壊れないように守っててください」

紫乃さんは私たちを包む全てを解除する。

月明かりに白く照らされた尽紫さんが、ぜえぜえと肩で息をしているのが見えた。

私は覚悟を決め、一歩踏み出す。

「……何よ。今の私ならあなたひとりでも十分仕留められるとでも？」

「仕留めたいんじゃありません。私は、あなたと話したいんです」

「いい子ぶらないでよ！　薄汚い、か弱い、情けない人間のくせに！」

尽紫さんの猛攻が私に降り注いだ。

髪の毛が次々と襲いかかってくる。なんとなく髪に攻撃するのは躊躇われて、私は神楽鈴を鳴らしながら逃げた。

どかどかと髪の毛の矢が私に襲いかかっても、仕留め損ねた矢が屋敷を壊すことはない。紫乃さんはしっかりと、屋敷を加護してくれているようだった。

視界が開けた場所に行きたいと、中庭に降りる。

次の瞬間、全方向から髪の毛が襲いかかる。

「わっ！」

用途のわかっていなかった五色布の一つ、紫色がくるくると私の周りで回転し、髪の毛を弾き飛ばしてくれる。

「ええと……ありがとうっ！　バリアーくん！」

「もう、ちょこまか逃げないでよ……！」

尽紫さんが屋根を飛び越え、私を直接手で狙ってくる。

私ははやかけんビームを出そうと構えた。

「ふざけたビームは出させないんだから！」

ゼロ距離で手元を力任せに薙《な》がれ、はやかけんと神楽鈴を取り零す。

「っ……！」

次の瞬間、髪の毛で作られた簪が、タタタタッと私を壁に縫い留めた。

「くっ……巫女服がひらひらしてるのが災いした……！」

じたばたとする私に、尽紫さんがゆっくりと近づいてくる。

髪を振り乱し、汗だくで、ワンピースのように纏っていた男物のシャツはずたずたになっていた。

持ち主の紫乃さんが可哀想なくらいに。

ぼろきれを纏ってもなお、月明かりに照らされた尽紫さんは凄絶に美しかった。

尽紫さんは髪を抜き、手元に鋭い簪を形成する。

紫乃さんも夜さんも羽犬さんも現れない。私がひとりで戦いたいと言えば、ちゃんと出てこない三人がありがたかった。

尽紫さんの簪が私に触れる。

痛みはなかった。突然、視界が真っ白になった。


——次に聞こえてきたのは、草を揺らす風のざわめき。

空は真っ青に晴れ渡っていた。

「え？」

身を起こすと、そこには見渡す限りの稲穂の海があった。

私は朱色の巫女装束を着ていたけれど、普段着ているものとデザインが違う。もっと古めかしいような、被帛《ストール》付きで、まるで奈良の古墳に描かれてるような。

人々が近づいてくる。何があるのかと思いきや、私は突然槍で胸を突かれていた。

「嘘」

痛みが体を襲う。誰かが、私を抱き留めてくれる。

「楓……」

それは紫乃さんの声だった。

再び視界が暗転する。

次は、木を組んで作られた社の中で、私は高熱に浮かされていた。

枕元で紫乃さんと、誰か他の人々が話し合っている。

「やはり巫女様に無理をさせてしまったから……」

「毒が……」

「もう、手の施しようが……」

紫乃さんが私を見て、悔しげに拳を握る。

再び、私の視界は暗転した。

同じような繰り返しを、私は延々と、延々と、気が遠くなるほど見せられた。

あるときは老衰で。あるときは事故で。あるときは、呪い殺され。

昔の人は当然の如く、現代よりも天寿を全うするのは難しかっただろう。

私は何度も死を繰り返した。隣にはいつも、悲しい顔をして頬を撫でる紫乃さんがいた。

「あなたはいるだけで、紫乃ちゃんを悲しませるのよ」

耳元で少女の声がした。

最初に見せられた稲穂の海の真ん中で、尽紫さんが槍を突きつけてきた。

黒曜石《こくようせき》の切っ先にぞくりとする。先ほどの痛みと死を思い出して、私は息を呑んだ。

「……ねえ。あなたも嫌でしょう？　紫乃ちゃんの巫女である限り、あなたは何度も生きるの。人生なんて人間にとって苦行でしかないわ。権力に組み込まれなかった巫女だから、称賛も、名誉もない。ただ神に仕えるだけ、家柄を未来に残せるわけでもない。紫乃ちゃんと一緒に、望みの果て、世界の端っこで夫婦ごっこを続けるだけの人生。理解もされない、報われない、骸《むくろ》を踏みつけられ続ける人生。強欲な人間には向いていないわ」

一息でまくし立て、尽紫さんは髪を広げる。

空は夜空になり、稲穂は全て漆黒に染まる。

一本一本の稲穂が触手のように、意思を持って私に襲いかかった。

「神に寄り添えるのは同じ神だけよ。紫乃ちゃんには、私が寄り添うのよ！」

私は深呼吸をした。服装は違っても、見たことのない空間だとしても、ここはおそらく複製神域の応用版であり、私は私なのだ。

目を閉じて、人差し指と中指で四角を作る。

紫乃さんの笑顔を思い出す。私を信じてくれた夜さん、羽犬さん。

修行に付き合ってくれた、たくさんのみんなの笑顔を。

「はやかけんビーム……ッ!!」

私は叫んだ。見えなくともはやかけんはここにある。地上からは感じられない場所に地下鉄が通っているように、私の体の中にはやかけんは存在する。

私の手元から発射された光条《ビーム》は、真っ黒な空間を切り裂き、拡散し、光でいっぱいに輝かせる。私はさらに、神楽鈴を右手に掲げて、しゃんしゃんと鳴らした。

「尽紫さん！　私は負けません！」

神楽鈴の作用だろうか。

拡声器越しの叫びのように、私の声が強く、大きく暗闇にこだまする。

「どんな過去があろうとも、どんな未来が待ち受けていようとも、私は絶対に折れてやりませんから！

私を待っている紫乃さんがいる限り、そして」

そして、私は息を思いっ切り吸い込み、叫んだ。

「もうひとりの紫乃さんでもあるあなたが、泣いている限り！　私は諦めません！」

綺麗事を言うなとばかりに、稲穂が私に襲いかかる。

神楽鈴の箒くんを使って空を舞い、はやかけんビームで稲穂を浄化する。ストラップにしていた鵲ちゃんたちが、ひらひらと実体化して稲穂をついばんでいく。カラスのいない豊作の田んぼは鵲にとってはお腹を満たす楽園だ。

浄化に次ぐ浄化。

時に箒くんで飛び回り、はやかけんビームを打ちまくり。

気づけば私は、紫乃さんの屋敷の廊下にいた。

巫女服を壁に縫い留められたままの状態だ。

「戻ってきた……」

はっとして、私は記憶を辿る。

元々消されていた十八年間については思い出せないけれど、直近のことなら今夜の夕飯から紫乃さんのネクタイの色まで、全部思い出すことができた。

「なんてこと……本物の死を何度味わっても……折れないなんて……」

尽紫さんがぐったりと座り込んでいた。

「だ、大丈夫ですか？」

声をかけると、尽紫さんがぎろりと睨む。

「大丈夫に見える!?　おばか！」

「ご、ごめんなさい」

尽紫さんが私に髪の毛の槍を向けてくる。鵲ちゃんが槍をぺいっと弾いてくれた。

「なんで……楓ちゃん、切らないのよ」

「何をですか?」

「私の髪よ。あなたを攻撃する髪、いくらでもあなたなら切れたでしょう?」

「切りたくないですよ。だって尽紫さんの髪綺麗だし、また伸びるってわかっててもなんだか嫌で」

「……何それ」

「嫌な気持ちが残るやり方は嫌なんです。私、討伐したいんじゃなくて……尽紫さんと真剣勝負をしたかっただけなので」

「甘いこと言わないで。どうせ私があなたを殺せないと思ってるんでしょう? 私は何度もあなたを傷つけてきたのよ、何回も、何回も!」

「死ぬのは嫌ですけど、命は張りますよ」

私はしっかりと目を見て言った。

「紫乃さんの巫女になったからには、私は尽紫さんにも向き合いますよ。だって私、紫乃さんの一対である尽紫さんの巫女でもありますから」

「っ……!」

私の目の前にやってきた彼女が、ついに簪を振り上げる。

もう一発来るかと、私は覚悟して目を見開いたまま受け止める。

――簪は、いつまでも私に刺さらなかった。

「……どうして、なんで……紫乃ちゃんばっかり……こんなに愛されてるの……?」

ぼろぼろと、涙を零しながら尽紫さんは簪を取り落とす。

顔を覆い、私の前に座り込んで嗚咽《おえつ》を漏らした。

「どうして、どうして紫乃ちゃんは……私から離れたの？　どうしてこんなに楓ちゃんに思われているの？　ずるいわ、ずるいわ、ひとりだけ……私は、ただ、神としてあるがままに過ごしてるだけなのに……どうして、愛されもしないし息の根を止めて貰うことすらできないの！」

悲痛な涙声だった。

「そりゃ……その……みんな嗜虐されるのは……嫌なので……」

「私はそういう神として生まれたのよっ！　生まれたままの私を受け入れて、愛しなさいよ！」

「無茶言わないでくださいよ」

そのまま彼女は号泣した。巫女服に刺さった簪が柔らかくなったので、私は一つ一つ引き抜いて自由になる。全部抜いた頃には全てごく普通の黒髪になった。

「ううっ……紫乃ちゃんも変わっちゃったし、土地神として恐れられなくなっちゃったし、どんどん世の中変わっていっちゃうし……もうやだぁ……」

子どものように泣きじゃくる尽紫さん。なんだか可哀想になってきて、私は頭を撫でてみる。尽紫さんは私を見上げると、飛びついて堰を切ったようにますます号泣した。

「ええん、もっと殺戮したいー！　たくさんひどいことしたいの……！　なんでダメなのぉ……！　人間なんて神のおもちゃだったはずなのに！」

「泣いてる顔はいいたいけなのに発言がひどすぎる」

「筑紫の島は私のシマなのに！　なんで朝廷とか国とか余計なのがいっぱい干渉してくるの！　目覚

めるたびに全然違う支配者になってるの⁉　いなくなってる子がいっぱいいるの⁉　知らない人がいっぱい来るの！　えーん」

「申し訳ないことですが、それが文明と社会の変化ですね、尽紫さん……」

「人間最低！　短命種のくせに神に干渉するなんて信じらんない！　やっぱり殺戮したーい！」

「うーん擁護《ようご》できない」

胸を貸して号泣に付き合ってあげていると、もう来てもいいと判断したのだろう、紫乃さんと、夜さんをポケットに入れた羽犬さんもぞろぞろとやってきた。

羽犬さんが目の前にしゃがんで、蒸籠の中の肉まんを尽紫さんに見せてあげた。

「少し冷えちゃったけど食べます？　今の筑紫の民《にんげん》たちが土地で育《はぐく》んだ食材ですよ」

「うー……」

目をごしごしと擦り、尽紫さんは肉まんを手に取るとはぐっと食べる。

ますます、涙がぼろぼろと溢れてきた。

「美味しい～……悔しい……文明なんて嫌いなのに～……」

「そういえばおうどんは美味しく食べてましたもんね、尽紫さん」

「土地の恵みは土地神にとってご褒美だからな、逆らいがたい美味しさがあるんだよ」

そう答えたのは紫乃さんだ。

紫乃さんも私たちの隣に膝をつき、姉の小さな背中を撫でる。

「……尽紫。ずっと封印して、さみしい思いをさせているのはわかっている。すまない」

「そう思うのなら、昔みたいにまた私と一緒に楽しく殺戮しましょうよお」

「それはできないし、だからまた封印する」

「うえええん……」

幼い少女のまま時を止めた尽紫さんと、成人男性の姿をした紫乃さん。外見の年齢は逆転しているものの、姉を見ている紫乃さんの眼差しは、不安定な姉を案じる弟の眼差しと言われたら腑に落ちるものがあった。

「尽紫さん。出てきてしまったときは相手しますよ。記憶を消さないでくれるのと、不意打ちをしないのを約束してくれるなら。私でよければいくらでも」

「迂闊《うかつ》に約束をするな楓」

「でも、このままだとまたいずれ暴走しちゃうじゃないですか。ガス抜きで納得して貰えるなら、それでよくないですか？」

「楓は甘い」

紫乃さんが眉間に皺を寄せる。

尽紫さんが顔を上げ、肩を大きくすくめてみせた。

「……紫乃ちゃんの言う通りよ。あまあまだわ」

「うっ」

「楓。私はあなたのそういうところが大嫌いなの。腹が立つの」

尽紫さんは涙に濡れた目で、私を睨んで唇を尖らせる。

少しずつ体が薄くなっていくのが見えた。尽紫さんは消えていくのだ。

分け御魂としての限界が、ついに訪れた。

「……覚悟してなさい。次に分け御魂が回復したなら……私も、天神の大修行イベントに……参加してやるんだから……」

「知ってたんですね、あれのこと」

「当然よ……ああもう、ほんと悔しい。……また、会いましょう……」

尽紫さんの姿がすっかり消えた。私の膝に残された体温も、すぐに消えていった。

「……終わりましたね」

夜さんがぴゃっと私の膝に乗る。毛を逆立てて震えている。

「楓殿、さぞ怖かっただろう。某を撫でて癒やされるがよい」

「よしよし怖かったねえ」

「某は怖くない。怖くないぞ、肥前の猫は怖がらぬ、怖がらぬ怖がらぬ」

「はいはい」

こうしているとただの猫だ。可愛いなあと思って撫でていると、気づけば私は夜さんごと紫乃さんにきつく抱きしめられていた。いい匂いがする。

正真正銘、本物の紫乃さんの腕だった。

「し、紫乃さん？」

「心配した」

強く抱きしめたまま、紫乃さんが一言だけ言う。無言が逆に雄弁だった。

「……心配かけました、紫乃さん」

私は紫乃さんの背に腕を回し、負けないくらい強く抱きしめる。

膝からすり抜けた夜さんを掬い上げ、羽犬さんが歯を見せて笑った。

「ようやくハッピーエンドだな、楓ちゃん」

第七章

楓《わたし》の初めての誕生日

付き合って欲しい場所がある。

そう言われて、私は紫乃さんの運転するミニバンの助手席に座っていた。今日の紫乃さんはいつもよりフォーマルな三つ揃えを着ていて、珍しいベスト姿はよそ行きの上品さに緊張する。

私はいつものように、紫乃さんが選んでくれた白のワンピースだ。

六月半ば、ノースリーブでも心地よい陽気。

梅雨に入る寸前の、花も木々も美しい、一番福岡が過ごしやすい季節だ。

都市高を天神方面に進むと、福岡タワーから、ヒルトン福岡シーホークホテル。福岡任意の名前ドームといった華やかなスポットを通り抜け、荒津大橋《あらつおおはし》を渡ることになる。

よく晴れた空のもと、海と街が眩しい。

右手に見下ろすのは造船所のドッグ。市街地近くにある造船所は珍しいらしい。古くから貿易と外交の玄関口だった街らしい光景だねと、言ってくれたのは海外から移住してきたあやかしさんだ。

左手、博多湾に目をこらすと、人魚がビーチバレーをしている姿や龍が飛行機と競争している姿が見える。同じ車線を行く車の中にも、あやかしの姿が時々見えた。

人々の信仰は変わっていく。

あやかしや神霊の扱いも変わっていく。表向き居場所がなくなった誰かもいるだろう。けれど福岡《このとち》は今日も平和な混沌が維持されていた。

「尽紫《あね》はある意味俺なんだ。俺も気持ちが全く理解できないとはいえない」

紫乃さんが、運転をしながら口にした。

私と同じ景色を見て、思うところがあったのだろう。

「今でこそぎりぎり人間社会と共存できてはいるが、いつどこでボタンを掛け違えて、姉のようになるかわからない。……俺を頼ってこの土地で暮らしてくれるあやかしや神霊たちのためにも、改めて、気を引きしめるよ」

「ふふ」

「どうした?」

「紫乃さんは道を誤りませんよ。そのために巫女《わたし》がいるんですから」

都市高を降りる。信号待ちになり、こちらを見た紫乃さんに笑顔で頷いて見せた。

「私がいる限り、紫乃さんは紫乃さんです。私の大切な神様です」

「……ありがとう、楓」

紫乃さんが綺麗に微笑むので、私はなんだか急に照れてえへへと笑って目をそらす。

目をそらした先にシフトレバーを握る長い指が目に入り、私はドキッとしてしまう。

私は紫乃さんの手がものすごく好きなんだと、最近発見した。

顔は綺麗だし中性的で男性っぽさとは無縁のような雰囲気なのに、だからこそ手が男性的で、妙にどきどきするのだ。オートマが普通じゃなかった時代から運転しているからか、四トントラックで撥ね散らかすこともあるからなのか、当たり前のようにマニュアル車に乗っているのは、ちょっとずるい。手がますます綺麗に見えるから。

顔が熱くなるのを見られるのが恥ずかしくて、私はそれとなく顔を助手席の窓の外へと向けた。視界から消えても、紫乃さんのことを考えてしまう。

紫乃さんは、あの日キスをしてくれた。

当たり前のように受け止めてしまったけれど、あれはどういう意味のものだったのだろうか、紫乃さんにとっては。ただの愛情のキスだろうか。神様なら、唇を奪っても大したことはないのだろうか。

不意に、紫乃さんの言葉と眼差しが思い出される。

――今すぐ異性として触れて欲しいならそっちに切り替えるよ。

「ああああ」

「どうした」

「なんでもないです。ちょ、ちょっと思い出し照れというか……？」

私はシートベルトの隅をいじりながら、窓のほうばかりを見ていた。紫乃さんの姿を視界の端にでも入れると、動悸がおかしくなりそうだ。

「照れるようなこと、誰かにされたのか？」

「え？」

声のトーンを落として、紫乃さんが続けた。

「……尽紫に、か？」

「ち、違います！　尽紫さんのことじゃないです！　紫乃さんのことです！」

心外だとばかりに顔を見て否定すると、紫乃さんは目を細めて笑った。

「よかった、あれに嫉妬しなくてすむよ」

「……し、紫乃さん……？」

紫乃さんの夕日色の瞳が光っている。火を焚べたような、花火のような鮮烈な橙。綺麗だけど、人じゃない。それに気づいたとき、私はぞくぞくとした震えを感じた。ときめきとも畏怖とも、興奮とも言える、全部の危険で甘い感情がごちゃ混ぜになったような震え。知らない。覚えがない。

「俺は自分を見誤っていた。思っていた以上に、俺には旧い神の凶悪さが残っているようだ。尽紫を笑えない。本当にぎりぎりだよ、楓のことになると」

「ふ、旧い神……」

「楓と離れるのはさみしいし、楓が尽紫に触れられるのを見るのも嫌だった。こういうのをなんと言うのだろうな。独占欲か。まったく恐ろしい感情だな。楓には俺だけの巫女でいて欲しい。物分かりのいい保護者を辞めていいんだと分かったら、心の中の箍が外れたみたいだ」

「紫乃さんどうしたんですか、今日ちょっと……違いません？」

「言っただろう、湿度くらい自由に変えられるって」

そう言うと、紫乃さんが顎に手を添えて軽く唇を触れ合わせた。

「え」

信号が変わる。紫乃さんは当たり前のように発進した。私は硬直していた。

「あ、あの……あの……今……」

淡く光を帯びた鮮やかな瞳が、いたずらっぽく細くなって私を見つめた。

「尽紫には命がけで付き合ってやったんだから、俺にも少しは構ってよ」

「あが……」

頬が熱くなる。紫乃さんの熱に炙られるように。

「まだ嫌だった？」

「そそそ、それはその、構いませんけど。というか歓迎します」

「歓迎？」

紫乃さんが交差点を曲がりながら、笑みを零す。

「じゃあ信号待ちのたびによろしくな」

「待ってください!? そ、そんなキャラでしたか紫乃さん!?」

屈託のない笑みを浮かべる紫乃さん。

「楓が受け入れてくれるなら、俺は遠慮しないよ」

「確かに、か、歓迎とは言いました、だとしてもですよ」

「交換日記から始め直したほうが、楓は好き？」

私は言葉を失っていた。この人、本当は、もしかして。

「……結構、紫乃さん……そういうひと、なんですね……？」

「人じゃないよ、神様だよ」

紫乃さんは笑う。

「旧い神がどんな倫理観《かんかく》してると思ってるんだ」

「湿度変えるの早すぎますよ、歓迎とは言いましたけど、その、に、肉欲がないって言ってたのは嘘ですか!?」

「触れ合うのは好きだよ。肉体に振り回されないだけで気持ちはいいし。食事と同じ」

「いきなりとんでもないこと言わないでください」

左右確認のついでに、紫乃さんは私に色っぽい視線を送る。

「俺に教えたのは楓だろう？ 今の璃院楓になる前の、ずっと前」

「えーん、どんなこと仕込んだの前世の私――ッ！」

紫乃さんは声を上げて笑った。私の反応が心底楽しい様子だった。

尽紫さんが演技していた紫乃さんも、案外合っていた可能性すら生じてきた。

私は顔を覆った。神様って、なんなんだろう。

愛が重くて深くて強くて、私を魂ごと絡めとる。ずるい。騙された。

そんな紫乃さんの本質を垣間見ても、嫌いになんてなれない。愛してしまう。

ひとしきり大笑いした紫乃さんが、上機嫌にアクセルを踏んだ。

「誕生日祝い、まだしてなかっただろ」

紫乃さんが語調を変えて切りだした。

「そうですね」

「これから祝いのパーティだ。飛ぶぞ、複製神域に」

「えっ⁉」

次の瞬間、紫乃さんの車が思いっ切り那珂川に突っ込んでいく。

悲鳴をあげる私。

きらきらと水しぶきを飛ばした先には、賑やかなパーティ会場が私を待っていた。

私の故郷。帰る場所。そして、紫乃さんが傍にいる場所。

「うおおお！　楓ちゃん！　誕生日おめでとう！」

「おめでとー！」

「十八歳おめでとー！」

割れんばかりの拍手。

花吹雪。先生が生み出す梅の木が、私にアーチを作り季節外れの梅花をほころばせた。

祝福を前に、私は紫乃さんに手を引かれて車を降りる。

気づけば私は巫女装束に着替えていた。

深紅の旗のように、装束が誇らしく海風に吹かれて揺れる。

「……楓」

たまらないとばかりに紫乃さんが私を抱え上げ、ぎゅっと抱きしめた。

強く、強く。ずっと待ち望んでいた私を、永遠に離さないと誓うように。

「生まれてきてくれて、ありがとう」

「こちらこそ、……待っていてくれてありがとうございます」

何度でも、私は神様《このひと》のもとに帰ってくる。

那《な》の津《つ》の夜の海にて、娘がひとり、水に腰まで浸かっていた。

満天の星のもと、むき出しの首と顔と手首が妙に青白い娘は、多くの光を纏わせ、ひとり静かに歌っていた。子守歌のようだった。

『そなたは何をしている』

声をかけた理由は、単に不思議だったからだ。

彼女は己を振り返る。

霊力の強い彼女は、こちらの姿を捉えて挨拶をし、こう答えた。

「魂を送っていたんです。遠い異国から流れ着き、この地で息絶えた人々や、彼らに信じられてきた神霊さんたちが、よく波間に溜まるんですよ」

話を聞くと彼女はただ善意で、波間に漂う霊たちを禊ぎ祓いしている巫女だった。

ただ、さみしいと思ったから。

弔われることもない魂たちに天涯孤独の身の上を重ねたから。

人あらざる身から見ても、ずいぶん酔狂《すいきょう》だと感じた。

興味が湧いたので、彼女が夜波間に入るときは眺めにいくことにした。

波から魂を掬い上げ、己の周りをくるくると回る光たちに、最期の歌を聴かせて弔い、見送る酔狂な娘。濡れた肌を、衣服を、唇を、魂たちの輝きが照らす。

一つ、また一つ、空に昇って溶けていく。

死して『星になる』と、人はよく言ったものだ。

こうして消えると、満天の星のどこかに消えた光が加わったように見えてくる。

彼女が明け方まで魂たちの相手をするのを、結局最後まで見ていることもあった。

明け方の空、朝日に染まる海で見る彼女はあどけない顔をした娘だった。

ある日神は尋ねた。

『僕が消えることになったら、そなたは祈ってくれるのか』

巫女は笑って答えた。

「ええ。そのときはひとりにはしませんよ、神様。私が生きているうちならば」


神は次第に、彼女を日中も探すようになった。

紅一色の装束は、政の巫女には与えられない衣の色だ。

市井《しせい》を歩いて禊ぎ祓いをする、民間の巫女だった。

港町は人が集まる。

人が集まる場所には、生も死も溢れる。

彼女は国の巫女では対応できない、流れ者の孤独な魂を浄化し、迷い込んだ異国の神霊を祓い、命の誕生に加護を与え、日々の暮らしを営んでいる娘だった。

彼女も身よりはなく、若い娘でありながら夫に娶《めと》られる道を選ばず、巫女として奉仕を続けていた。

治安が悪い界隈《かいわい》で暮らす彼女を、いつしか神は親兄弟の振りをして庇うことが増えた。

神が人の形を為したとき、娘は驚いてみせた。

「稲穂みたいに綺麗な髪。縁起がいいですね。やっぱり神様は神様なんだなあ」

彼女は笑う。

「そういえば、神様のお名前ってなんですか？」

『僕の、名は……』

名を名乗ろうとして、言葉が出てこなくなった。

彼はまだ、彼としての名を持たない、ただの土地神であった。

◇◇◇

ひとりで死ぬのはさみしいからと、娘が言っていたのを思い出す。

真っ赤な衣が広がっている——違う。

赤い装束よりも広い範囲に、鮮血が広がっている。

まるで踏み潰された曼珠沙華《まんじゅしゃげ》のように、彼女は地に手足を広げて横たわっていた。

「あの巫女、ごろつきに襲われた子どもを放っておけなくて、庇って……」

「流しの巫女が往来で死ぬのは迷惑だ。誰が死体を片づけると思ってるんだ」

山に捨てるか、鳥に任せるかと人々は愚痴混じりに話し合っている。

彼らの中に、彼女の死を悼《いた》む人は誰もいないようだ。

彼女は皆のために祈り続けていたのに。

彼女は、市井の片隅で、誰の邪魔にもならない場所で生きていただけなのに。

人はそういうものだと、神はわかっていた。

それでも、なぜか魂の奥が不思議な感覚がした。

致命的な何かが壊れ、足下から崩れていくような。この世の理《ことわり》の全てが、許せないような。

――否。

彼女こそ元々わかっていたのだ。

どんな形であれ、自分の最期が報われないものになることを。

だからこそ「さみしいから」と口にして魂を弔い、祈り続けていたのではないか。

彼女は人を見守り、そして人の人生に祝福を与える存在だった。己のような者のために。

『……そうか。そなたは……』

神は人の想像する貴人の姿を取り、人だかりに歩み寄った。

人々は振り返り、神を見て目を丸くし、平伏する。

神は、横たわった彼女を抱き上げた。

神域に連れていき、そこで彼女を弔った。

――僕が消えることになったら、そなたは祈ってくれるのか。

――ええ。そのときはひとりにはしませんよ、神様。私が生きているうちならば。

霊力で綺麗に整えた彼女の骸は、まるで眠っているように美しかった。

冷たい頬を撫でる。

今ならわかる。彼女が何を考えていたのか。

『……そなたは、神の代わりをしていたのだな』

骸は神の炎で浄化した。

彼女の煙は、神域の中で紫雲になって、消えた。

◇◇◇

それで終わりだと思っていた。

姉の隣で無為に時間を過ごしていたある日、あの声が聞こえた気がした。

探し回ると、紅葉の美しい山の中に、一人の赤子が捨てられていた。

まだ肌も赤く、生まれたてだとわかる。

抱き上げた瞬間、はっきりとわかった。

『……約束を守るために、戻ってきてくれたのか？』

彼女はあの巫女だった。秋が来るたびに色づいて散り、再び春に芽吹いて生い茂る葉のように、彼女は輪廻を経て神のもとに還ってきた。

神は彼女を楓と名付け、人として育てることにした。

彼女は毎回、魂ばかりが強いただの娘として生まれてくる。

天涯孤独で、人の世の繋がりを一つも与えられず。

まるで運命に試されているかのように、必ず彼女はひとりだった。

神は常に、彼女を迎えて傍にあり続けた。

その中で姉との決別もあった。

神として人々の信仰を向けられることがなくなった。

人々が神を忘れても、楓がいる限り神はあり続けた。

楓が天寿を全うしても神は消えない。

それはすなわち、楓が再び戻ってくるという約束でもあった。

神は気が遠くなるほどの年月、彼女の最期を看取り続けた。

いつか自分が看取られる側になる日が来るまで、きっとこうし続けるのだろうと思いながら。

世は巡り、令和の世になった。

それでもまだ神は消えることなく在り続けている。


「紫乃さん！」

微笑む彼女を見て紫乃《かみ》は思う。

彼女が生まれ続けてくれているからこそ、自分があり続けられるのだと。

紫乃と名を呼ばれ、親代わりとして、兄代わりとして、そして添い遂げる相手として愛されて。紫乃はようやく紫乃でいられる。神として、彼女を迎え続けていられる。

今となっては卵が先か、鶏が先かわからない円環の中に二人はいる。

だからこそ紫乃は忘れたくない。

あの日初めて出会ったときのことを。

彼女のほうが最初であったことを。

彼女が、自分をひとりの存在《かみ》にしてくれたことを。

「これが、紫乃さんの神様としての在り方なんですね」

彼女は微笑んだ。その姿は永遠だった。

紫乃はいつか、本当のことを彼女にも伝えようと思う。

自分が神であるのは、楓があってこそなのだと。

あとがき

まえばる蒔乃《まきの》です。

この度は『みに愛』をお手に取っていただき、ありがとうございます。

『歴史の表舞台に出ない、懸命に生きるごく普通の人間へ向けた、神様の慈しみと永遠の愛の形を描きたい。誰もが忘れたことでも、神様には世界の果てで覚えていてほしい』

それが、紫乃と楓の物語を書いたきっかけです。

『忘却乙女』は他社様コンテスト受賞作『こちら、あやかし移住転職サービスです―福岡天神四〇〇年・お狐社長と私の恋』のリメイクです。元作品の日本語での書籍化は白紙になりましたが、WEB版として複数の小説サイト様にて2024年12月現在も読める状態です。別の世界線の楓と篠崎（紫乃のプロトタイプ）の物語として、機会ありましたらお楽しみください。

異世界恋愛ラノベ作家として特に関係ない福岡出身という情報開示と「まえばる蒔乃」という前原市（現糸島市）を元にした筆名は、これらの作品を意識してのものでした。

多くの方に応援していただいたおかげで、世に出せることを嬉しく思います。

しかしデビュー前からずっと向き合ってきたこの作品、いざあとがきを書こうとすると何を書けばいいのか分からず、一週間ほど悩んでます。その間に夏休みも終わり、台風すら通り過ぎ、台風一過の締め切り日となりました。思えば2008年にはやかけんが発表された頃からうっすら頭にあった物語なので――もう16年!?

当然のことではありますが、当作品は架空の物語で、実在する人物、団体とは無関係です。様々な資料や情報を元に作者が「こうだったらいいのにな」の福岡ファンタジーを全力ででっち上げた、愛と暴走とお祭り騒ぎの物語です。紫乃と尽紫という『筑紫の神』もキャラクター本人の発言通り、既存の神様、信仰とは別の存在です。はやかけんからビームを出す巫女も残念ながら創作です。あくまでフィクションとして楽しんでいただけますよう、何卒ご理解ご了承いただければと思います。

最後に短いながら謝辞を。素敵なキャラデザインと挿画をいただきました、とよた瑣織先生、『発情聖女』に続いて告知漫画でお世話になります藤峰やまと先生。デビュー以来のお礼だけで1冊書けそうなほどお世話になっております担当編集者様、出版・販売に関わる全ての皆様に、心よりの謝辞を申し上げます。また取材にご協力いただきました皆様、名称利用をご快諾いただきました企業の皆様、応援してくださいました作家の先輩、仲間の皆様、そして何より私の家族や友人へも、感謝の言葉が尽きません。

ありがとうございました。ご感想をお寄せいただけたら、とっても嬉しいです。

二〇二四年八月末　台風一過の天神某所にて

◆取材協力・方言監修
すたじおぼん様
めりこ様
中村様
土井口様
横田様

◆参考資料
『佐賀県の歴史』山川出版社／杉谷 昭
『福岡県の歴史』山川出版社／川添 昭二
『全国のR不動産：面白くローカルに住むためのガイド』学芸出版社
『〈小さき社〉の列島史』法蔵館／牛山 佳幸
『街を知る：福岡・建築・アイデンティティ』松岡 恭子／古小烏舎
『日本の祭祀とその心を知る 日本文化事始』ぺりかん社／黒住 真、福田 恵子
『狐の日本史 古代・中世びとの祈りと呪術』戎光祥出版／中村禎里
『日本怪異妖怪事典 九州・沖縄』笠間書院／朝里 樹、闇の中のジェイ
『日本怪異伝説事典』笠間書院／朝里 樹、えいとえふ

※「はやかけん」は福岡市交通局の登録商標です

婚約破棄だ、発情聖女。

著 まえばる蒔乃　イラスト ウエハラ蜂

魔物討伐前線の唯一の聖女として働くモニカは、その聖女力の強さから王太子の婚約者に選ばれた。しかし彼女の力は、かけられた者が発情してしまうという厄介なオマケ付き。それを知った王太子は「発情聖女！」と罵り婚約破棄、国中に発情聖女の報が飛び交う。途方にくれるモニカに声をかけたのは、前線仲間のリチャードだった。「僕の国に来ない？　兄貴夫婦が不妊で、聖女さんが必要なんだ」……モニカはまだ気づいていない。彼が皇弟であることを。そして兄貴夫婦とはもちろん――！

ワケあって、変装して学園に潜入しています

著 林檎　イラスト 彩月つかさ

セシアは怠惰なお嬢様の替え玉として学園に通う、子爵家の下働き。無事に卒業できれば一生暮らしていけるだけの報酬が待っているとあって、学園では令嬢達のぬるいイジメをかわし、屋敷ではこき使われる生活を送っていたが、卒業直前になって報酬がゼロになる罠にハマってしまう。絶対に仕返ししてやるとセシアが息巻いていると突然「仕返しをするなら手伝うぞ」と面識もない第二王子が現れて!?　徹底抗戦を信条とするド根性ヒロインと、国のために命をかける悪童王子の、一筋縄ではいかないガチンコ恋物語！

「好きです」と伝え続けた私の365日

著 沢野いずみ　イラスト 藤村ゆかこ

「本日も大変かっこよく麗しく、私は胸がキュンキュンです。好きです！」「そうか、断る」自他ともに認める万能メイドのオフィーリアは、雇い主で女嫌いな美貌の公爵・カイル様に、めげずに愛の告白をしては秒でフラれる毎日。それだけでも幸せだったのに、なんとおしかけ婚約者を追い出すため、恋人同士のフリをすることに!?　カイル様のために私、全力を尽くします――たとえ1年間しかそばにいられなくても。秘密を抱える超ド級ポジティブメイドと素直になれない塩対応公爵の、必ず2回読みたくなるかけがえのない365日の恋物語。

URL https://pashbooks.jp/
X(Twitter) @pashbooks

パッシュブックス
PASH! BOOKS

この本を読んでのご意見・ご感想・ファンレターをお待ちしております。
〈宛先〉　〒104-8357　東京都中央区京橋3-5-7
（株）主婦と生活社　PASH!ブックス編集部
「まえばる蒔乃先生」係
※本書は「小説家になろう」（https://syosetu.com）に掲載されていたものを、改稿のうえ書籍化したものです。
※この作品はフィクションであり、実在の人物・団体・法律・事件などとは一切関係ありません。

PASH!ブックス

身に覚えのない溺愛ですがそこまで愛されたら仕方ない
忘却の乙女は神様に永遠に愛されるようです
2024年12月16日　1刷発行

著　者　**まえばる蒔乃**
イラスト　**とよた瑣織**
編集人　**山口純平**
発行人　**殿塚郁夫**
発行所　**株式会社主婦と生活社**
〒104-8357　東京都中央区京橋3-5-7
03-3563-5315（編集）
03-3563-5121（販売）
03-3563-5125（生産）
ホームページ　https://www.shufu.co.jp
製版所　**株式会社二葉企画**
印刷所　**大日本印刷株式会社**
製本所　**小泉製本株式会社**
デザイン　**小菅ひとみ（CoCo.Design）**
編集　**黒田可菜**

　ISBN978-4-391-16402-2